作者简介

刘江，陕西宜川人，笔名林樵。高级记者。中国散文学会会员，陕西省作家协会会员。当过农民，开过大卡车，扛过摄像机，退休前供职于延安市广播电视台。文学作品散见于《人民日报·海外版》《光明日报》《中国文化报》《陕西日报》《延安日报》《读者·乡土版》《今古传奇·人物版》《散文选刊·下半月》《延河》《文谈》《延安文学》等报刊。出版散文集《永远的印记》《孤独行走》。《孤独行走》曾获第二十一届“东丽杯”全国孙犁散文奖散文集类三等奖。

奔走的大树

刘 江◎著

黄河出版传媒集团
阳 光 出 版 社

图书在版编目（CIP）数据

奔走的大树 / 刘江著. -- 银川：阳光出版社，
2024. 7. -- ISBN 978-7-5525-7411-1
Ⅰ. I267
中国国家版本馆CIP数据核字第2024NU7693号

奔走的大树　　刘　江　著

责任编辑　谢　瑞
书名题写　白世锦
封面设计　石　磊
责任印制　岳建宁

黄河出版传媒集团
阳　光　出　版　社　出版发行

出 版 人　薛文斌
地　　址　宁夏银川市北京东路139号出版大厦（750001）
网　　址　http：//www.ygchbs.com
网上书店　http：//shop129132959.taobao.com
电子信箱　yangguangchubanshe@163.com
邮购电话　0951-5014139
经　　销　全国新华书店
印刷装订　宁夏凤鸣彩印广告有限公司
印刷委托书号　（宁）0030338

开　　本　787 mm × 1092 mm　1/16
印　　张　21
字　　数　266千字
版　　次　2024年7月第1版
印　　次　2024年9月第1次印刷
书　　号　ISBN 978-7-5525-7411-1
定　　价　58.00元

序——

在三弦琴上遣词造句

近几年，我骨肉里的夕照投到了人生的桑榆之梢，每根红艳都是一声提醒。因而，除了自己的创作，无力他顾，我为之向诸多友人表达过歉意。但是，由于对刘江散文的特殊喜爱，我决计破例一回了。

文学是语言的艺术，诗和散文当然更是。我认为，诗是爆发于心灵的使人过目难忘的语言极品，而散文，仅仅次之。

我们当前的散文创作，可谓作者如云、作品如雨。可惜，许多都太不注意语言的锤炼了，满目疲庸，而刘江的作品是另一番气象。

刘江的作品多数为描写人物的。

写人物时，刘江行文的第一个特点是，往往只用很少的几句话，就能形象地概括出人物和人物所处的自然环境和人文环境。

在《从一朵棉花开始》一文的开头写了泉，写了因泉形成的清澈悠长的小溪；还写了夹岸的翠草，同时，也顺便介绍了村子的人口；最后，以漂在小溪里的一匹白布，以那清爽干净的白云一样的颜色，引出了青石板，和跪在青石板上捶布的母亲。在这里，家乡自然风光的清爽美丽，慈母的辛勤能干，都好像以彩笔画出，生动逼真。再看后面的叙述，也是用不多的文字，就充盈饱满（充盈！饱满！）地把母亲为子女的含辛茹苦，表现得非常到位：“如今对母亲辛劳的记忆，除了窑掌里那彻夜纺线的灯影，就是织机那一天到晚吱呀不息的咏叹。母亲对自己是极狠的，一旦上机织布，一天要织多少个线穗子是一定的。”

对于刘江来说，外婆只是个虚幻的影子。因为他从来没见过外婆，外婆很早就去世了。但他把虚幻写成了实景：“我的记忆中，外婆只是一座荒冢，长着一丛白菅子稍，夏天时紫色的花开得非常繁茂。无论何时，母亲和姨母到了那里，总是撕心裂肺地哭。外婆是虚岁二十八去世的，那一年母亲只有十二。”

这些不长的文字，传达了非常丰富的具象信息：荒冢、白菅子稍、紫色的花以及两个老人的撕心裂肺的哭。这些，营造出一股凄凉悲切的氛围。加上外婆的早亡和亡时母亲的年幼，把沉重历史给予一个幼小心灵的疼痛投影，表现得令人不能不动恻隐之心。

写人物时，刘江行文的第二个特点是，语言充满了动态感。一位散文大家曾说过，即使写静景，也能把它写动的才是高手。动，几乎就等于生命，等于活，等于美。有动感，动量足，就会有挑衅性，穿透性，就会有效地攻入读者的心里，收到事半功倍的艺术效果。刘江不一定心里有这样明确的认识，但我相信，他是深谙此道的。请看：“母亲说，外婆织的布、纺的线是出了名的，外爷一匹一匹地背出去换粮食换钱。等有余钱了，就盖了一座大门楼子。”

这是多么简练和形象的叙述语言，它有着多么强的概括力！当中写了外婆，写了外爷，而“一匹一匹地背出去”这几个字，把两位老人配合默契谋求好光景的激情和劲头，写得淋漓尽致。刘江的造句方式，既有艺术味道，又有言简意赅的概括力量。

再看《跛牛》一文中刘江对祖父的描写，也是紧紧依附于动态：“从此后跛牛就成了祖父的伴，每天出入相随，牛吃草时他搂柴，暮归时牛的肚子圆圆的，他的筐子也是满满的。”

《跛牛》写的是20世纪70年代的事。刘江交代，那时候，农业社死一头大家畜，是一件严重的不幸之事，但是对于不懂事的娃娃们来说，却是一件高兴的事情，因为终于可以尝到肉了！等待的时间越长，就越馋，一旦分到手，嘴就凑上去了。许多孩子是不等回到家，连汤带肉就都下肚了，进门时那碗和盆是提在手里的。

看看，他把在苦难中挣扎的那群娃娃，写得多么生动、无忧、可爱。之所以如此，是因为这里有强烈鲜明的动感，并且动量丰沛。

刘江对这些人物的描写，不是胡编乱造，而是来自于生活。它不是从书斋里学到的，自然会带着生活的原汁原味，韵调优美，读起来流畅舒服。其中展现的是慈母的心，祖父的情，岁月的脉动和痛处，巍巍的山，滔滔的河，以及这一切背后的古老精神。

由于从小生活的陕北大地信天游的萦回，所以，刘江散文的许多文字，从不刻意表演什么，却神差鬼使般，带有天然的歌腔琴韵，动听的旋律。如《从一朵棉花开始》中的这两句：“如果问我的母亲，什么花好？她一定会说，棉花。朴素，实在，握在手心里温暖踏实。”

他的《石磨，岁月深处的吟唱》一文，整体看，虽然因为企图表现的东西太多，主线不够清晰，写得并不是怎么出色。但是，其中有些文字，却简直是神来之笔：“磨过四遍，小伙说行了，再磨面就黑了，都是麸星了。会过日子的姑娘会说，自己的粮食自己的面，黑白一样饱肚子。”

当我读着以上这些文字的时候，恍若在读诗，恍若在读词，觉得它很有些诗词的味道。但是，它又带着浓重的民歌色彩。那节奏，那韵味，那旋律，呼之欲出。但它又和散文的表达方式，结合得不露痕迹，天衣无缝。我想，这样的文字，应是足够完美的艺术品，如同经典诗句一样，珍宝一样。

刘江的文字，时有连续的短句。这些短句的出现，多在紧要处，如同音乐语言中的极速板，以短促的迅疾的节奏，渲染出事件中的紧张气氛。如《龙抬头》中的这段文字："不知谁喊了一声：龙抬头！这才是真正的龙抬头！啊！这是天与地的呼应！二月二，惊蛰过，天响雷，地回春，龙抬头，河开了！"

而在这之后，也就是《龙抬头》的结尾，作者又将三字短句重复了一次："啊，开河了！二月二，天响雷，地回春，龙抬头，河开了！"

在这里，与其说作者在写壶口瀑布的迅猛开河过程，不如说吐露的是作者的欣愉狂欢之情。而其中又出现了一个"开河了"，"开河了"和"河开了"虽然只是主语的变易，却反映出了一个发展过程的开头和结尾，因而它所包含的时间段，在一个字的变化中，伸长了好多。而由于时间段的伸长，更显出开河的迅猛异常。可见，刘江驾驭文字的能力，出类拔萃，非同凡响。

《奔走的大树》中的"请大师，下罗盘，看风水"；《从一朵棉花开始》中的"漂净了，捶展了，晾在岸上。""长大了，懂事了"，等等，也是这样的例子。

刘江很注意从民间吸取语言资源，提炼词语。"挖抓""散摊"等词的运用就不要说了，且看这句："（衣服）随了身认了人显出了棉布的天然质地，直到最后弱不上身了。"

这些新鲜而陌生的词语，不但很好地强化了刘江散文的地域特色和艺术性，而且可以给我们的中文增添了新的生命活力。

刘江淬炼出的这套散文语言，不只可以描摹田园小景，童心母爱，村树石磨，质朴爱情，更是可以表现激越、震撼、悲壮的情境。他的多种多样的修辞才能，得到了十分集中的表现，像集束炸弹似的灿烂爆响。例如撕肠裂肺的《跛牛》一文。他先写的是小牛的可爱，小牛在犯错之后，"一看见祖父就哞哞地叫着，见他不理会就追在身边用鼻子扺、用舌头舔"。而当小牛的母亲跛牛被宰杀后，小牛失魂落魄地找母亲，一声接着一声的悲啼。于是：“那些本来已经进了圈的牛群发出了回应，一头、两头，它们走出了圈门，朝着枣树林的方向，小牛叫一声它们应一声，像是安慰又像是声讨，在那一呼一应中全都来到小牛身边，叫成了一片。最后，除了祖父，全村的人几乎都被那牛群的叫声惊动了，全村的人和牛一起在沉沉的暮色里为跛牛举行了一个悲壮的悼念仪式。挤在人群里，我看到那耗尽了气力的小牛双膝跪地，像人一样眼泪一颗一颗地往下淌……”

这是一气呵成的了无磕绊的文字，其间的抑扬顿挫，高低起伏，事件发展，情感流泻，小牛与众牛，众牛与众人，以及挤在人群里的幼年作者，幼年作者眼里所看到的万物有灵……每一句都像火焰的威逼，拷问着尘世的道义和良知。而双膝跪地的小牛那一滴一滴的眼泪，虽小却重，直击人心。

无论从哪方面看，《跛牛》是刘江写得最好的一篇，可以说是刘江的代表作。其中对小牛的母子之情的一系列揪心刻画，处处使人动容。其中对祖父的刻画也是相当成功的。而且，全文既把刻画的焦点放在祖父身上，又做到了惜墨如金。在人畜共悼的那个悲壮场面中，“除了祖父”四字貌似粗略，它的背后却涌动着悲痛，让你去想去挖，去感受，里头浸透了老人的多少泪水！祖父与跛牛之间早已浸入骨髓的感情，演绎出中华古老精神的常读常新，勾起我们对昔日人心美好的回望，咀嚼那些人与自然和谐一体的记忆，以之洗涤污浊，净化灵魂。

《龙抬头》一文也写了震撼人心的场面，写的却是大自然，是黄河。他也用多姿多彩的艺术语言，写得有声有色，惊天动地。看来，写此类情景，是刘江语言大放光彩之时，是刘江的长项。

刘江的一系列散文，为我们生动地展现了乡土意象，传统品格，清澈情感，现代格调，而这些，是以他的苦苦追求从而捕获的独特的艺术语言为支撑的。

《跛牛》一文说，祖父“偶尔还拿出他那把尘封的三弦琴拨拉几下。”我觉得，后来眼力不济的祖父虽然不在了，但那三弦琴却像他们家族的DNA，不会消失。刘江是在三弦琴上遣词造句，为当代散文界提供了新的可贵经验，也为他日后的创作，铺展开无限的可能性。

但是，欲在散文创作中有大的贡献，除了语言之外，还需要在其他方面有所突破。刘江的有些散文，主题不够集中，脉络不够单纯，试图表现的东西多了些，使得谋篇结构显得有点儿松散或粗糙。此外，他发表作品的频率，还与读者的期待存在较大距离。从我对他的了解看，他绝不是不勤奋，而是苦于找不到足够多的题材。这，就应该在审美思维方面悉心锻炼。

庚子年春月于北京观湖国际

作者简介

刘成章，一级作家，中国作家协会会员，诗人，散文家。曾任陕西省出版总社副社长、陕西省作家协会副主席。出版多种散文集，其中《羊想云彩》获第一届鲁迅文学奖，《刘成章散文集》获陕西双五文学特别奖，《家山迷茫》获第四届柳青文学奖等。

目　录

第四辑 镜头背后的记忆

第五辑 掬一朵浪花带回家

第六辑 我爱延安一腔火

第一辑

奔走的大树

一棵大树，犹如一部矗立在天地之间的编年史，风掀书页，语撒人间。树像人一样，也有它的基因，代代相传，根脉永续。树是我们人类最好的朋友。虽然俗人不解树语，但我们还是应该怀着虔诚的心，去叩拜人生路上遇到的每一棵大树。

秦直道边树如诗

秦直道，宛如一条穿越历史长河的飘带在子午岭山巅的林莽间蜿蜒了两千两百多年，尽管透过它可以望见大秦帝国的背影，但因为有关它的历史记载少之又少，所以在世人心中一直弥漫着一道神秘的色彩。二〇〇九年，考古工作者在葫芦河南岸的桦树沟口拂去了两千多年的尘埃，当辘辘车辙、踽踽而行的足印伴随着秦砖汉瓦的碎片显现于阳光之下时，不知道有多少动人的画面出现在人们的想象之中。人们无不希望能有孟姜女哭长城那样有血有肉的故事，使这条豪迈的古道更加柔软、浪漫、可歌可泣……但，一切只是想象。除了司马公字字如金的纪录，再难寻只言片语。

一个秋日的下午，我再次进入子午岭，探寻秦直道的秘密。只长草不长树的秦直道遗址上野菊盛开，古道两旁的大树路标一般在引路向前，霜叶醒目如帜。不远处的一棵山杨树吸引了我的目光。那树，需三人才能合抱，树身足有七八米高，树顶像是被雷电削去，枯荣参半，向阳的一面尚存一绺树皮，给树顶再生的幼枝输送着一线生机。树叶已是一片金黄，在秋风中翻飞如蝶，哗哗作响，人未到，树先语；而背阴的一面已经干枯，树皮脱落，年轮渐次显现。抬头仰望，犹如一部矗立在天地之间的巨著，风掀书页，语撒人间。我的心猛然一动：这子午岭的树应该是目睹了秦直道的全部历史，有关秦直道的信息都深藏在它的年轮里。尽管两千年间兵燹战火无数，风雨雷电轮回，这古道边再不可能有千年古树存活；但树像人一样，基因代代相传，根脉永续不断。虽然俗人不解树语，我还是决定从黄陵的沮源关开始，乘着深秋的劲风徒步穿越子午岭，去叩拜古道边的一棵棵大树。

杜梨树是最常见不过的，大都黝黑、扭曲，树瘤满身，但是我在富县的车路梁看到的两棵杜梨树却令人肃然起敬。它们树干笔直，并肩而立，树皮银灰，裂纹似龙鳞铠甲，规则分布，犹如人工。果实和叶片均成酱红色，在秋风中不断飘落，如血如泪。这不由使人想起监修秦直道的扶苏公子和蒙恬大将，是他们那屈死的灵魂永驻在这子午岭的山巅吗？再看那飘向深幽山谷的片片红叶，似乎触动了《广陵散》的音符，时急时缓。缓时如倾诉衷肠，让山风去而复返；急时如在急风暴雨中慷慨赴死，大义凛然，感天动地。真也是“生死同。一诺千金重……剑吼西风。”

再往北行，古道两边就更难见笔直的大树了，多以麻栎为主，高不过四五米，盘根错节，瘤瘿满身。根部外露如爪，身曲如虎卧、龙盘、熊踞，像是被几千年的心事压得直不起了腰身，而那高擎在头顶稀疏的枝梢又像要极力声张什么，将不屈不甘又不能的情态展示得淋漓尽致。更是有一片树林像腥风血雨刚刚停歇的战场，几乎让人难以前行。枯死的横陈，如勇士殉难；站立的无头，斜杈刺向青空，似烈士临终的怒吼，振臂问天，死不瞑目。此情此景不能不使人想起岳飞的《满江红》:“……靖康耻，犹未雪；臣子恨，何时灭。驾长车，踏破贺兰山缺。壮志饥餐胡虏肉，笑谈渴饮匈奴血。待从头、收拾旧山河，朝天阙。”

一天，在富县境内距桦树沟不远的古道边朝东望去有一座山头别是一番景致。它与这茂密的林区不同的是一片灰白，几乎没有草，只有几棵树分布其间，像是歇脚的征夫。问路边的牧羊人，说那山叫“月亮山”，连接秦直道和月亮山的那一道山梁还有一个名字，叫“官路梁”。并说那山上还散落着许多残砖碎瓦，不知是何年何月的遗物。一听此话我们便决意告别秦直道，拐向月亮山。真是“望见的山跑死马”，到达月亮山已是傍晚，放眼望去，这里竟像一个沉寂的古战场，硝烟散尽，刀戈息声，只留一面空旷的土坡，像是被往来奔突的战车碾碎了生机，寸草不生。那几棵散落期间的树虽不怎么高大，但枝干遒劲，铜浇铁铸一般，很难看出树龄，夕阳的余晖给它涂上了一层暖暖的色调，让人悠然生出许多柔情。一旁散落的碎瓦有绳纹的也有布纹的，残砖有小青砖也有一拃见方的小地砖，年代各不相同，足见此地原来附着建筑持续的历史。

想这月亮山的名字一定是修筑秦直道的劳工起的。每天劳役之后，裹着汗湿的衣衫，遥望着月亮从那山顶上升起，思家思亲之情便会油然而生，一个月亮山寄托了他们无限的思念。那么，那砖瓦昔日构筑的又是什么样的建筑呢？也许这山的名字是巡游的王公贵族起的，他们在那山上筑一座高楼，名为望月楼，酷暑登楼听林涛起伏鸟鸣啁啾，观月儿东升佳人起舞，全不知人间疾苦。也许这月亮山的名字是为远嫁的昭君起的，在这出塞的最后一站建一所行宫，名为安远楼，“汉家秦地月，流影照明妃。一上玉关道，天涯去不归……”

在甘泉县境内的秦直道上，我们与一棵松树相遇，但它再也不能站着与我们对话。它横卧在古道的遗址上，足有十多米长，像一具恐龙的化石，几乎很难分辨它是木还是土。它纹理层层绽开、剥落，像摊开的书卷，一任阳光雨露破译它深藏在心中的密码。旁边有一通晋商在咸丰八年（1858）树立的石碑，碑文记载在道光六年（1826），这里曾建有一座关帝庙，“楼宇相接，亭廊绵延，山明水秀，蔚为壮观。”可见直至清朝晚期，秦直道一直在发挥着作用，“光与前者有人，裕于后者亦有人”，两千年间，这条帝国的交通大动脉一直是车辘辘马萧萧，兵马奔突，商贾往来，红尘滚滚，烟云相连。

在秦直道将要告别子午岭的地段，有一个山村叫将窑子。这里有一棵鸡爪槭，其实它就是枫树的一种，也叫三叶枫，高十六米，胸围近四米，伞状的树冠覆盖面积达二十五平方米。许慎著的《说文》一书中说“槭木可作大车輮”。行山者仄輮，可见它的筋骨是多么坚韧。千八百里直道，两千多年的尘埃谁知道掩埋了这个家族多少生命的信息？秋色里远远望去，那树像一位百战而归的将军，身披金红色的战袍驻足在这大道之边，南望长安，思接千里。它若是能开口，一定也是“僵卧孤村不自哀，尚思为国戍轮台。夜阑卧听风吹雨，铁马冰河入梦来。”

原载2021年5月14日《人民日报海外版》（有删节）

奔走的大树

小区外的一块公共绿地，不知道什么时候成了大树的驿站。这驿站来过伟岸的松树，来过繁华似锦的野海棠，还来过秋叶如金蝶翻飞的银杏，但长则一年短则几个月就都走了。不知他们从哪里来，也不知奔向何处去。

我对树的记忆就是从奔走开始的，但那时候奔走的不是树，是我。

小时候最怕一个人走路，但偏偏有些路却非你一个人走不行。从那时候起，我对树就有了一种无由的依赖和信任。每每提心吊胆地在那山与山村与村之间奔跑时，只要远远地望见一棵大树，就有一种莫名其妙的安全感。似乎那在风中哗哗摇曳的树们真在呼喊：来，到我身边来。所以当我奔向那一棵棵大树时，好像那树也迎着我奔来。也只有跑到那树下，我才敢歇一口气，擦一把头上的热汗。

记得第一次独行是在镇上读四年级的时候。我们属于走读生，不上灶，每周六回家周日返校，背一包干粮提一罐酸菜，便是下一周的吃食。那个周六下午，高年级的堂哥来叫我，老师却说，你别回去了，班里要排节目。堂哥一走，我的眼泪就掉下来了。老师见状便说去吧！去吧！我便拉起书包风一般追去，我想我一定能撵上他。

出了镇子的南门，一望河对面，没有。过了河，望一眼对面的山坡，还没有。我一边奔跑，一边在心里埋怨，哥，你今天咋就走得这么快，你就不会走慢一点吗？一口气爬上山峁，不远处就是一棵大槐树，以往站在这棵树下

就能望见我们村口的槐树。可那时正值深秋，高粱长得一人多高，路就成了一道缝，除了头顶的一线天什么也望不见，枯黄的高粱叶子在风中沙沙作响，好像远远近近不知是些什么声音在窃窃私语。我便一刻也不敢停留，抹把汗一头钻进那迷阵之中，只是个跑。正跑着，“嘎”地惊起一群山鸡，只觉着浑身的毛发嗖的一下都竖起来了。受了惊吓的我一边下意识地抡着手里的书包，一边把在学校学来的歌曲放开喉咙乱吼，直到出了那片高粱地，望见了村口的大槐树才放慢脚步。没想到这时候我的哥却从后面追了上来，我的眼泪几乎又要掉下来了。我说，你跑到哪里去了？叫人怎么都撵不上！他说我在南门口的铁匠铺看人搁方，想着等一等也许老师能给你准假，没照住你就跑过去了，赶看见你已经跑到半峁上了。他说，你怎么跑那么快，我怎么都追不上？我不好意思说自己害怕，只是嗔怪地拿眼睛望着他。及至望见了自家的窑院，望见了自家窑背上缓缓飘动的炊烟，早把这一切丢到脑后了。现在想来，这一次其实不能算独行，因为在自己的心里总想着还有一个伴，他就在前方。那时候毕竟才九岁啊！但就是有了这一次，我才开始敢一个人走路了，想着那路上其实也没有什么，哪怕，是自己怕自己。

那时候的树是不走的，等过上三年五载长高了胆大了再走小时候走过的路，它们还在，就有一种老朋友的感觉。

我们村最大的一棵槐树得十个孩子才能合抱，树冠能占三亩地，站在远处照我们村，那树就是标志。由于它长在一片坟茔里，所以就连那树下的灌木丛也没人敢动，密密扎扎连成一片，成了鹰鹞狐兔出没的地方。其实我们的村子基本处在槐树的包围之中，无论从哪个方向进村，迎接你的都是一棵大槐树。迎娶新媳妇进村时几班子吹手摆擂台在槐树下，送过世的老人搭路祭也是在槐树下；远行的人儿告别在槐树下，回家的游子重逢也是在槐树下。所以老人们在讲述村里发生的大事时都离不开那些老槐树："我老爷爷说，那一年他正在老槐树下歇凉，打猛子看见对面窑背上的枣枝摇开了，接着门楼子也摇开了，窑面子上的土疙瘩也淌开了。哎呀，那该是地动了！""我爷爷说，那一年下白雨，他端了一个大老碗圪蹴在门洞里吃饭，忽然照见村口的老槐树顶子上一片火光，接着就是一声炸雷，树顶子喀里擦茬就躺到地上了。打那以后就再没有见过树上的那条粗蛇，许是成精了，跟着那一声忽雷升天了。"

经年累月，村里的老人一辈辈走了，但那槐树还在，它们见证着历史，承载着信息，护佑着一村的男女老幼。秋夜里，躺在谷场上，你能听见风经过每一棵大树的脚步，能听见树与树的对话。

不只是村口，田间地头也是很有一些树的，或挺拔的白杨，或解馋的山杏，或苍劲的椿树，那树是田野的风韵。苦累时，擦一把汗，望一眼树，心头就会生出一种慰藉和希望。而在外人眼里，那以树为背景的劳作和歇息似乎都平添了几许田园的诗情画意。

万万想不到，有一天攀上走过了千万遍的山峁抬头望去时，路边的槐树不见了。站在那槐树离去的地方再向村口望去时，村口的大树也都不知奔向了何方。没有了大树遮蔽的村庄，就像失去了灵魂的人，散摊在那里，明晃晃地暴露在天地之间，任风吹雨打无遮无拦。沟畔上挂满了废弃的白色地膜，风起时像有一种悲切的呐喊，简直惨不忍睹。据说理由是分田到户了，一分地要有一分地的收入，树影响庄稼的生长。一家举斧，家家效仿，能伐的伐，能挖的挖，似乎一切只有变了现装进自己的腰包里才可靠。

冤屈的树，带着村庄的信息和留恋远走他乡。

幸存的只有秋场边的一棵大槐树，那树见证过村子车载斗量的丰收场面，也见证过村子锣鼓喧天的辉煌时光。记得有一次在这树下避雨时，一道彩虹从树下升起，一村人视为吉兆，我们一群孩子乘兴扑进雨里，追跳滚打，一个个直滚得泥猴一般。不幸的是这树也正面临着一场走与留的考验。它的对面住了一户人家，坚持在它的脚下取土不止，天长日久已有三分之一的根外露悬空，可它却像一位悲壮的斗士，用那伤残之躯坚守着脚下的土地。可巧这先后村子里外出谋生的年轻人接连出事，有遭了车祸的也有得了绝症的，出村时生龙活虎，回来时已成隔世之人。这时就有老者出面说话：你们该安顿安顿村子了！于是，凡有子弟在外工作的人家，一人集资一千，请大师，下罗盘，看风水。“这树是一棵神树，是你们村子的保护神，保住它的性命才能保住你们村子的平安。”大师的一句话，那岌岌可危的老槐树才在这一场祈祷中得到了众人的抚慰，让它依旧庄严地挺立在古老的村口，用它那特有的语言在晨霭暮雾中为众生祈祷。

一日出门，楼下停着一辆车，车上载着一棵大树，开车的是老家的一位相识。他说，那棵树卖了四万。虽然心口一揪，但又从另一方面幻想，若是各地进城的大树都能站成一道风景，对那些来自同一块土地的务工者来说未尝不是一件好事，想那劳苦之余他们若能指认自己家乡的树木，在它的脚下歇歇脚说说话、即就是抹抹眼泪，也可以聊解乡愁。可惜的是人们尽管给那棵来自我们家乡的树又是搭棚又是输液，很是享受了一番城市的待遇，但它只挨过了一个夏季，在一个夜间又不知以何种方式奔向何方。

人，找不到回家的路，树能够给你指引；但如果真到了路边连一棵树都没有的那一天，人还能找到自己的家吗？

原载《散文选刊·下半月》2016年第8期

《高中生之友》（青春版）2021年第5期

荣登“2016年度中国散文排行榜”第23名

祖母的枣树

小孩子记吃不记打，儿时的许多记忆总是和吃连在一起的。

祖母教我栽树时说，桃三年，杏四年，枣儿吃当年。她领着我在村后的枣树林里挖了一株三尺多高的枣苗子，顺路在老池里提了一瓦罐水，回到院子里的墙角下，她一边笑眯眯地看着我挖坑培土浇水，一边说：谁家娃儿勤谨栽的树就长得高，谁家娃儿勤谨栽的树就结的果子多。

祖母身边无是非，她从不高声说话，更不会和人论理。据说在我们那一大家子人未分灶的时候，蒸馍擀面是她的事，饭熟了往人前端则是她兄弟媳妇的事。安静的人做什么事都是安静的，安静地在屋里纺线织布，安静地在墙角硷畔点豆种瓜。对我这个长孙更是溺爱无边，从小到大从未说过一句重话，但凡她能代劳的事情也从不让我动手，许多事我还没有感觉她已是泪流满面，可在栽树这件事上她却一反常态，只动嘴不动手。

好多年后我才明白，祖母在世时，她看枣树如我；祖母去世后，我看枣树如她。不管年龄有多大，回家后，望一眼那枣树，似乎依然能听到那一声唤：樵子回来啦！

陕北旱塬，枣树如人，不与五谷争地，干崖沟畔都能安身；不与百花争春，桃李落英时序安静它才吐绿，尤其不畏春旱，“五月旱，枣儿辫”是自古就有的谚语。即使天年不济五谷绝收，枣树都不会空对世人。所以在那十年九旱的年月里，人们视枣树为救命树，称枣儿为救命果。再不爱栽树的人家，也会在窑背硷畔上栽几棵枣树。也许是生长环境的关系，枣树果实甘美，水少质坚，就连那修道者，虽能不食人间烟火，但却是一日不舍枣三枚；枣木也是坚韧无比，古人做车轴，它是首选。白居易有一首富含哲理的写枣树的诗——《杏园中枣树》。开篇先借常人之言说枣树既平凡又粗鄙，树皮像开裂的冻手，树叶像琐小的鼠耳；但却没有自知之明，也生长在这杏园里，与那些风光旖旎的红花相比就好像是嫫母对着西子，形成了强烈的反差。接着却笔锋一转写道："东风不择木，吹煦长未已。眼看欲合抱，得尽生生理。寄言游春客，乞君一回视；君爱绕指柔，从君怜柳杞；君求悦目艳，不敢争桃李；君若作大车，轮轴材须此。"

自从栽下了那棵枣树，我仿佛就将心事丢在了那墙角里，少不得一日三探。那时候父亲在县城工作，母亲满年四季都要参加生产队的集体劳动，年少的我多是和祖母厮磨在一起。祖母就笑我：又不是看媳妇哩，小心把人家看羞了，不理你了。树没羞，我倒先羞了。再看便是偷偷摸摸地，偷偷地浇点水，偷偷地松松土。直看得杏花落了桃花谢了，那枣树才努出了绿豆大的芽苞，我便解脱一般大呼小叫撒欢而去。

那一年枣树真就结出了五六颗枣子，我炫耀般极力护着他们，到秋后竟有三颗玛瑙似的红在枝头，等我讨赏般捧给祖母的时候，她说你先吃，你看自已栽的树结出的果子是不是比人家的甜。

那枣树是栽在磨道旁边的，得粪水之先，第二年就长了一人高，再一年就蹿出了墙头。许是为了给枣树作伴，祖母每年都要在枣树下种几棵番瓜，瓜蔓爬上墙头攀上枣树，橘红的瓜灯笼般悬在空中与枣儿也像祖孙似的朝夕相伴，成了门前一景。有一年枣树开花时节竟然引来了一窝蜜蜂，团聚树上。祖父拿了一把柳条笊篱，戴了一顶草帽，用纱布罩住脸面去收蜂，他说收住了，就能吃上蜂糖。他一边用笤帚篾子往笊篱上拂着蜂儿，一边念咒般喊着：蜂王、蜂王上上……我坐在大门墩上眼巴巴地看着。这时却来了一个人，说那蜂是从他们家分出来的，因为村上只有他们家有蜜蜂。

乡间有一个不成文的规矩，蜜蜂也和择木而栖的良禽、春天回归的燕子一样，落到谁家就是谁家的，在哪里安家是它们本能的选择，人强求不得。可祖母却说，是他的就让他收走吧，我们家本就没有的。那人把那一窝蜜蜂收走了，可奇怪的是他家的十几窝蜂在不到一年的时间里跑得连一窝都没剩。

现在想来，我那朴实的祖母在教育后人的事情上其实是有大智慧的，她从不说要我怎么样，却让我知道她希望我怎么样，她在她的心里给我预设、定位。我常听她对人家说我樵子说什么什么，我樵子说他长大了如何如何。仔细想想那话都是我说的吗？像是，又不全是。面对一位你有一点委屈她都要流泪的人，你有什么理由不顺着她拨开的那一丝亮光前行呢？

四十五年了，走了祖母，塌了祖屋，在那残窑断墙前长高了一棵枣树。祖母的枣树。

每次回家，望着那棵已经有些老态的枣树，想起我那懦弱得不会与人吵嘴、善良得看见杀猪都要落泪的祖母，总有一种与眼前世界剥离的感觉。

祖母生活的年代几近绳床瓦灶，但她对所有的收获都极尽感念，即使自食其力的种瓜得瓜种豆得豆，她也觉得是上天的恩赐。她用她的行事告诉我：把自己应该做好的、能做好的事情做好，就有真正的桃花源。

外祖父的酸枣树

我之所以把外祖父和那棵酸枣树连在一起，是站在我们家的硷畔上就能望见它，而站在它的脚下就能望见外祖父的村庄，外祖父常常站在那棵酸枣树下将我召唤。

那棵酸枣树是我至今见过的最大的一棵酸枣树，树身一人不能合抱，树冠有四五米高。据说修通村公路时，粗心的铲车司机曾将它推倒，过路的乡民立马把他挡住，说你知道这是一棵什么树吗？谁也说不清它有多少年代了，电视台还给它照过相哩，你就敢把它推倒？那司机倒还仁义，回转身又将它吊起，栽在原地。没成想它还真又活过来了，至今还站立在那路边开碎花结酸果，只是枝叶没有原先那么茂密了。

其实外祖父最爱的是果树，早年他的窑背山就是一个花果山，他看果树的目光和看我们一样，好像有一种无来由的疼爱。他在果树下的劳作，那尽心尽力虔诚得就像是一种修行，仿佛他就是专为干这一种营生才来到这个世界上的。所以后来在读到“锦绣田园”这四个字的时候，我每每想到的就是外祖父那一山的花、一山的果，他在那果树下的劳作。在我儿时的记忆中，除了上学，空下的时间都是在外祖父那里度过的。即使在冬月天，他那里也是有果子吃的，有阴干的红枣，有埋在麦秸窑里黄澄澄的秋梨。等你早上睁开眼睛，那梨已经被他放在锅旮旯里暖热了。

每到暑假，就会听到外祖父在对面山峁上的呐喊，跑到硷畔上就能照见外祖父站在那酸枣树下的身影。樵子——书包背上——外爷在这等你！

那呼唤被崖娃娃传的一声接一声，满沟可洼的暖心暖意。时鲜的杏儿桃儿熟了等不得放假，他也会挑星期天站在那酸枣树下喊我，等我攀上那面山坡时，他的身边必定放着尽我的力量装的一筐果子。他要看着我解了馋，抹了嘴，将那筐子扶上我的肩，望着我下坡上坡站在了大门前才会转身离去。山梁上，他那渐行渐远的身影，一直在我的岁月里生长。

看外祖父抚育果树真是一种享受，尤其在嫁接树苗时，慈祥得像是在抚摸一个婴儿。那接穗的芽条一切下，他便含在嘴里，划开砧木，他念念有词。问他说的是什么，树能解下？他说，你解不下，树能解下。果木开花时节，他那园子里除了龙儿子小葱、嫩绿的旱韭别无一根杂草。每棵树下他都要用耙子搭得暄暄的，耙齿过处像是画就的一般，有网格纹也有水波纹，你完全能想象得到他劳作时的心情。落英时节，繁飞的花瓣落地，那简直就是在掌心里的舞蹈。

外祖父的果树都是经过多次嫁接的，同是一棵杏树，这半边是早熟的小杏，那半边是晚熟的大杏；同是一棵李树，这一枝是胭脂红的杏李子，那一枝则是金黄的桃李子，就是那沙果、秋梨，也必定比别人家的个大皮薄。我们去了说是照果子，不如说是玩、是吃，况且只要手里有一本书，外祖父是绝不会喊我们去干活的。我们每天都要盖自己的“房子”，先找几根木棍搭好架子，再用花花草草装饰遮阳，一切弄好后便惬意地躺在里面，有熟的果子解馋，没熟的果子也会变着法儿吃。我们用湿土捏成疙瘩做建筑材料，垒成一个小小的穹窑，点火把那湿土疙瘩烧干烧红后，便将生涩的桃呀梨呀的塞进去，把穹顶捣塌，用湿土封严，等上一袋烟工夫就可以扒拉出来享用了。带着烟火味的酸、糯和脸上的黑汗流水便是另一番情趣。

空闲时，外祖父也会挤进来和我们坐在一起，他能把树叶吹得和笛子一样好听，能把梨叶掐得和剪纸一样好看，还会用马莲叶子和麦秸秆编装蝈蝈、知了的笼子。他最拿手的是用柳木棍做翻跟头的猴子，一节木头在他的手里瞬间便被赋予了生命和活力，腾跃翻飞，活灵活现。

这一切，铸就了我的山乡情结和田园记忆。

记不清是哪一年，外祖父的果园被收归集体，眼见的长势一年不如一年，枝干长出了瘤，叶子锈成了团，稀稀的果子也像没娘的孩子，灰头搐脸，不忍细看。更让人心疼的是外祖父衰老的速度似乎比他那果园衰败的速度还要快。像失去了庙堂的修行者，一脸荒芜。

外祖父失去了果树，但那酸枣树还在，在那山峁上葳蕤自生，他也总会隔三岔五地站在那酸枣树下将我们呼唤。父亲工作在外，他操心我们家那两亩自留地，春问几时种，秋问几时收。问明了，他便翻沟爬坡赶过来扶犁点种，默默劳作。有时候相会在那山峁上，没有了累累的果实，他会捧一掬酸枣说，你吃，也还甜甜的。后来，看望年老的外祖父，离别时他偶尔还会伴我们再走到那酸枣树下，坐在那，说够了话，再背转身，各回各家。

外祖父走了，但那酸枣树还在。我想，它听过太多的外祖父对我的呼唤，总会记住他的声音；它见过太多我们祖孙相会的场面，总会记住他的笑容。再看他时，走到这酸枣树下，还没到灵地，我想他老人家已经晓得了。

一回，约了研究酸枣药理的专家，扛着摄像机去看那棵酸枣树，他虔诚地拍了照，采了枝，收了果，说要研究它的基因和树龄。他说，枣仁是安神的。

也许，山峁上的酸枣树哪一天也会不在了。我的酸枣树会一直生长着。

树在一方

一方树木也似一方人，有它独特的慧根灵性和神采风韵。

沿壶口瀑布右岸南行五十里有一道川，方志曰：水极澄清，虽淋潦不渣，故名河清川。延安地区最低的海拔在河清川，延安地区最美的树也在河清川。河清川与黄河的交汇处海拔仅有三百三十八点八米，而源头最高山峰的海拔则高达一千六百一十九米。电力匮乏的年代，勤劳智慧的河清川人利用这一千二百八十米的落差，沿河修建了八座水电站，使文明之光较早地照亮了静谧的家园。而这一千二百八十米的落差还形成了陕北地区少见的小气候，空气湿润，草木名目繁多。河清川的树奔放舒展，朗然而生，看上去像水中的鱼儿一般畅快。下半川石榴、花椒、柿子，几乎红透了一年四季；上半川云屯森立，是国家一级野生保护动物褐马鸡的家园。早春时节，山居人家清晨开门撒一把五谷，偶有褐马鸡会翩然飞来，与家鸡争食。而黄河鲇鱼也会在产卵期三三两两逆流而上，把后代托付给河清川清澈的溪水。

河清川以松树居多，松树中以白皮松最为有名，而要说河清川的白皮松必先说陈家庄的“石棱松”。这石棱三米见方，斜立在清清河水边，想那起初必定是由一只精灵的小松鼠，叼来一只松果，跳上这石楞，临水而食。饱餐后再跳下去，饮几口清冽甘甜的溪水，抹一抹嘴巴，以水为镜照一照俊美的脸庞，悠然而去。不承想，无意间却有一枚松子落入那石缝之中，风吹日晒，雨露滋润，那松子竟然发芽生根，迎着阳光勃勃而长。落石生根，这足以说明河清川的温润和纯净。如今你站在河对岸望去，石棱上的那棵白皮松，活脱脱一位出浴的仙子，玉臂轻舒，秀发飘飘，波光潋滟的河面倒映着美丽的倩影。我们是否也该为她高歌一曲《临高台》：临高台以轩，下有清水清且寒。江有香草目以兰，黄鹄高飞离哉翻……

可以和“石棱松”媲美的是“童子松”，它生长在河清川的将军台。当你气喘吁吁即将到达将军台的峰顶时，抬头一望，这迎客的童子便在眼前。那几乎是一棵枯死的白皮松，只在树干的一侧还保留着一绺未枯的树皮，而那树皮上却生长出了两个新枝，一枝向上，一枝下垂。活脱脱贾岛笔下那个顽皮的童子。他跨坐在那弯弯枯树上，上扬的手臂指着对面的大山“言师采药去，云深不知处”；下垂的小腿莲藕一般可人，在山风中惬意地荡来荡去。回答完你的问话，又自顾自地击掌而歌：红豆豆，煮米米；你大（爸）给你寻女婿……

因了他的歌声，那一山的树哗的一下都活了起来，击掌而和。

有人说，一个已经开始衰老的生命与一个最鲜活的生命的拥抱，是最动人的。树也亦然。

河清川，最美的白皮松在郭东村，没有看过郭东村的白皮松那就等于你没有来过河清川。我第一次拜谒那棵白皮松是三十年前，那时的郭东村石板路、石板房、石头块块垒院墙，一律雁阵排列。村口一棵古槐，势如龙爪的树根上坐着三五鹤发童颜怀抱幼儿的老人，脚下一条小渠，映日清水似有无。遥望家户院落，石榴羞羞探出墙头，更有浓浓椒香扑鼻，一切像是一幅画。

正欲进村，忽听身后传来一阵响声，像地龙低吼，似河水漫谷。回头来，只见河对面的石岸上有一棵参天白松，风吹树动，声自树来。

那树隔河望去似乎并不起眼，越到树下，人越小，树越大，望树顶，只见云游树动，我的脚步也不由趔趔趄趄。田埂上有一位老人银须飘飘，耷拉着松弛的眼皮，嘴里噙着一只足有三尺长的烟杆，一口接一口地抽着老旱烟。问及松树的身世，他只是摇头不答。正待再问，忽听一声“看蛇！”面前飞过一条银链，吓得我撒腿就跑。“别怕，脱节了。”老人身后的核桃树上跳下一个童子，嘻嘻笑着随手拾起那软溜溜的怕物提在手中来回荡着，吓得我总不敢近前。

河清川土音别致，把石头叫“特实”，把生生叫“傻傻”，把辣叫“麻”，把麻叫“呜咧”，初听不解，细品有味，直道出了人的感觉。经过童子的翻译，我才慢慢听懂了老人的讲述。他说老辈人记事起这树就这样。民国年间，来了一干强人，要伐这棵大树补贴军用。村上一位有公益之心的老者暗中组织募集，以市值相贿，才保住了这棵树的性命。老者寿终时，这棵白皮松便有一枝不伐自折，村民就用老天所赐的这枝白皮松为老者做棺，装殓送终。他说，也不记得从何时起，这树上就有数十只白鹭集栖，日出远翔，日落而归，常在朝晖夕阳下翩翩起舞，展翅欢鸣，声遍全村。百姓视为村宝，护若神灵，每逢大年总要在树下焚香洒酒，与其同庆。

“文革”时，有人以破除迷信为由，一枪出去便将一只鹭鸟打落下来，雪白的胸脯上淌着鲜红的血珠。当晚，群鹭哀鸣半夜，松树呜咽半夜，村民静坐半夜。黎明，白鹭倾巢南飞。过后虽有鹭鸟飞来，但只是绕树三匝哀鸣而过，不再落脚。

如今，这棵白皮松已经列入延安市的古树名木保护名录，标注树高二十三米，胸围四米四一，树冠二百三十四平方米，树龄一千年。它银干铁枝，老而不朽，超凡脱俗，生机盎然。它那勇于推陈出新的躯干斑斑驳驳，像身披铠甲的将军，一肩夕阳，目光如炬越千年，令人肃然起敬。李自成义军的脚步跃过它脚下的溪流飞渡黄河，把皇帝老子赶到了煤山的槐树下；谢子长闹红的火把照亮了河清川古老的村庄，唤醒了它脚下沉睡的土地。它那密密匝匝的年轮里则深藏着宋词的雄迈豪放和姹紫嫣红，它能读懂“将军白发征夫泪”，也能读懂“纤云弄巧，飞星传恨”。

当我再一次仰望这棵大树的时候，一位肩扛锄头的农妇却对我说，修了铁路，这树就不好看了。说这话时，蒙华铁路的运煤专列正从树后的山坡上呼啸而过。

豹榆树下有人家

下神道岭，入柏峪川，一条毛片石铺就的小径引上山脚，是一个荒芜的小村庄，村口的拐弯处斜刺里生长着一棵苍劲的大树，外露的树根像一双有力的大手，十指紧扣着脚下的泥土，仿佛一松劲就会滑下山去。转过弯，回身再看，那树也像是为了免除人们的担心，半空中悠地一个转身生出一个温柔的弯，保持了它生命的平衡，活脱脱一个一手叉腰一手扶墙的老人，站在这村口日复一日望着那蜿蜒在山脚下的路。

有了这棵大树的迎接，这出行便不再是闲游，心里生出了一丝回归和探望的柔情。

这是一个依山而建的村庄，一座座小院拾级而上，虽然荒芜了，门窗洞穿，荒草齐腰，有些已经是断壁残垣，屋没塌墙已倒。但在这荒芜之间依然能看到这村子里昔日的生动，能看看到主人对生活的热爱，能看到光景的红火。不少的院落都是门上有阁，若是瓦房便都是两层的，下面住人上面储物，若是石窑也是小轩窗采光，宽敞明亮。一般的农家出行的路都讲究个平顺，可这里的人家户户门前都要造出三五级台阶，走上去步步登高，极有心劲和韵致。想着昔日这台阶之上一定会坐着些银须飘飘的老人，说古道今；那厦屋里也该飘出些琅琅书声，儒雅悦耳。

上到高处，回身俯瞰，才发现整个村庄几乎被树木覆盖。有人说，北方人大都有一种槐树情结，因为他们的祖先许多都是大槐树下的移民，他们在哪里安下新家便首先要在哪里栽一棵槐树，寄托对故乡的思念，那槐树便像保护神一样庇护着他们的子孙后代，所以一个村子里槐树的大小就能反映出它历史的长短。这村中央的一棵古槐，树干遒劲枝叶枯荣参差，树围要三人才能合抱，少说也有百年之龄。树下一盘石碾，碾盘上晾晒着金黄的玉米，才让人想到这村中还该有袅袅炊烟升起。四周望去，真发现不远处有一个低门小户的人家。走近了，门前有一丛翠竹，楚楚动人，一道篱笆墙爬满了野蔷薇，欣欣向荣。篱笆下，葱绿、茄紫、椒红。留守在这里的该是一户什么样的人家啊？门闩紧扣，只有忙碌的蜜蜂飞来飞去。

折身右拐，又是一棵参天大树，树干挺拔，树叶榆树般细密，树皮却似白皮松斑斑脱落。所不同的是那脱落处是红褐色的，多了几分隐忍和凝重。这是一种什么样的树啊，为何让人突生出许多牵挂和敬重？山尽处，岚气霭霭，无人可问。

走出村，才看清村口那棵弯腰的大树和村中那棵挺拔的大树同属一种，一柔一刚，一前一后，守护着大山深处这个古老荒芜的村庄。从此后，那树、那人，成了心中的两个牵挂。

这是去年秋天的事情。

回家后将照片发到网上求教，有网友回帖说这树叫豹榆树，是榔榆的一种，因树皮斑斑脱落如豹纹而得名。最古老的一棵豹榆树生长在永寿县甘井镇，人称树王，传说是周文王的祖父率部族迁徙至岐山下时亲手所植。由于豹榆树树形优美，姿态潇洒，树皮斑驳，在庭院中孤植、丛植或与亭榭、山石配植都非常好看，常被人选作绿化树种。根、皮、嫩叶入药有消肿止痛、解毒治热的功效，外敷可治水火烫伤。用叶制成的土农药，还可杀红蜘蛛，是人类的好朋友。

夏日生暑，为寻凉，日前又一次前往柏峪，有了对豹榆树的了解，再站在它的脚下时，心中就多了几分敬意。就想，这个村子的先人说不定也是周人的后代，早年间就是手执一株豹榆树的幼苗从岐山脚下移居到这柏峪山中来的。恍惚中听得有人招呼：你们是从远路来的吧，进屋喝口水。循声望去，是去年客访不遇的那户人家，院门口站着一位老妇，身前依然是一丛竹，身后仍然是一片花，山墙上多了一片爬山虎，蓬勃向上。走进小院，更是出奇的洁净，就连拾来的柴枝也一律被折成尺许长，规规矩矩码在屋檐下，主人的做人与行事便可从中看出一二。进屋迎面的墙上挂着一副老人年轻时的夫妇合影，见她的丈夫一身戎装，正欲问个究竟，暗影里闪出一男子，一语不发夺门而去。迎着我们探寻的目光，老人淡淡地说，她的丈夫是在退伍回乡后去世的，那一年她还不满四十岁。刚才出去的是她的儿子，原本也是入伍当兵的人，半路生了病，被送了回来，四十多了，连个家还没成下。许是怕扫了我们的兴，看着一拨欢声笑语的人哑了声，老人便改口说起了村子昔日的红火热闹，还拨开齐腰深的蒿草领我们参观了他们那泉水涓涓的蓄水池。

行走中，有朋友打电话向林业专家求证那古树的名称，回说应该是“鹅耳枥”。榆与枥，不知是本名与别名之差还是种与属之别，但却因一个“枥”字使人想起了韩愈的名篇《山石》，“山红涧碧纷烂漫，时见松枥皆十围。当流赤足踏涧石，水声激激风吹衣。”山深不知处，头上只闻鸟鸣啁啾不见鸟影，脚下只听水声淙淙不见水流，我们本该也像诗人一样赤着一双脚，涉涧而行，让清凉的溪水从足背上淌过，让整个身心都陶醉在大自然的美妙之中。但心情却像脚下的路一样，高高低低难以顺畅。村庄荒芜，邻人远去，老人一家父子两代义务参军可谓是尽忠报国，那么如今又该靠什么温暖她晚年的生活呢？她的守望，是命运的羁绊还是她真就觉得有这伟岸的古树护佑、有自己手植的花荣菜绿相伴就蛮可以生活得恬淡自在？也许，她本就不是爱争个眉高眼低的人，如今还凑什么红火热闹。

走远了，回头向山坡上望去，还能看见那棵弯腰的豹榆树。

去看那棵树

我是从靳之林先生那里听说那棵树的。九十高龄的靳先生说，我是走不动了，你替我去看看那棵树吧，四十多年了，应该长成一棵大树了。当我来到赵家沟，顺着韩支书的手指向对面的山头望去时，那里不是一棵而是一片一片苍翠的柏树。

清明将近，山坡上的残雪早已化尽，湿漉漉的土地上枯草蓬蓬地在风中摇曳，厚厚的腐植层踏上去暄暄的，似乎有蓬勃的生命在脚下涌动。老话说指山跑死马，看上去不远的一个山头，上下蜿蜒约莫走了半个小时才到跟前。但山头四周绝崖陡峭且酸枣刺丛生，几乎无路可走。带路的韩支书和村主任说，这里是一个土寨子，是青化砭战役的旧战场，当年这寨子里还有一排窑洞，打扫战场时，牺牲的烈士就停在那窑洞里。顺着他们的指点，还能大致看出寨子的轮廓。踅摸了几处，越过一个战壕样的沟渠，才从那酸枣刺的缝隙中钻了上去。

靳之林先生建国初创作油画《南泥湾》时深深地爱上了延安，他几经周折，几乎是和知青同时来到延安插队落户的。虽然年龄比知青大二十多岁，但共同的热情和抱负使他和知青有一种天然的相通，和许多知青成了忘年的生死之交。他每次来延安，几乎都要打听赵家沟的消息，每每讲起赵家沟知青栽植扎根树的故事总是激动不已。他说赵家沟的这拨知青是来得比较迟的，是从第一批插队的知青那里了解了延安的情况后，抱着改变延安落后面貌和改变自己人生观的志向结伴而来的，许多都是背着家长偷偷跑出来的。那时候，已经有知青通过招生、招工、病退等各种渠道陆续返城了。为了表示扎根延安的决心，他们专门从北京带来了一棵树苗，培植的土是专门从杨家岭毛主席耕种过的地里挖的，浇灌的水也是特意从南泥湾九龙泉取的。栽好树，男同学光着膀子，女同学扎着白羊肚子手巾，一起合影留念。随后，还集体到毛岸英当年劳动锻炼的吴家枣园参观学习，决心补上劳动大学这一课。靳之林先生说这些知青的言行深深地打动了他，他不仅见证了这每一个环节，而且为他们留下了珍贵的照片。

靳先生从此担当起了知青和家长之间的义务联络员。为了取得家长的理解和支持，他让每一位知青写一封家书，他则将当时的情景为每一位知青画一幅速写，带着那字与画回到北京一一登门拜访，向家长汇报孩子们的生产生活情况。返回延安时，同样是带着家长的礼物和挂牵。他说第一次往返是春节前，背包里鼓鼓囊囊足足塞了有一百多斤。回到延安大雪封路交通中断，但为了让那些孩子能在春节前拿到来自北京的礼物，感受到父母的理解和关爱，他踏雪步行五十里，摸黑走进赵家沟。又惊又喜的孩子们和满头雪花一身寒气的靳先生紧紧拥抱在一起。那情那景，靳先生当年有诗为证：大雪纷飞夜，背负家长心；步走青化砭，春节看亲人……

树和人，生命里都汲取了黄土地的营养，植树的人像那伸展开的树枝一样自然要去寻找新的生长空间，树以它特有的形象站在这高山之巅，那浸染了烈士鲜血的旧战场，那坍塌了的古寨旧窑成了生命的母土。问起这树为什么是一片而不是一棵，韩支书说他们村先后有四十多位知青来插过队，有北京的也有延安当地的，大家都栽。据有关资料统计，从一九六八年到一九七五年，全国各地共有两万六千七百二十四名知识青年来到延安插队落户，他们和当地的农民朋友同凉热共饥寒，摸爬滚打在一起，不仅在劳动生活的实践中锻炼了自己，也为提高当地农民素质和生产水平作出了极大贡献。知青中先后有一千三百九十五人担任了县社队的领导干部、七百六十三人担任了民办教师、六千七百二十四人担任了赤脚医生、一百四十七人担任了生产技术员。在他们的影响下，有相当一部分农村青年的命运得到了改变。

按照靳先生的记忆，那棵扎根树当年应该是栽在知青点的窑洞前的，怎么又跑到这山上来了？是那些植树者离开时专门移栽过来的，还是他们走后，村子里的老乡给移栽的？这知青林中最早栽植的又是哪一棵？这些问题，比知青年少的村干部都回答不了。当然，这些问题都不重要，重要的是当年的幼苗如今已成材，成了我们生态环境中的一道风景。我只能给靳先生汇报，那棵树长壮了也长高了，也可谓，枝接云海连晓雾，九万里风鹏正举。

站在树的地方，对面是赵家沟，鸡鸣狗吠人唤声声入耳，水坝田畴历历在目。你若是还想看远处，往西是宝塔山，往东是天安门，就看你心有多大了。延安人好说，宝塔山连着天安门，我们和北京是亲戚。几辈人了！

玉兰　在风雪中重生

雪，被诗人们称为冬天的精灵。所以当每年冬季第一场雪降临的时候，人们都像过节一样欣喜，都要随着雪花轻盈的步态跳跃、追逐，翩翩起舞，似乎只有这样才能使雪花在这九九八十一天里频频光顾大地，使这个冬天更加圣洁、清爽、适意。

雪，更像是天地之间商谈的使者。它要知晓地之求天之赐，天不漏一，所以它的脚步是那样从容，起起落落它要把山川大地高树低草一一问过；九九八十一天，它要经过无数的往来反复的沟通，才能议定来年的春花繁疏，秋实盈缺。

追逐着这第一场雪的脚步，我像一个孩子一样在小区的绿化带中徜徉。我要看它如何和每一棵大树对话、如何和每一个枝丫耳语。当我又一次随着雪花的飞升抬头仰望的时候，目光一下子被身边的树吸引住了，确切地说，是被那树的枝丫上的芽苞吸引住了。这不是才进入冬季吗，那芽苞已经很是壮硕了，好像早已知道风雪的来临，苞衣毛茸茸的，好似华丽的轻裘。雪花落在苞衣的茸毛上，又好像落在俏皮孩子的长睫毛上，别样可爱。再仔细看向树干，这不是一棵玉兰吗！

记得刚刚有玉兰树移植到小城来的时候，花开之际，人们把它当作生活中的一件幸事，相互转告，像迎接贵宾一样欢迎它的到来，觉着它是那样的

圣洁、自若，有神圣不可侵犯一般的孤傲，就连树下的落英也有人拿手帕包了带回家去。引得我们将清代诗人查慎行的一首《雪中玉兰花盛开》反复吟诵：

阆苑移根巧耐寒，此花端合雪中看。
羽衣仙女纷纷下，齐戴华阳玉道冠。

玉兰先花后叶，难道说这俏立风雪中的并不是芽苞，而是花苞了！

再次抬头仰望，心中的激动不言而喻。天地大幕为之拉开，玉兰就是这舞台上的主角，它向天而歌，雪花蹁跹为它伴舞，而伴奏的唯有天籁之音。不信，你听，那应该是来自泥土的声音，是埙，水火土相和成器成声，朴拙抱素音韵渺远；那应该是来自丝竹的声音，是古琴，内合五行金木水火土，外合五音宫商角徵羽，达天地宇宙之理。看来，不只是“梅花香自苦寒来”。玉兰，是在风雪中涅槃，也是在风雪中重生，有这九九八十一天的历练，有天地之气冰雪精神的滋养，才能傲视苍穹，才能那么自信，圣洁如仙。难怪诗人要惊呼：“一盼。千金换。”

雪住天晴，气温骤降六十年不遇，达到零下二十三度。想那玉兰再坚强也不是钢筋铁骨，能扛得住这样的严寒吗？当我再一次仰头站在那玉兰树下时，新阳初照，天空湛蓝，寒风如刀从脸上刮过。可那簇簇花苞竟像一群调皮的顽童，站在高高的枝头，迎接初升的太阳，满身的茸毛朝晖下金丝一般，看上去格外温暖。积雪在头，则更像是有洁白的绒帽加护，仿佛有银铃般的嬉笑声在凛冽的寒风中回荡。真是“翠条多力引风长，点破银花玉雪香。”只待有了春消息，重生的玉兰解轻裘，迈仙步，报春路上敢与梅争先。

赶紧拍了照片发给朋友，朋友即刻回诗一首：

带笑向苍穹，朵朵藏奇秀。
茸茸满生机，切切向春风。
浑然忘季节，攘袂待起舞。

十七棵青松

往往，对一棵树的敬仰都是自下而上的，树越高，敬仰之心越重。没想到，这十七棵松树却颠覆了我的习惯。

那是一个正午，烈日当头，我怀着感激之心，先从遮蔽了阳光的树冠望向树身再望向树根的时候，目光一下子被钉在那里。那树根旁埋着一方大理石，上面镌刻着：

华钦恩，男，1910年生，少共国际师排长。1931年参加红军，1934年10月随部队长征，长征途中牺牲。

目光移向旁边，旁边的树根下同样埋着一方大理石，上刻：

华钦梁，男，1912年生，黄沙乡主席。1930年参加红军，1934年10月随部队长征，长征途中牺牲。

再顺着山坡往上望，还有：

华钦标，男，1914年生，红三军团战士。1932年参加红军，1934年10月随部长征，长征途中牺牲。

还有：

华钦柏，男，1917年生，红一军团战士。1932年参加红军，1934年10月随部队长征，长征途中牺牲；华崇宜，男，1919年生，红一军团战士。1932年参加红军，1934年10月随部队长征，长征途中牺牲……

24岁！ 22岁！ 20岁！ 17岁！！ 15岁！！！内心迅速换算出来的数字像锥子，锥锥刺心，那一方方大理石也像是堵在了胸口，让人喘不过气来。

仰头长叹，只见松针摇曳，光点闪烁如一首长歌的音符跳动……

这里是江西省瑞金市的花屋村，上世纪二三十年代革命火种在瑞金大地点燃的时候，只有四十三户人家的华屋村家家都有人参加革命。长征开拔前夕，十七名华屋子弟相约来到了村后的山坡上，每人栽下了一棵小松树，表明了他们的心迹，留下了他们的守望、牵挂和思念。遗憾的是松树年年长，不见儿郎归，十七名华屋子弟全部牺牲在长征途中。壮士一去不复还，他们用青春热血谱写了两万五千里的壮歌，却给这桑梓之地留下了无尽的思念，这十七棵青松就成了阴阳两界的连接点。后人称这十七棵青松为“信念树”，并立石，刻碑，修亭，以示永念。

当我定下心来，一步步走向那十七棵青松，下意识地伸出手去，试图与这携带着烈士信息的常青树相接触的时候，却不由得将自己的手停在了空中。因为那树的表皮是那样的不同一般，没有了粗糙，没有了年年生长的生动，铜浇铁铸一般！啊，八十多年，从小到大，从春到冬，他都经过了谁的抚摸？

父亲母亲？兄弟姊妹？妻子儿女？

模糊的视线中，是十七位壮士，赤肩裸背，推着一座山，前进。风动树不动，云移树不移，那是信念树吗？那是求生的树，我要活！我想到了《高山下的花环》中的梁三喜，想到了那张带血的欠账单，想到了梁三喜的母亲和妻子玉秀那以国家安危为己任的担当，想到了她们那泰山压顶不弯腰的坚毅和刚强……我收回了自己怯懦的手，我们的生活里没有炮火硝烟，可我们又有多少时候不是苟且偷生！

无独有偶，在于都的“中央红军长征出发纪念馆”里，我们看到了一双与众不同的草鞋，用料细软，做工精细，鞋尖上还特意缀了两颗粉红色的绒线球。一眼便知，这是一双从来没有上过脚的草鞋。但这不是复制品，是原物，是一位叫春秀的姑娘送给她将要踏上长征路的未婚夫谢志坚的信物。雪山草地，两万五千里，我们完全能想象这位红军战士走过多少路磨破多少鞋，可他从未舍得将这一双草鞋穿上脚。战后，从血雨腥风中生还的谢志坚手捧信物寻找它的主人时，春秀早已在那白色恐怖日子里，牺牲在敌人的屠刀之下。后来，谢志坚便将这双珍贵的草鞋捐赠给了纪念馆。临终之际，他还执意坐着轮椅来到这里，再看了一眼他的心上之物。

一路寻访，接触到的宣传干部、司机、讲解员，一问，不少人不是祖父是烈士就是曾祖父是烈士。带领我参观华屋村史馆的华东林说，他的爷爷就是十七烈士之一。看着长长的烈士后代名单，我庆幸烈士都能够后继有人。没想华东林却回道：其实他们大都没有结婚，后人是过继的。

十七棵青松站成了一道独特的风景，他们的脚下就是华屋新村。前几年，华屋人和全国各地的农民一样，青壮年几乎全部进城打工，留守的老弱病残靠低保和种地为生。近几年，华屋人在政府的引导下开始了将红色资源和绿色资源串联起来的探索，建起了大棚生产基地，办起了家庭旅馆，家家户户都住上了新房。耀眼的白墙上贴着大红的对联：承国运建新楼农家人人话振兴，感觉恩沐春风华屋处处添锦绣。而在新房的旁边，华屋人还特意留下了一排满眼烟色墙体开裂泥皮斑驳的旧土坯房，许是让烈士有灵回归还能找到当年的家。

不忘初心。当勤劳不能致富，诚实善良不能受人尊敬的时候，有许多人还是容易健忘的，让这十七棵青松时时把我们提醒。

第二辑

岁月深处的吟唱

石磨停转，野草钻出磨道，青苔爬上磨盘。

石磨停转，也消失了一种古老的吟唱。

停转的石磨失去了语言，成了一尊雕塑。

在乡间消磨过青春的人无论如今在何处以何种方式谋生，总喜欢隔三岔五拨开荒草为它们拍照，是他们坐在磨盘上还能凭着记忆在心里复原那一道道风景，还是能在心里重温那曾经浸润在田畴村巷间淳朴的亲情与古老的歌谣？

跛　牛

深秋，日暮，跛牛一步一颠，祖父一步一歇。无论什么时候忆起祖父，都是这幅艰难的暮归图。

二十世纪六七十年代的农业社，损失一头大家畜是一件大事，因为本该由那牲口承担的拉犁、磨面、驮水等力气活从今往后就得人来承担。可对不懂事的孩子们来说，这却是一件高兴事。每户人家不仅因此可以分到一块肉，还可以分到一碗杂碎汤。那汤还没煮好时，一村的孩子就端着盆盆碗碗围在那口大锅前，在打打闹闹中提前享受着那香气。等待的时间越长，胃口越馋，一待分到手，嘴就凑上去了。许多人是不等回到家，连汤带肉就都下肚了，进门时那碗和盆是提在手里的。

祖父饲养的这头牛是雨天跌下山沟的，折了一条腿，虽然不能再出力了，但队长却破例将它的命留了下来。因为这是一头母牛，怀了犊。队长对祖父说："瞎子，把这牛喂上，一天给你记一分工。"这就意味着母亲、祖父和我三个人一天就可以顶一个壮劳力挣到十分工了，能为父亲减轻不少负担。

祖父视力不济，早早就不能参加集体劳动了。虽说那时候一分工只值几分钱，但只要能记到工分本上，秋后就可以少出几分粮钱，也就可以少看一点别人的脸色。从此后，跛牛就成了祖父的伴。每天出入相随，牛吃草时他搂柴，暮归时牛的肚子圆圆的他的筐子也是满满的。自从有了这跛牛，祖父的心情也好了许多。闲下的时候总爱给牛刷刷毛，说些不着边际的话，偶尔还拿出他那把尘封的三弦拨拉几下，那牛倒像是也能听懂似的，眼皮一耷，尾巴甩来甩去像是击节而和。照时下的说法，这大该也算是一种胎教。

跛牛生下的犊儿果真活蹦乱跳。那天可把祖父忙坏了，他给母牛又是打火又是熬米汤，等那小东西落地以后，祖父兴奋得简直就像一个孩子，扑棱着双臂踅着圈儿喊：“哎哟，快看！你看那毛，你看那腿！”

我一直认为，是祖父的欢呼声鼓励小牛战战兢兢地站了起来，迈出了它的第一步。这小家伙果真可人，它不恋它的母亲却恋我的祖父，祖父走哪儿它就跟到哪儿。有时候祖父坐在炕上吃饭，它就像馋嘴的孩子样眼巴巴站在炕栏下望着，茸茸的毛缎子般发亮。

一天天长大的牛犊也一天天不安分起来。起初，祖父还能及时发现它的动向，并能一声将它喝住。但终有一天，它也像是发现了祖父的视力有限，一个欢儿就撒得不见了踪影，直到天黑才被别人赶了回来，说它那滚瓜圆的肚子里全是生产队的玉米苗。小牛像知错的孩子一样一看见祖父就哞哞地叫着，见祖父不理会就追在身边用鼻子抵、用舌头舔。祖父大概是从这一刻起就预料到了事情的后果，只是一声接一声地长叹，在磨盘上直坐到深夜。

果然，第二天，队长早早就在窑背上喊：“瞎子！从今儿起让牛犊子跟坡去，不要教再动乱子了。”

祖父将旱烟锅子在鞋底上磕得梆梆响，就是不回话。队长急了，就站在上边骂：“你眼窝瞎了，耳朵也聋了？你怎么不说话？”

“扣我的工分吧，把我的工分全扣了，牛犊子还小，跟不上群，从今往后我给咱义务照护上还不行吗？”开了口的祖父像是怕谁打断他的话，一口气就说了一串。

“小？挨刀子还小！你没看见它把庄稼糟蹋了多少！扣你工分，你一天能挣多少工分？把你一家子的工分全扣了都顶不上！”不依不饶的队长硬是叫人把小牛从我们家的院子里赶走了。

尽管随了群的小牛每天牧归后都要跑回我们家的院子里，围着老牛和祖父撒欢，但却不见祖父的脸上有一点喜色。常常是牛都睡着了，祖父还坐在磨盘上一袋接一袋地抽烟。果然没过一个月，祖父担心的事就发生了。

那天队长带来两个人，进院子二话没说拉起跛牛就走。这回是祖父追着队长说好话，他说：“队长，你不能把咱的牛卖了，这牛口还小，还能下牛犊。我一天才挣你一分工，这牛光粪就能给咱踩多少？队长，你该听见了吧！”

可是，事情比祖父想象的还坏。那两个人只将跛牛赶到村口山神庙前的枣树林里，就一刀子捅倒，连皮带肉一老笼抬走了。傍晚归来的小牛像往日一样，一路欢叫着跑回了我们家。看见院子里只有瘫坐着的祖父而没有回应它的老牛，就满院地嗅着，兜着圈儿跑。至今我也不明白，是什么信息一直把它引向了枣树林。等我们一家人明白过来的时候一切都迟了，小牛一进枣树林，哞叫着的声音都变直了，在它母亲流尽鲜血的枣树下，它疯了一样两只前蹄直趵得黄土飞扬，直直竖起的尾巴像一支利剑随着身体的摆动来回舞动。

听着小牛一声声悲哀的号叫，那些本来已经进了圈的牛群发出了回应，一头、两头……它们走出了圈门，朝着枣树林的方向，小牛叫一声它们应一声，像是安慰又像是声讨，在那一呼一应中全都来到小牛身边，叫成了一片。除了祖父，全村的人几乎都被那牛群的叫声惊动了，全村的人和牛一起在沉沉的暮色里为跛牛举行了一场悲壮的悼念仪式。

我挤在人群里，看到那耗尽了气力的小牛双膝跪地，眼泪一颗一颗地往下掉……

后来好长一段时间，我常能听见孤独的小牛在那枣树林里一声又一声的叫。在人的眼睛里，牛是温顺的、善良的，索取的少，奉献的多，即使失去生命后的皮毛骨肉，没有一样不能为人所用。如果牛也有判断能力的话，不知道在牛的眼睛里，人是怎么一种形象？

获“中国当代散文奖”入选《中国散文家代表作集》

行走在岁月深处的针线

一个春花迷眼的傍晚，坐在朋友家楼顶的露台中喝茶聊天。他说，退休了，家就是你唯一的单位，柴米油盐洗洗涮涮都得从头拾起。

一天拆洗父亲柜子里的被单，抽掉针线，露出了玫瑰色的绸被面，四十多年前的光景日月一下子就活脱脱地跳在了眼前。那时节正筹备着我们的婚事，物质和金钱双双匮乏的年代，被面哪一个月买、网套哪一个月买，一物一件都得计划着来。有一天母亲捎话说，供销社回来好被面了，你爸买了一对。恰好我们托知青朋友买的被面也寄回来了。母亲就说，那我就缝起来，等你们回来时好用。一晃就是几十年，可摸着那大针脚的线，母亲当年穿针引线时的喜眉笑脸似乎就在眼前。

拉开枕套，是一个粉红色的的确良绣花枕头，那是妻当年的针线。她不光给我们绣了一对，也给父母绣了一对。记得，花样子还是我开大卡车跑西安时在钟楼书店买回来的。她说，我的手爱出汗，老绣不好。那时候的女儿家谈恋爱时，首先给对方展示的是自己的针线，就像小伙子爱给人展示自己的一亩三分地一样，总希望自家的光景日月花是花叶是叶，生动鲜亮蓬蓬勃勃。岁月流转，我们的那一对枕头早不知哪里去了，没想到老人却把自己的保存得这样完好。的确良本不褪色，盛开的牡丹花依然含笑如初。

岳母给我留下的是一双鞋垫。她老人家来我们家时总有做不完的活，缝缝补补拆拆洗洗，弱不上身的衣服拆了洗净，抹成袼褙，一片一片压在床下，给一家大大小小做鞋子用。自从我们的儿子学步时跌过一跤后，她就再也没让穿过那塑料底子鞋。她给我做鞋垫的袼褙是一个旧被里，白底小红点，没有花哨的图案，针脚密密麻麻，非常瓷实，保暖吸汗又不硌脚。垫的时间长了，前掌后跟处的针线都磨开了。舍不得扔，就洗净了，存放在柜子里。

母亲来城里后，没活找活干时也爱纳鞋垫，用不了时便双双对对地包起来攒着，对那时候还没有对象的孙女说，我给你女婿也安顿着哩。眼睛花得看不见纳鞋垫时，她又开始用花花绿绿的布头弥门帘和坐垫，给儿子女子的送。那坐垫团花一般鲜亮喜庆，母亲离开我们整整八年了，我们至今一直还用着。

多少年代，一辈辈人的光景日月就这样被一位位母亲的针线连缀在一起，繁衍生息，瓜瓞绵绵。

清明节舅舅要给外爷和外婆立碑，回了一趟老家。一路走去，发现人们非常看重这一个清明节。也许是新冠病毒正在肆虐的缘故，追赶时光的人们忽然明白，有的事情是耽搁不得的，所以便放满了脚步。借着这个传统的节日思亲念远，梳理旧事，温暖血脉，给逝去的亲人立碑存念者成群结队，几乎村村都能看见。当那一方青石迎着四月和煦的阳光耸立，七色纸叶翻飞如彩蝶的时候，我才发现今年恰巧是外婆诞辰一百周年。我的记忆中，外婆只是一座荒冢，长着一丛白菅子梢，夏天时紫色的花开得非常繁茂。无论何时，母亲到了这里，总是撕心裂肺地哭。外婆是虚岁二十八去世的，那一年母亲只有十二。现在说来也不是什么大病，就是乳腺炎，在那个缺医少药的年代，只能是用民间的偏方外敷，好不了就拿命硬抗。母亲说，外婆的织布纺线是出了名的，外爷一疋一疋地背出去换粮食换钱。有余钱了，盖了一座大门楼子。外婆病了时，请来的法师说，那大门楼子上用了一块外爷从地里捡回来的砖，那砖原是庙上的，触犯了神灵。外爷就把那大门楼子拆了，那砖也恭恭敬敬地送回了原地，可惜到了也没能挽回外婆的生命。

此刻隔着这一方青石，仿佛隔着一道门槛和逝去的亲人聊家常，见过面的没有见过面的在这门槛里外相聚，膝盖下厚厚的枯草中有一株株小草冒出了尖尖的嫩芽。不识字的外婆肯定没有读过《诗经》，但她和外爷给母亲起的名字“织英”——朴素、生动、温暖。看到石碑上母亲的名字，好像听到了到门槛那边外婆的呼唤，好像听到了纺车织机的声响。

贫苦人家女儿纺线织布的本领是与生俱来的，十四岁顶门立户的外婆在二十八岁告别人世时，不忘把线头交到十二岁女儿的手中，让她有了生存的本领。在那自给自足的农耕时代，一个女人一位母亲要温暖一家人，必须从一朵棉花开始，必须用自己手中的针线把四季相连。从此，母亲的岁月里，年年冬春交替时节织机声声素布如瀑，那素布格外的暖身壮骨。隔着那门槛我想，外婆依然是二十八岁的青春容貌，她手拉着女儿，呼唤着她的乳名，挎着小篮拿着小锄去剜小蒜和麻麻草……外婆和母亲纺织的一疋疋素布，在另外一个世界里应该是化作了七彩霞烟，漫天飘舞。

现如今别说纺线织布引线缝衣，就连吃饭许多年轻人都喜欢叫外卖，殊不知在一味地追求 GDP 的增长、追求日新月异的背后，是资源的透支、是对大自然的提前消费。只有当大自然报复的利剑高悬在头顶的时候，我们才知道大自然不会让人类贪婪的欲念无限制的膨胀，那些提前消费是需要拿生命付利息的。但无论市场经济在怎样引诱人喜新厌旧，总还有人喜欢素衣信步走完自己的路。

一个人，不管到了多大年纪，总应该有几位无话不谈的朋友；一个家族，不管传承了多少代，总应该保存些针线连缀的老物件。它，物我不隔，彼此爱怜。无论你的“单位”在哪里，无论你的人生到了什么季节，只要你想起，这些行走在岁月深处的针线都是随时可触摸的母爱、亲情和血脉。“卅载绨袍检尚存，领襟虽破却余温。重缝不忍轻移拆，上有慈母旧线痕。”晚清周寿昌的一首《晒旧衣》，说尽了此间的真意。

（2020年4月）

从一朵棉花开始

一眼泉水，供养着全村二百多号人，没人汲水时汩汩流淌到低处，汇成了一条淙淙的小溪。清澈，悠长。翠草夹岸的小溪里漂着一匹白布，跪在那青石板上捶布的是我的母亲。

布漂净了，捶展了，晾在岸上。一溜尖尖的新草像无忧的孩子，擎着那洁白的布像擎着一篷巨大的遮阳伞嬉戏玩耍。伞篷外那一双脚却没有停歇，上山时晾干的布肩在背上，臂弯里的筐已是野菜盈盈。在那弯弯的井坡道上负重前行的是我的母亲。

油灯下，铺丌浆洗的新布，比画着儿子脱下的旧衣，哼着曲儿：

提起笔儿写上一封信，

同志你捎给知心人……

裁衣，引线，那是我的母亲。母亲！

如果年轻的朋友认为这就是我的母亲为我制作一件衣衫的开始，那就大错特错了。那个年月一切计划供应，每人每年六尺布票，别说是换季的棉衣、夹衣和被单，只缝一身单衣也不够。更何况有了布票，如果手中无银钱，那布票也只是废纸一张，要保证自己的儿子一年四季有衣穿，每一位母亲必须学会自己纺线织布。所以儿子身上衣的指望即使不从一颗棉籽开始，起码也应该从一朵棉花开始。如果问我的母亲，什么花好？她一定会说，棉花。朴素，实在，握在手心里温暖踏实。但那时的棉花也是统购统销，生产队里生产的棉花先要完成国家的收购任务，剩余的才能分配给社员。一朵棉花要长成，得经过春夏秋三季；一朵棉花要变成身上衣，留给母亲的时间只有一个冬季。

每当看到千手观音的塑像，我就想，对于每一个人来说，母亲就是自己的千手观音。犹太人说，上帝不能到每个人身边，所以给我们派来了母亲。在那极度困难的年月，哪一位母亲为了把自己的儿女抚养成人不是恨不得长出千只手千只眼呢？

“一头沉”这个名词已经隐没在岁月的深处，那是专指丈夫在外工作妻子在农村顶门立户的人家。我们那个九口之家，除了在县城工作的父亲，还有八口人的吃饭穿衣都得一一从母亲的手头过。走进生产队的劳动大军，她得和男人一样拉锄把挥镰刀春种秋收；进了家门，她得侍老抚小让一家人光光堂堂站立于世人面前不辱没那“干部家属”的名分。要强的母亲不仅要使我们这个一头沉的家庭衣食有着，而且要异于常人。我十二岁时，母亲认为我已经长大成人，许多事情可以替她立于人前，所以那一年一件白布新衫是必缝的。那布衣似乎缝进了一位母亲对儿子的全部心思，那布衣是我今生穿过的最奢侈的衣衫，那布衣用今天的话说就是母亲的名片。所以，我的衣衫无论遗忘在哪个山洼里，村子里的人看见了一眼就会认出，那是樵子的！

外婆是在母亲十二岁的时候去世的，这是母亲的不幸，但那不幸中的扎挣求生却使母亲练就了一手出名的女红。她的纺织线匀布平细密耐用，常有人家乐意把他们的棉花送来让母亲代织；她的缝纫裁剪得体针线齐整，村子里的人无论是给老人做寿衣还是给女儿做嫁衣也都愿意找母亲帮忙。这些活计虽然耗去了母亲许多无眠的夜晚，但那为人缝纫换来的工她可以挑几位线纺得好的姐妹来纺别人送来的棉花，而那代织赚来的布则遮蔽了一家老小缺布换衣的尴尬。所以如今对母亲辛劳的记忆，除了窑掌里那彻夜纺线的灯影，就是织机那一天到晚吱呀不息的咏叹。母亲对自己是极狠的，一旦上机织布一天要织多少个线穗子是一定的，她都一抱抹来放在水盆里打湿渗透，织不完决不罢休，因为那湿穗子放到第二天就会发黄变色，许多时候连饭都是坐在织布机上吃的，三两口扒拉完继续飞梭引线。

母亲常对我说，你怎么不是个女子？所以我早早就学会了刷锅洗碗蒸窝窝擀面条，虽不曾上机织布，但那缠穗子拐线的活儿却是挖抓过的。

织好布的棉花必须要头二茬的，颜色白纤维长又无枯叶的碎屑杂染，这样的棉花纺出的线细匀柔韧，织出的布自然平整光洁。那些末茬的拔杆的棉桃里摘出来的棉花质地硬纤维短颜色也发黄，纺出的线粗且不匀，那杂染进棉绒里的枯叶的碎屑怎么择也择不净，母亲叫它破子。那破子纺进线里疙疙瘩瘩，织进布里麻麻点点。这样的布只配用硫化氢染了色，拿去做棉衣或夹衣。母亲为我缝制布衫的原料却必须是那头二茬棉花织出来的布，这样的布薄而柔，色泽天然，越洗越白。但这样的棉花上交任务后能分到一家一户手里的是少而又少，除了那些有劳力的人家且有胆量能在山深人踪罕到处偷开一点小片地外，是再无来源的。

那时候尽管家里还没有缝纫机，但父亲穿回家的制服母亲是见过的，想必那别致的样式细密的针脚母亲也是认真揣摩过的，不然她怎么会想起要为自己的儿子缝制一件那样的衣衫呢？那棉花、那棉线、那棉布是千挑万选的，那式样是新潮的，那针脚是仿照机器的、要多出多少的辛劳啊！但母亲是心甘情愿的，是满怀希冀的，是面含微笑完成这所有劳作的。我至今都不能忘记，那袖口领口、那对襟、那口袋，但凡明处的针脚都是像机器轧过一样密实齐整，而翻过来看那内里的暗线却是倒勾针走出去又返回来拾遗弥缺，不知缝进去了多少心思、多少慈母柔情。

这样的布衣初上身你还觉不出它的好，洗过两三水，随了身认了人显出了棉布的天然质地，你才能体会出它的熨帖可人、它的柔韧自然，甚至汗湿了你都能嗅出那棉与线特有的清淡而又绵长的味道。可刚开始的时候我对这一切并没有体会得到，也就更不知道珍惜。

那一天我们一群挖药材的孩子下河玩水，嬉戏时发现了河底绿藻间穿梭一般的鱼苗，一时性起的我便自告奋勇地拉来自己的布衫做了捞鱼的网，尽兴后才发现雪白的布衫被河藻染得星星点点，怎么揉搓也无用。情急之下就拿起一块石头照住那绿点去敲，敲一下一个绿点没了，再敲一下一个绿点又没了。可举起来一看，那敲击之处绿点是没了，却出现了一个一个的小洞，好好的一个布衫真成了一张渔网。尽管那天我是把布衫团着拿回家的，但母亲一下就看出了端疑，问明了缘由，她哇的一声就奔了出去，找到了带领我们的大哥哥。还没开口那泪珠子就直往下掉，她说：我的娃小不懂事，你也多把那几年饭白吃了，你知道我们有多难，啊？自知理亏的我怎么劝说也灭不了母亲的火，才知道那一件衣衫在母亲的心里有多少分量。

长大了，懂事了，劳动时尽量穿着先一年的旧衣衫，走亲访友或赶集上会时才穿母亲新缝制的衣衫。那年月，人和牲口一样使唤，割麦子时收工回来，你必须往场里背一捆麦子，割谷子时你也必须往场里背一捆谷子，即是掰玉米棒子你也必须往场里挑一担玉米棒子。尽管是旧的，但我仍像保护旗帜一样保护着自己的布衫。为了尽量减少草渍的浸染，为了避免换肩时扁担将衣背拧烂，我许多时候都是光着背的，实在尖硬上不了身的就抓一把白草垫一垫，卸下了肩上的重负，我才将那衣衫周周正正地穿在身上，走回家门。后来见插队的北京学生有垫肩，母亲也为我仿制了一个，为此还惹来了别人的笑话：这樵子，也学洋学生了。

那布衣，母亲从一朵棉花开始亲手为我缝制的布衣，独一无二，越洗越白，越旧越绵软，这是任何衣衫都不具备的特质，是这世间最奢侈的布衣。直到最后弱不上身了，母亲再把它拆开来抹成袼褙，缝成千层鞋底，随着那一双日益宽厚的脚片子去开拓前面的路。

获第八届“漂母杯”散文大赛三等奖

入选现代散文网精选集之《无声处》

石磨　岁月深处的吟唱

石磨停转，野草钻出磨道，青苔爬上磨盘。

石磨停转，消失的不仅仅是一种劳作，而是一道独特的风景。

想那从前逢年过节时，启明星未落太阳未升，家家户户的石磨就开始了它们的吟唱，牲口叮叮咚咚的铜铃和乡邻间你呼我喊的应答构成的是乡间节日特有的序曲。石磨不仅认识一个家族的男女老少，石磨还认识未娶亲的姑爷、未过门的媳妇。

相亲的小伙进院时，往往磨顶上刚倒下二升豆子，眼里有活的后生就会一把抱起磨杆，说我来，这么点活不用套头牯了。满脸喜色的主母会一边虚张声势地喊着，水没喝一口就干活呀！一边早已拿起笤帚。她跟在后面，手里有一下没一下地拨撩着豆粒，眼里却在看身架，看脚步。看上了眼，就会喊，死女子不出来搭把手还懒在屋里做什哩，快让我给客人做饭。换了人，后生的脚步就不是那样四平八稳了，他真把磨转成了一盘龙。他不会安分让别人跟在后边看他，他要赶到她的身后，要让那女儿家乱了脚步。他不光要看她的身条、她的步态，甚至要看她羞红的脸庞、嗔怪的眉眼。悦心时，长褂子一脱，往那矮墙上一抛，虎背熊腰，脚步生风，心里升腾的就是那古老的信天游：

六月的日头腊月的风，老祖宗留下个人爱人！

往往一袋烟工夫，二升豆子拉完，一段姻缘就有眉目了。

有了心意的姑娘接下来便会到男方家去看门。进院时，那磨顶上的一斗麦子也许已经磨过三遍了，大人就手挖了两碗头三遍的白面进屋去，或是烙饼子或是擀长面，两个年轻人便在那铜铃子红缨子营造的氛围中互探着心事。小伙或许能从姑娘罗面的节奏手劲中读出她的性格，姑娘也许能从小伙吆喝牲口的声气中听出他的脾性。磨过四遍，小伙说行了，再磨面就黑了，都是麸星了。会过日子的姑娘会说，自己的粮食自己的面，黑白一样饱肚子。这时候那呼隆隆的磨面声就成了心曲的伴奏：

一对对鸳鸯水上漂，人人都说咱们两个好。

山在水在人常在，咱二人什时候把天地拜……

男女双方互探心事，偷吃的毛驴子将嘴巴悄悄伸到磨盘上，窗里面窥探消息的人虽然心疼那白生生的面粉，可谁也不愿出声。此情此景，面对面玩手机的新生代是完全体会不到的。

磨面的第一道工序是簸粮食。这表面上看是簸出灰尘扬弃秕糠，但其实是女人对男人劳动果实的检阅。一簸一扬灰尘飘去，眼目中出现的是男人劳作的身影；一簸一颠秕糠落地，女人在那珍珠般饱满的籽粒中能看出男人出了多少力流了多少汗。心随眼热，眼随心潮，粮食就变成了手中的舞蹈，那手劲，那节奏同样充满了信天游的韵律：

墙头上跑马还嫌低，面对面睡下还想你。

上磨的粮食簸过还要淘。淘，不是一次简单的再清洁，而是对劳动果实的进一步理解，是在水的温度和淘洗的时长中对不同籽粒的脾性的度的把握。水的温度和淘的时间不够，籽粒过干，则会造成一种生硬的武断，磨出的面就没有色泽没有劲道。水过热或淘的时间过长，不但会渍磨齿糊罗眼，磨出的面也是瘫的，做出的食品就没有弹性。好女人会像熟悉自家男人一样熟悉自家粮食。她知道自家田地的朝向、知道天年的旱涝、知道犁地的深浅、知道施肥的多少、知道除草的遍数、知道收获的迟早也知道晾晒的干湿，所以淘洗的度不屈粮食的劲，也不腌臜粮食的性，刚好能调理出粮食的脾性。手捧着那湿漉漉金灿灿的籽粒，她们那神情分明是抚摸着自家男人那浑圆的臂膀汗湿的脸庞，心曲儿自然是低吟浅唱：

满天星星一颗颗明，妹妹我就看下你一人。

有心人磨面时能听懂石磨与粮食的对话，石磨和粮食都来自于大地，它们有共同的母语。即使饱满坚硬如铁的籽粒，石磨都能通过一遍一遍的抚摸抵达它的心里，让它徐徐吐露心声，缓缓展示性情。不像磨面机，它是生生的倾轧，冷酷的粉碎，直至下锅入肚都没有给那精灵一般的籽粒吐露心声的机会。人类在旧石器时代制作器物时由“砸”到“磨”是一种进步，因为磨需要时间，需要耐心，有了心的加入。而我们对粮食的态度由“磨”到“轧”看似是效率的提高，实则是一种爱意和耐心的减退。其实粮食的籽粒也是有灵性的，在浮躁的人们一次次简化与它沟通的过程时，它也失去了坦露原汁原味的兴致。冰冷的机械像一道铁墙，阻断了“亲”和“手”加在一起的爱意绵延。

石磨悠悠，罗床叮当，面絮纷纷。在磨面女子的心里，那庄稼粮食和面粉都是活的：籽粒入土发芽是活的，禾苗拔节是活的，蹦出豆荚的籽粒更是活的，就那即将入口的面条也是下到锅里团团转，捞到筷子上打秋千。

人和粮食共生于一方水土，共沐于一片阳光雨露，碟碗里可以指汤知水指糕知禾。别说地力不同、品种不一打下的粮食有别，就是同样的粮食分到各家，你淘洗的干湿不同、磨子的利钝不同、罗子的疏密不同，磨出的面也会不同；即使同样的面到了不同婆姨的手中，由于厨艺不同，那蒸出的馒头、摊出的黄儿、酿出的米酒也绝对不会相同。再馋嘴的人，你就是吃遍全村也不会吃出相同的味儿。

如今盘中餐虽然色香味俱全，但像那简化了的汉字，你不知道它的来路，不知道它背后的故事。虽然绝大多数人都不再为饮食发愁，但那些工业化生产出来的食品你不知道它的来路出处，不知道它的温凉脾性，不知道它披了多少层伪装。即使让那些麻辣佐料麻痹了嘴舌送入肚中，陌路相逢，也免不了一番争斗，往往就会埋下一些解不开的结。

《易经·系辞传》里有一句：安土敦乎仁，故能爱。安土，意即安定在土地上，敦是一个动词，是指去做、去完成种植。按照蒋勋先生的解释，这里的“仁”可以从果实的仁这个角度去理解，也就是种子。所以这句话可以理解为：人们把种子种在土地里，充满爱意地等待发芽，并在劳动中渐渐开始懂得互助互爱。工业社会的发达，不仅让我们把千万年以来培养出的深厚感情渐渐淡忘。甚至认为，土就是落后、就是木讷、就是慢，而在浮躁中忘记了它朴实、稳定、厚重的本质。

播种机让我们失去了点一粒种子赤脚片子踩一个脚印的惬意，收割机让我们听不到了锋利的镰刀挥过熟透了的麦秆的声音，脱粒机让我们看不到那打谷场上左右锨扬起的彩虹——黄的谷子、绿的豆子、红的荞麦，啊！还有那明知有谷糠纷落却笑脸朝天的面容、那感恩的心。

磨面机让我们的家园失去了最有生命力的一道风景。在本原哲学家眼里，它不只是一种加工粮食的器物，更是阴阳结合生生不息的哲学观的载体。停转的石磨失去了语言，成了一尊雕塑。在乡间消磨过青春的人无论如今在何方以何种方式谋生，总喜欢隔三岔五拨开荒草为它们拍照，是他们坐在磨盘上还能凭着记忆在心里复原那一道道风景，还能在心里重温那曾经浸润在田畴村巷间淳朴的亲情与民风。但你能指望我们的子孙在这荒草丛中寻找到什么呢？这里还能成为他们安身心“故能爱”的后花园吗？

蓝蓝的天上飘来一疙瘩瘩云，

三哥哥今天要出远门……

岁月悠悠，无着落的心事知多少？

原载2015年8月8日《延安日报》

《散文选刊·下半月》2015年12期

荣登“2015年度中国散文排行榜”第25名

桐桐给我来补课

站在六十岁的峰巅，便望见了生命的秋天，心头不时有风卷黄叶起起落落。当小孙子的手儿伸出襁褓，啼哭像唢呐一样在黎明中响起时，犹如那衰败的季节照进了一束金色的阳光，一时间风轻天朗，万紫千红装点了生命的角角落落，人生的所有块垒都在这阳光中一点点熔化。儿子为他起名“嘉桐”，正中我怀。朴实、自然，立时想到那树木的葳蕤，紫花如铃铛，大叶似手掌，风起时的欢响泉水般哗啦啦从心头浸过。

“爷爷奶奶在哪儿？”每天清晨听得桐桐这一声唤，心里便风生水起。孩子的成长其实就是他的灵性和环境的碰撞激起的火花，仿佛只是那么一瞬间，心灵就打开了一条缝，你能感觉到心智的幼芽在那一束生命之光的照射下摇曳着灵动的光芒。过去总认为孩子在三岁以前是不会有记忆的，也不注意自己言行的影响，其实即使是在孩子不会说话、不能表达的时候，你的言行、你讲的故事、你读的诗都在他的心里留下了印象，说不定哪一天他就会冷不丁地接上一句。当你昏昏欲睡地说，小马去问大象，水深不深？他会说，不是问大象，是问牛伯伯。你说春眠不觉晓，花落知多少。他会说，错了，错了！

桐桐一岁半的时候，中午睡觉就不喜欢让大人拍了，拿几个玩具和小画本，把小被单往头上一顶，说搭窝窝了，嘴里念念有词，还做着手势。你和他说话，他会顺着你的思路往下接。我说，等桐桐长大了，我们开车到草地上去玩，我们住在帐篷里，外面是青青的草地弯弯的河水，牛儿羊儿甩着尾巴在吃草……他说，爷爷，咔嚓、咔嚓，照相……有一天，他手扶着阳台上的栏杆怔怔地望着窗外，我说，桐桐在观察什么？他说，爷爷，风在哪里？我便笼而统之地说，外面，马路上，山坡上都有。过了好几天，我们开车出去玩，他突然指着车窗外喊："爷爷，我知道了！风在树上。摇啊摇。"他早晨醒来哭，问哭什么，说枕头上没有奶奶。让他看飞机，他说，飞机飞走了，天上空空的。

爷爷，什么是灯火阑珊处？两岁的桐桐再也不满足跟着大人牙牙学语了，总爱问个为什么。一知半解的我自以为是地回答，是辉煌的灯火五颜六色地闪烁着。说完心虚，翻书一查，十万八千里，赶紧红着脸给他重新解释了一遍。爸爸妈妈不让他看电视，但我又禁不住《诗词大会》的诱惑，那天桐桐跟着看了一阵又来问我："爷爷，什么是人闲桂花落？"一下子很难找到一个直观简洁的表达。正是桃李芬芳时，我便把他抱到马路边的绿化带里，风起处落英纷飞，桐桐高兴地拍手相扑，一边捉一边喊：人闲桂花落！树下一丛丛的蒲公英，迟开的点点金黄，早开的已经白了头，采一朵举向空中，小小的伞儿乘风而飞，小人儿又是一阵欢呼。此时恰有洒水车开过，阳光斜射的水雾中竟有彩虹隐隐闪现。蓝天、飞英、彩虹、天真的孩子，再也没有比这更舒心的情景了。对一个仅仅两岁的孩子来说，无论你作怎样的解释他也不会明白什么是气定神闲。但我相信，在多年后的某一天，他说不定会想起这一刻的。陪伴孩子成长的过程中，我们大人必须是一条河流，得时时跟着他们成长的步伐，不然我们就无法参与孩子的成长，无法理解他们的每一个行动。有一天桐桐又问："爷爷，为什么要更上一层楼？"我说，站得高才能看得远。他便小大人一样手一背，点着头说，噢，知道了。我说，那你给爷爷奶奶背一下《登鹳雀楼》。他说："我就不背，白日不能依山尽，黄河不能入海流。"就这样，迎来了桐桐的第一个叛逆期。吃完饭，他会把碗和勺子咣地往地上一扔。每天早晨起来的第一件事也是把整理好的玩具盒子高高举过头顶，哗啦一声倒下来，还高兴地大喊："下雨了！下大雨了！"他，在我们大人看来类似捣乱和破坏中享受着一种成就感。

要在过去，我是非逼着孩子把扔掉的东西捡起来不可，觉着不这样他就不会明白对与错。记得女儿小时候爱穿裙子，但总会摔跤，膝盖上常是旧疤未掉又添新伤。一次她和小朋友玩跳楼梯，不小心摔倒，头碰在台阶上，额头上的发际处磕开了一道口子，血直流。抱到医院，医生说得缝针，但女孩子最好别打麻药，打了麻药容易留疤痕，不好看。我便毫不犹豫地回答，那就不打了。回头对孩子说："忍着点，别哭。自己摔倒的又不是别人打的，没什么好委屈的。"根本没有想着去征求孩子的意见，去慢慢和她沟通，让她有个心理准备。现在想来，真不知道那小小的人儿是怀着怎样的恐惧心忍受那个痛苦的过程的。儿子小时候咽喉爱发炎，喝水和吃饭一样重要。记得有一次他怎么也不肯喝水，我便不顾岳母和妻子的嗔怪，一手端着水杯，一手扯着他的胳膊，一直拉到家属院的围墙外，看他和着眼泪把那半杯子水喝完才罢休。这样的"严父"，用今天的眼光来看真是蛮横无情。你不和孩子一起坐在爬爬垫上、趴在地板上，你就不会明白从他们那个角度看这个陌生的世界，会是个什么样子。

现在明白了孩子的每一个行动都是有理由的，便再也不会做那些浑事了。在我们的引导下，孩子至少会说："爷爷奶奶，我给你们帮忙，我们一起捡玩具。"你要让孩子听话，你也要听孩子的话，要耐心沟通，要说话算数，承诺的事情必须兑现，决不可生硬武断。有天我带桐桐到新华书店的儿童体验区，他一下子就和服务生熟络起来了。我说，好好给阿姨展示一下，阿姨会有礼物送你。他便更来劲，又是背诗又是认字，很是自豪。为了不让他失望，走时买了一副汉字数字多米诺，没想到结账时被他看到了。他说："爷爷，不是不用开钱吗？"灵动的服务生赶紧解释说，阿姨送你的玩具爷爷嫌少又给你再买了一套，这样你就有多多的玩具了。还好，买这个玩具刚好有一套英文字母赠送，桐桐便高高兴兴地抱着回家了。

桐桐对语言非常敏感，一句他没有听过的话、一个新名词，他听了会反复念叨，一旦掌握，使用特别准确。有时候会为了一句话捂着嘴笑弯了腰，说我就是"翻家老鼠"，我就是要"溜溜抹抹"。"拜托了"，爷爷奶奶什么是拜托了？桐桐喜欢姑姑，去年姑姑马上就要临产了，挺着个大肚子非常累，他一见还照样往上靠。有一次他玩着玩着就忘了，习惯性地用后脑勺去撞。我一紧张用力一拉，他便连哭带喊：桐桐委屈！有一天，我的心情糟糕得一塌糊涂，天真无邪的孩子照样来黏。我随手一推，大概是力度超出了他的预料，他吃惊地喊叫："奶奶！爷爷麻烦了！"眼泪随即就像断了线的珠子一样直往下淌，一下子把我的眼泪也勾了出来。我们有什么理由要让一个天真无邪的孩子来无辜承担俗世的烦恼呢？

桐桐的爸爸妈妈在西安上班，一般情况都是周五晚上回来周日下午走。讲明了，分别时懂事的桐桐从不哭闹。一岁多的时候他还念叨，不想让爸爸妈妈去上班，让爷爷奶奶去上班。大一点时便不再说了，一觉醒来不见了爸爸妈妈，他只是蔫蔫地望着窗外火车站的方向，找理由撒撒娇。有一天爸爸妈妈走后，他说没有醋了，我一下子没有明白过来，他又说没有醋了，我问，你是不是想让爷爷带你出去转转？他说，我们去买醋。这个小人儿独特的脾性就这样开始萌芽了。

我们尽量不让桐桐吃油炸食品，有一天奶奶吃麻花被桐桐瞅见了，赶紧藏在背后。他说，奶奶你不要把麻花藏在背后，麻花应该放在嘴里。可是当奶奶把麻花放在嘴里时，他却把头一低嘟嘟囔囔地说，不是说好的东西要大家分享吗？一下子把全家人都逗乐了。

大人们常琢磨，什么是朋友？有天早晨给桐桐穿衣服，他突然说："爷爷，小脚和袜子是好朋友，小腿和裤子是好朋友。"呵呵，这小家伙是在告诉我，适合的才是朋友。是时，桐桐两岁半，马上就该上幼儿园了，他给爷爷的补课暂告一段。

原载2018年10月20日《延安日报》

《散文选刊·原创版》2019年第八期

获"2019年度中国散文年会"二等奖

随风澹淡

南风起时，儿子打来电话："爸、妈，你们还是补办一个结婚证吧。"

当年成家后，听了林语堂老先生的一句话，认为如果不打算离婚，留那结婚证是再没有任何用处的，撕掉那张纸是对婚姻最好的誓言，胜过千万句"我爱你"，所以就任它跟着岁月去了。谁知进入市场经济后，没有那张纸还真是处处掣肘，就连一次共同旅行也得解释半天。

在妻心里儿子的话最是要听的，走进照相馆，一看那招牌"延河照相馆"，才想起这仍是四十五年前给我们照合影的那家照相馆的嫡传。那年，她参加地区的团代会，我也找了一趟延安的差事，中秋将临，决定先到副食门市买点月饼再去照相。从柜台挤出，她一摸口袋脸色就变了。说糟了，钱包没了。好在那年月，男孩子还没有上交财务的习惯，计划照常进行，在延河照相馆拍了一张四寸的黑白照。后来又在西安的民生照相馆放大着色，那小小的插曲便被彻底隐去。

当年公社的文书是我的至交，见证了我们人生起步的所有艰难。妻自幼聪慧，心气颇高，但上大学、招工村上都不推荐，几位老师怜惜，尽力上报县里，都被追回。理由只有一个：贫下中农的子女有的是，为什么要推荐地主富农的后代？无奈，朋友出主意，把她的户口转到我们村。一道汾川河，从右岸迁到左岸，这才享受到了一个亦工亦农的招工指标。走上工作岗位后，她终于凭着考试第一的好成绩实现了农转非的愿望。后来我们节假日回家，常看到她们村当年的掌权者推一个板车，在小镇的大路边卖零碎。不识字的老岳母说了一句很经典的话：兀就是那人的本色。

文书朋友听我说准备结婚，就说，那顺便把结婚证拿上，省得再跑一回。我便欣然同意。那时我们公社的结婚证是油印在粉红纸上的模板，二联便函一样的格式，添上姓名，卡上公社革命委员会的大印，对折一撕就得。妻一见说："咦，你一个人就领回来了。"我心里略略一怔，才知道自己忽略了她的感受，人生大事是必须有一种仪式感的，有些路该携手同行的必须得一起同行，无论是坐着宝马还是竹杖芒鞋。只好硬着头皮，照着朋友的话说：噢，省得你再跑一回。

早年每逢集会，在供销社一眼就能看出那些办结婚证的男女。女子在媒婆和母亲一左一右的陪伴下近柜台站立，男子跟着父母或哥嫂退后一步站着，按照事先的商定七身八身的扯着嫁衣的布料，每听营业员扯布的声音嘶啦一声响，男子的拳头都会捏一下，不一会双方的脸都会憋得通红。有那沉不住气的男子，会抹一把额头的细汗走上前去咯囔一句，差不多就行了吧，往后会有更好的。女子会怼一句，舍不得就算了，都不要了。媒婆便急忙打圆场，看这娃，人家也没说破什么嘛，也是为你好。等一切置办齐整，红袱子包了，才去公社办手续。当然，也有中途谈崩了的，女子一扭身站在了供销社的屋檐下，十人九马撤不回，结婚证只能改期再办。多年以后才明白，过去的人为什么把领结婚证叫割结婚证。

老夫老妻走进政务大厅的婚姻登记处，虽然觉得纯粹是多此一举，疫情时期少做一次核酸立马就会发出警告，随之还会赋红码、黄码，限制你的行动自由，婚姻关系这样的人生大事，大数据怎么就不能发挥作用呢？但填写法律承诺，摁红手印，再拍合影，一路程序走下来似乎真找回了一种感觉。

妻郑重地将其收入提包。对我，是补，是第二次。在她心里，却不尽然。从此后，大概再也不会怪我擅自做主了。

“风既相随，物无不顺。”回到家中，找出当年的照片。妻说，时间改变一切。打开证书，上面有登记日期，还有补办日期。一万六千四百二十五天。日子一下子饱满。

原载2023年7月9日《延安日报》

田野的味道

刚进城那两年，母亲每隔一两个月就像小孩一样央告：樵子，我想回村里去。一开始我总弄不明白母亲的牵挂。我们那个小村做生意的走了，供娃娃上学的走了，门外有儿女的也将老人接走了。窑洞坍塌成了黑洞，道路被雨水冲得满是坑槽，一个个废弃的院子里都是半人高的黄蒿，村口里常见的只是几位晒太阳的老人，早已没有了往日里那骡马嘶鸣儿啼娘唤的生气了。但不明白归不明白，老人的心愿总应该尽量去满足。后来我慢慢才明白是田野的味道，是田野的味道对母亲的吸引。只要母亲的屋里断不了田野的味道，她那思乡的心思就会淡了许多。

搬家的时候母亲一再叮咛，不敢把她的酸菜瓮忘了。我猜她是看透了我的心思，因为我早就想那酸菜放在家里，一进屋就是满屋的味。再说久吃酸菜对人的健康也不利，那东西不拿也罢。可母亲既然说了就得照办。

小区来了新住户，左邻右舍都来问候，末了没话找话说：你们家腌酸菜了呀，味儿真大。母亲便得到夸奖一般，送别时一定要给每家挖一碗酸菜。没想到这一来二去，母亲的酸菜真还培养出了爱好者，夸奖说老刘家的酸菜就是好，黄黄的又酸又脆，和城里人腌的就是不一样。母亲便越发有了兴致，二一年到了腌菜的时候早早就上咐我，把酸菜瓮拉上，送我回去，叫我给咱腌菜去。她认定，酸菜好坏与水土有关系，就是乡里人，手艺再好，用城里的水和菜也腌不出好酸菜。回到村里，她便带着妹妹和年小的妯娌到山沟洼里掏小蒜，搅上胡萝卜和辣子满满压了一瓮，意满心欢地进了城。那红黄绿相间、山野味十足的酸菜引来的称赞是可想而知的，看着母亲惬意的笑脸，你没有任何理由再去阻挡她的行动。

母亲毕竟是七十多岁的人了，早年超负荷的劳动和营养的缺乏落下了哮喘的病根，一着凉就犯，揪心地咳嗽，月儿四十过不去。不光我们不放心她再回村里去，就是母亲的心也怯了。摸准了她的心思，我们就尽量不让她的屋里断了田野的味道。榆钱、槐花开了，借着下乡的方便尽早去摘；葫芦、洋芋、南瓜下来，妹妹就从乡下给她捎。就是到了那腌菜的时节，不等她动了回家的心思，妹妹就把韭菜、小蒜、辣子、葱儿一样一样的都早早送来。可家里经常吃饭的只有父母二人，那些东西一时半会是吃不完的，母亲便来回倒腾，用笤帚扫那上面的土。每到此时，母亲总是笑格眯眯的，摸着那些南瓜土豆蛋子像是摸着乡下那些土孩子的毛脑。

有年五一，天气非常好，我带着母亲去了枣园。那里有树有草有窑洞，像一个农家的大院，我想让她和父亲在那里消消停停地转一转。可她的脚步总像踏着生产队上工的钟声一样不肯放慢，跟着那熙熙攘攘的游人从每个窑洞里进去转一圈就出来了。我问，你看了？她说，看了。我说你都看见什么了，她说铺盖、纺线的车（cha）儿什么都看见了。

从主席的旧居出来，母亲说她想在那石桌旁坐一坐，等她一坐下我就明白了她的心意。果然，她拉了一下我的衣襟小声说：我想把那个空瓶瓶拈上，一个能卖五分钱。并像做什么理屈的事儿一样微红了脸。我想，母亲是怕因自己的行动引起别人下眼看，失了自己儿子的脸面。若没有我在身边，她是断不会有这些顾虑的。为能引起母亲这样的念头，我多少有些歉疚，便主动捡起那个瓶子递到母亲手里。母亲一下子来了精神，又捡了两个塑料袋，东一个西一个赶出枣园的门已装了满满两袋子。勤劳、节俭、环保，这样的老人，这样的行动，在文明的国度里是该受到怎样的敬重呀！

看着下车时满心欢喜的母亲，我又想起了她的打麻将，对她有了新的理解。母亲闲下来的时候学会了打麻将，并且有了固定的麻友，一般情况下每天都要来两圈。一开始，我看到往日里上山下洼干起活来旋风一般的母亲突然坐在那里呼啦呼啦地拨拉麻将块子，总感觉到怪怪的，心里有一种说不出的别扭。现在我突然明白了，尽管她们输赢都是数扑克片片，一张只算一毛钱，但和那捡塑料瓶子一样，只要她觉得她还能创造价值，她的日子没有白过，她的心里就是高兴的。

我不知道别人在给自己的父母过生日时是怎么一种心情，是愿意时光的脚步像欢快的鼓点一样，七十、八十、九十一路轻松庆祝着老人的高寿；还是想让那时光的脚步慢些再慢些，让那烛光映照的面容慢些变老。但我自从父母七十岁以后，在他们的生日里，我的心情是越来越复杂了，有时候甚至想将父母的生日忽略不记，让那些时日像一年三百六十五天中的任何一天一样悄悄溜走，不要留下任何印记。

记不得是谁说过，以往人们把能从那没有自来水、没有电、没有汽车和火车的地方走出来当作是命运的转机，认为进城就是福，就是高人一等；但是如今，许许多多的城里人，白领们、高级知识分子、富爷富婆却又把能进入那纯真的自然之地当作一种奢侈和享受。我的母亲却是在人们都想走出农村时在农村受苦，在人们都在向往自然的时候却来到了城市被噪音和污染包围。因为随着年龄的增长，儿女担心他们的健康，他们也对自己的身体失去了自信。我们这座城乡结合部的小城，该有的文明没有，该有的服务没有，水泥楼和水泥地却一样不少。水泥隔开了她的双脚与大地的接触，远离田野的味道让她好长一段时间安不下心来。尽管城里有各种各样的健身活动，可她说什么活动都不如掂上一把镢到山洼里去掏地畅快。

有一次为母亲过生日，当那寿糕上的蜡烛再一次点亮的时候，我细细地观察着母亲的表情，无论是她的小孙子给她戴卡通帽，给她唱祝寿歌，还是让她吹蜡烛，她都没有露出太多的喜悦，没有像那电视上看惯了的情景一样，老小不分地扮作顽童状。虽然她始终微笑着，可她的眼神却流露出一种恍惚、一种心不在焉，像是始终处在一种回忆之中。我想，越过那烛光，母亲看见的一定是老家的山野，是山坡上的青枝绿叶，是田地里的五谷苗子。母亲听见的也一定是那纺车的嗡嗡、织机的吱呀，是她肩背麦子、谷子、糜子沉重的脚步。因为那些无名的田野和羊肠小道，留住了她最值得记忆的时光。

那一天，我牵着母亲的手走下饭店的台阶。我突然意识到，在这半个世纪里，这两双手传递了多少人间最温情的信息啊！一开始的时候，母亲的手在高处，我的手在低处。她牵着我蹒跚学步，她牵着我辨认禾苗和野草，牵着我的手将我送进了学校的大门。可自从她牵着我的手送我远行的那天起，我的手就在了高处，母亲的手就在了低处。我拉着母亲悬着的手，也拉着母亲悬着的心，就这样一步步拉着她离开了她的世界，淡远了她的故事。

牵着母亲的手，走在嘈杂的人行道上，我想：如果能选择，我宁愿看着母亲健康的脸上淌着劳动的汗水，也不愿看着她一边看电视一边打瞌睡；如果能选择，我宁愿母亲坐在村口的大槐树下和老姐妹们唠家常唱山曲，也不愿看着她站在防盗门内怀着戒备的心理从猫眼上打量着每一个敲门的人；如果能选择，我愿意母亲健康长寿，却不愿母亲衰老。

写到这里，我想问一声所有进城的农家子孙，你们说，老人进城是一种福分还是一种无奈？我想，我们的城乡统筹就应该让柏油马路伸展到每一棵大槐树下，每一棵大槐树下都应该有一所温馨的老年公寓，假日里将你的小车悄悄地停在那公寓的山墙下，午后和老人一起听风吹槐叶的响声，傍晚和老人一起数天上的星星，深夜里再去享受老人舒心的鼾声，去感受田野的味道。

原载《读者·乡土人文版》2012年第9期

《延安日报》2012年2月18日

《中国文化报》2012年3月27日

正月天　我把母亲带丢了

我也说不清从什么时候起，父母多多少少对我有了些依赖，家里的许多事情弟弟妹妹问起，他们总会说等你哥哥来再说吧。可是谁也没想到，正月初三，我把母亲带出去，却再也没能带回来。正月天，我把母亲带丢了。

今年过年应该是母亲最高兴的一个年了，年根上，她的外孙子娶回了媳妇，在外工作上学的儿子、媳妇、孙子也都回到了她身边。年三十那天，她乐呵呵地和几个孙子搓了两圈麻将，初一我们一起吃了团圆的饺子，初二见她有点咳，在医院工作的二弟急忙就去给她买了药。晚上我说：妈我不回去了，今晚上我陪你。母亲没有像往常那样说我没事，你回去吧，就几步路，有事给你打电话。她说：行，那你就在这睡吧。

早年父亲在外工作，母亲在家顶门立户敬老养小吃尽了千般苦，真是“胡麻好种无人种，正是归时不见归”。每每劳作归来，面对嗷嗷待哺的孩子和多病呻吟的公婆，不是揭开瓮盖没水就是划着火柴没柴。野菜连根煮，湿柴带叶烧是常有的事。日积月累，积劳成疾，落下了咳嗽气喘的病根。近年来一到冬天就犯病，而且治疗的效果一次不如一次，去年来了军医大呼吸科的专家，二弟专门领着母亲去做了检查。人家说，母亲的病已经发展成了慢性阻塞性肺炎。专家提醒，最好的办法是每天坚持十五小时吸氧，要注意保暖，预防感冒，一旦出现咳痰、咳嗽症状，要及时就医。为防万一，年前二弟就拉回一瓶氧气安放在床前，让母亲没事时就吸上一阵。

初三早上起来，见母亲的状况没有明显好转，我便说咱吃过饭到医院把针吊上，趁这几天放假，我们好陪陪你。她说：你说去啊，那咱走。万万没有想到的是，母亲这一走却再也回不来了。

二弟早早联系好了医生，偌大的病房只有母亲一人，看着液体一滴一滴输入母亲的体内，听着楼外此起彼落的炮仗声和锣鼓唢呐声，我的心慢慢踏实了许多，想着最多有一个星期，母亲一定会好的。

现在想来，母亲那一个晚上大概就没睡着。十点多拔了针，她就和我儿子、孙子过去未来有一句没一句地说着。我说你睡吧，不早了。她说睡不着，不由人胡想。她要上卫生间，我坐了起来，她说不用，你不用起来，我能行。看着她关了灯，又悄悄关了氧气，我说妈，你怎么又不吸氧气了。她说：我不吸那东西了，那吸得我难过哩。我说不是氧气吸得你难过，是你嫌那氧气管子麻烦哩，吸上氧气你睡觉时能踏实些。她说你不要和妈争，你等我睡着了悄悄插上不就对了，你争什么哩。遇事爱较真，不懂得变通和迂回，这是我性格中的一大缺陷。这话是母亲临终前最完整的一次表达，也是她老人家的最后一次教诲。二十多天来，每每想起，都让我泪流满面。

初四早上，母亲将二弟送来的稀饭喝了半碗，还吃了一口妻蒸的槐花麦饭。查房的医生听了听说比昨天好多了，女儿说要过来陪奶奶，交完班的二弟也来到病房说让我回家睡一觉。他说，这两天你肯定没有休息好，这里有我呢，你放心吧。看着液体又吧嗒吧嗒地输上了，我就真放心地对母亲说："妈，我回去了，下午再来看你。"谁也没有想到，等我再来到母亲的病床前时，她就再也说不成话了。

回到家，我踏踏实实地吃过饭冲了个澡，刚躺到床上就接到了二弟的电话。他说哥，你没事的话再过来一下。尽管他尽量使自己的语气缓和一些，但我听到了那后面的紧张和惊慌，我的脊梁像电击一般发麻，头发立马就竖了起来，急忙叫上妻子向医院奔去。病房里站满了医生护士，母亲满脸通红，双眼雾蒙蒙一片。我叫一声妈，她的眼睛亮了一下便泪汪汪的，像是有满腹的不甘和委屈。我扑倒在母亲的床前，捧起她滚烫的手贴着我的额头，泣不成声。

在那不辨昼夜的几天里，真该感谢二弟两口子。每到危急时刻，懦弱的我六神无主，几乎瘫倒一般，他们反倒兄长似的冲上前，以从医者特有的素养始终满怀信心，几乎是面含微笑地插管、吸痰、物理降温……为母亲做着一切，那神情会让你觉得母亲明天一定会好起来。可是尽管有着专家的一次次会诊，有着省城名家的远程指导，但反复的高烧却使母亲心动过速、血压上升，起初还能简单地说“渴”“要”等简单的词语，后来就只能用微微的点头和摇头表达她的意愿了。血气分析，二氧化碳潴留严重。万般无奈中，我们只好把母亲转进了重症监护室，用上了呼吸机。

母亲一生历尽艰辛，性格中有她坚毅的一面，也有脆弱的一面。母亲怕吃药，尤其怕吃中药。西药的片子大了要掰碎了吃，中药的大蜜丸要分成绿豆大的粒儿吃，汤药更要一口药一口糖水地往下冲，一口不对就会引起呕吐，前功尽弃。有次住院，医生说把甘草片碾碎与止咳糖浆和起来服用止咳效果会更好，可母亲只服了两天，情况刚有好转就坚决不吃了。她说那东西不知道是一种什么味道，太难吃了，我好了，不吃了。二弟劝说，再坚持一天就不让你吃了，最少要吃三天才能起作用。谁知母亲却趁二弟不注意，一把将那碾好的药面打翻在地，扭身把被子一裹说：“说不吃了、不吃了，谁让你给我和哩！”惹得我们一阵大笑，她老人家却像个孩子似的微红了脸。当母亲转进重症监护室时，虽然意识已经不很清楚了，但仍然是牙关紧咬，那呼吸机的管子是怎么也从口腔下不进去，最后只得改从鼻腔插管。那管子是硬塑料的，又粗又硬，母亲的排斥反应又是那样强烈，她的每一次挣扎都使那管子和鼻腔形成一次摩擦。看着有鲜红的血从母亲的鼻腔里流出，我几乎要晕了过去。

好在使用了镇静剂后，母亲逐渐平稳了下来。初六那天出现了转机，血气分析接近正常。晚上，母亲慢慢地清醒过来，她把手举在眼前反复地看着，对守在床边的妹妹说：回，咱回。大家都松了一口气，主治大夫说如果能保持十二小时就可以考虑撤掉呼吸机，恢复自主呼吸。谁知第二天凌晨高烧再次袭来，情况急转直下，母亲再次陷入昏迷之中，我们的心又被悬在了半空。

那天晚上，我真正感到了医院的安静，感到了医院的安静是那样瘆人，在那安静的背后是一个最惨烈的战场，搏杀的一方是无情的病魔，一方是奄奄一息的母亲，但谁也帮不上她。无论有多少亲人围在她的身边，也只能眼睁睁地看着那生命的气息从她的身上一丝丝离去，肝肠寸断。

二弟他面对母亲时是一名医生，冷静地做着一切；背转身他是一个儿子，泪流满面。那眼泪让我感到了绝望，感到母亲是真正要离我们而去了……

那几天，父亲每天都要到母亲的病床前来一次。每次转过身，他都含着眼泪对我说："回吧。让你妈安安稳稳地回老家吧。再不要存什么幻想了。"无奈之下，我只好对父亲说，你先回吧，你回去先给咱把炕烧热，我们后面就回来了。也许是巧合，也许是有什么感应，父亲这边刚一上车，母亲那边就又出现了危机。

我婉转地将父亲的意思告诉了主治医生，他是二弟的同事也是朋友。他说再坚持一下吧，你们不忍，我也不忍。老人的心意我们清楚，万不得已的时候我保证让你母亲回到家中。可是万恶的病魔丝毫没有顾及善良者的愿望，初八凌晨，母亲出现腹胀，脸部浮肿，手脚变凉，一切生命体征都在下降，一片片白色的身影静静地飘在母亲床前，我只听见了一句话：回家吧……

回到了老家的炕头上，母亲只看了一眼站在身边的父亲，就永远闭上了眼睛。谁也没有想到，当我们满含热泪为她老人家整理着一切的时候，母亲脸上的痛苦一扫而光，她面带微笑，一脸慈祥。

母亲，你是放下了吗？放下了子孙，放下了一世的牵挂，放下了病痛，放下了那折磨了你十几年的哮喘……

从初三到初八，那六天六夜像是我生命中的黑洞，进去时我和母亲手拉手，出来时我两手空空。起初我绝不想为这六天六夜写一个字，生离死别，不堪回首。安葬了母亲，我像游走在阴阳两界之间，闭上眼睛，到处依然是母亲的气息，睁开眼睛却无处可寻。那将近半个世纪的呼唤从来都是几时唤几时应，如今猛然听不到了母亲的回应，我寒冷彻骨，无处温暖。思念如同剥茧抽丝，一点一点从心里抽出。不管年龄多大，无娘儿的心痛普天相同。

可事实是尽管不堪回首，但若是理不清这六天六夜的痛苦，我就永远走不出那生命中的黑洞。尽管衣衫紧裹但依然寒冷。我听到母亲对我说：樵子，你要好好的！从梦中喊醒，我便艰难地开始敲打这些文字。

我，要好好的。

（2012年2月25日）

又是初八月如刀

又是正月初八，月分两半，一半似刀，悬在天空，碎了人心；一半碎作冰花，遍洒人间，凉透寰宇。五年，一千八百二十五天，思念像关不住的水龙头，每到静闲时便嘀嘀嗒嗒浸入心间。

母亲刚去时，追想起我们相依为命的五十八年，觉着最欣慰的一件事，就是陪她出了一趟远门，让她看到了外面的世界。可是有一天我却突然明白，那不是我帮母亲了却了一桩心愿，而是母亲帮我了却了一桩心愿。一时间那丝丝缕缕的念想，湿了我的眼，也湿了我的心。

刚进城的那几年，父亲说人家都旅游哩，咱也趁着还能走动出去转转。母亲就说，旅游能顶吃还是能顶穿，要去你去，我不白花那冤枉钱。母亲半生艰难，父亲在外工作的岁月里，能让一家人吃上穿上是她最大的担当，是她头顶的天。最艰辛的时候，为了一家老小的吃，从场上分回的粮食得连夜抱着磨杆推成面，不然第二天早饭就没有着落；为了一家老小的穿，则每年冬天必须织一机土布，不然开春天暖时就换不下那厚厚的棉衣。不知道那团团棉絮变成身上衣要耗去母亲多少不眠之夜，只记得每每睁开睡眼都看见窑掌里是母亲宽阔的背影。灯为她照着明，她为我们遮着影。早晨起来，母亲的两只鼻孔总是被油灯熏得黑黑的。嗡嗡的纺车、呀呀的织机便是我记忆深处悲凉的童谣。

父亲出去旅游了一次就再不说旅游的话了。问他，说母亲不去他也不去了，一个人没意思。母亲的节俭是生活根植在骨子里的一种习性，为了少费一根火柴，她有把做早饭的火炭留到下午都不灭的本领。大凡提起花钱的事总说：妈又不挣工资，不要花那些无用钱。国家财政的阳光普照大地，每一位城乡老人都能享受到养老补助了，母亲也有了一张能在银行取钱的属于自己的卡。我把卡领回后给她说，你不知道怎么取，等攒上几个月我再给你取。可是有一天我回去，她和父亲都不在，外面刮着大风，我正担心是否她的哮喘病又犯了去医院了。心正悬着，她和父亲回来了。父亲一脸的不高兴，说这么冻的天非要去，取那两个钱能干啥？母亲却是一脸的喜悦，父亲的话像没说一样，她笑着对我说："我取钱去了，我在我的卡上取钱去了，我的卡上真的有钱了。"母亲虽然说不出什么"人权""自主"的词儿，但她分明是因自己不再是作为谁谁的家属、谁谁的母亲被社会承认，而是作为一个独立的个人被社会承认而高兴，花这每月的一百块钱她理直气壮。可我的心里却不知该为她高兴还是该为她难受。我的妈，你服侍老人，生儿育女，操持家务，付出的心血和劳动是用钱能衡量的吗？

母亲积劳成疾，落下了哮喘的病根，每到深秋必犯，得到来年百草生绿才能好转，一年有小半年时间是在病痛的折磨中煎熬，睡觉时不能平躺，只能趴在高高垫起的枕头上似卧非卧。再冷的天，屋里都得透气漏亮才能好受一些。药是一次比一次用得重，病却不见得一次比一次轻。我的心就常悬在半空中，真担心哪一天母亲一口气上不来，就再也看不到外面的世界了。便劝母亲说咱出去转转，你的心就敞亮了，说不定把病就撂远了。她问："你说能行？"我说能行。她又问："妈能走动？"我说能走动。她说那咱就走。

那是二〇一〇年的五月，我带着父亲母亲去了北京，一家人为我捏着一把汗，担心旅途劳顿母亲的身体吃不消，我也是做了最坏的打算。可那几天，

母亲的身体是出奇的好，就连父亲都说走得脚底板痛，她却总没说那不行的话。朋友为我们预定的酒店在景山公园的东门旁，每天一早出行，车稀人少，中午回来睡一觉下午还能顺着护城河再溜达溜达。母亲总是拉着我的手，只要你说走她总欣然应允。走进故宫，我便一处一处指给他看，哪是皇帝吃饭的地方，哪是皇帝睡觉的地方，哪是皇帝看书的地方。走下那金銮宝殿，坐在宽敞的地坪上，我说咱照张像，母亲说，皇上住的那房子黑暗暗的也不好，人家的这院子倒是还大大的。

第二天去天坛，站在回音壁前，我想起了早年间一幅《我是狗娃他妈》的获奖照片，就教母亲也喊一嗓子，但她就是笑着喊不出来，说这么多人，人家会笑话的。回来，路过天安门。母亲说，这里咱昨天来过。我说，你还能认得？她又说，认得，那个院子大大的。到了天安门下，我说，妈，咱上去转转？她问，人家让上不？我说，让哩。她说，那就上。站在城楼上，母亲手扶栏杆，两眼茫茫地望着远方。我逗她：妈，你照什么，照见咱落东村了没？她笑着说，照见了，能想见就能照见。

一天中午落了一阵雨，雨后的景山公园，风轻轻地吹着，空气湿湿地飘着。月季、芍药、牡丹含露绽放，将那清香幽幽地送着。徜徉期间，真有一种脱俗的感觉。母亲虽然说不出什么赞美的话，但我能感觉到她的舒心和快乐。她说，人家的花儿太巧了！可真会开啊！看到一片圣洁的白牡丹，母亲几乎就迈不开腿了，她说你给我照上一张相。照完相，看到地上有一朵花，她又说我想把那拿上，回去还能看。我说人家不让摘花。她说又不是我摘的。我说你拿上人家就会认为是你摘的。母亲赶紧将那已拾到手里的花放到地上，可刚走了两步就又折了回去，捡起那花说，我拿着你再给我照个相该能吧？就这样，那朵洁白的牡丹永远捧在了母亲的手里。后来，想母亲时，总能看到她手捧花朵的笑容。

要回家了，我又逗她，说妈你也总结总结，这北京哪达好？她便和父亲一句一句地凑着：北京街上的树多，哪里都有凉凉，凉凉下还有凳子，走累了就有处坐；北京的人好，在延安坐车，上车下车司机直喊老婆老汉快些。北京的司机一看是老年人，就说老人家慢些，刚好是一反……这些问问答答的闲言碎语，真是“当时只道是寻常”，谁知过后成永诀。

回到家，母亲就说，北京看了，飞机火车也坐了，死了也安了。我说，你胡说什么！她却不接我的话，说钱让你爸出，我这辈子就出这一回门。现在想来，这次远行虽然使母亲开了眼界，但按她的处事习惯只为自己是不一定非去不可。她何尝不是拼了全身的气力帮我了却了一桩心愿，让我想她时心里宽敞些，否则心海中哪来这点点波光圈圈涟漪。

母亲给我说过，她的目标是活到八十岁，当时我只当她是那么顺口一说。母亲八十诞辰的那一天，我手捧花篮跪倒在母亲的坟前时，儿子从遥远的首都打来电话，说媳妇怀孕了。二一年清明节，也正是我回老家祭奠母亲的时候，妻子打来电话，问快回来没有，媳妇要生了，已经到医院了！血脉。亲缘。难道说要等的就是这一天吗？霎时间，心，柔成了一抔掬不起的热泪。

初八之夜月如刀，五年了，阴阳两断一千八百二十五天，了欲养而亲不待，睁着眼睛到处是母亲的气息，总以为眼睛一闭母亲就会向我走来，就又会和我一来一去地对话。可是，不能。梦中的相见总是似是而非，像是茫茫尘世间的寻觅。看似到跟前，一伸手一张口却了无踪影。我想，母亲一定是在什么地方怨我，怨我有什么事情没做好。我便只有逆着这时间的长河溯流而上，去丝丝缕缕地寻，去点点滴滴地觅……

想极梦不成。

原载2017年8月12日《延安日报》

姨母　我又让你失望了

家有难时姨先到，

莲台仙去甥才来。

七月夜露寒彻骨，

滴滴声声诉灵前……

细想想，我只接姨母到延安来过一次，还是因了母亲的思念。那年母亲身体不适，说老姊妹说着话时间过得快些。

我们家与姨母家隔着一座山，要翻两架沟，小时候走过不知多少遍。那时候，妈妈每年都要去给姨母织布，后来是要去借粮，等到揭不开锅的时候还在姨母家住了整整一年。大了，就去得少了，姨母总说我把她忘了。

早年姨母最大的愿望就是：等我樵子长大了，吆着骡子来叫我，说姨呀我要娶媳妇了。但真到了那一天，我却没叫她。那时候我刚到县城工作，什么都讲“革命化”的年月，新房都是赶走了集体宿舍里的同事硬挤的，哪还有条件吆着骡子去接姨母。后来她专门进过一次城，说要看我住的地方暖和不。

姨母今年七十九，她的这辈子也可用含辛茹苦去形容，但她的苦是一般人无法相比的。外婆去世时，母亲十二，姨母才七岁，在没有母爱的家庭里长大的女儿家是何等的怯懦和顺善，可想而知。命运有时候好像是专门要考验善良人的承受能力，娘家的妈早早去了，结婚时婆家的妈也不在了。公家有三个儿子，姨夫是老大，姨母一进门就得管四个男人的吃喝穿戴，两个小叔子还要上学。姨母是用一颗母爱之心温暖这个家庭的。小叔子一天天长大了，媳妇娶到家了，却一个个都闹着要分家，债务他们不管、公公他们不管，他们只一门心思要奔他们的小日子、要过他们的好光景。分到后来姨母竟连一孔窑洞也没有了，心善嘴拙的姨母觉着这世上再也没有人比她的冤屈大了，她再也没有活下去的心劲了，便找了一处偏僻的山崖纵身而下。命运这回没有完全闭上他的双眼，他仍然让姨母留在人间，但同时留给她的还有双腿残疾和终生不育，后者竟成了那两个弟媳随时攻击她的锐利武器。

姨母就拖着那伤残的双腿，继续着她的人生，那艰难的步履任谁看了都揪心。

我们家艰难的时候，姨母是倾心相助的，屋里地里不停地忙碌，就是下沟驮水也不忘背一背玉米秆回来。她有一个心事，就是将我们弟兄过继一个给她。说好了三弟，父亲母亲都答应了，姨夫姨母都来接孩子了，祖母却不答应，她说，就是讨饭吃，我也要让我娃跟着我。

那一天姨母是流着眼泪离开我们家的。

姨母的村子比较偏僻，接近梢山，三年困难时期，姨夫凭着一身苦水开了许多小片地，家里却是大囤谷堆小囤满。我就是在那个时候来到姨母家的。那个时候总不断有远远近近的亲戚来借粮，人家来了开了口，姨母三升五升的总不让人家空回。晚上姨夫下地回来，发现了不是吵就是打，姨母总是默默地承受，也不还嘴。粮食是人家种下的，还能不让人家打不让人家骂。她总是这样说，像是给我解释，也像是给自己宽心。

即就是后来，我也不时地去姨母家背粮。断顿时母亲打发我去背，姨母估计我们家过年时没有麦子也主动叫我去背。一开始我只能背动五升，后来就能背动一斗了，等能背动两斗时光景就慢慢松动了。没有了那借与还的往来，走动就不那么迫切了。母亲叫她，她就说你那些娃大了，没有我做的活了。

再说老姊妹就都流泪了。

再到后来，母亲想急了就硬叫硬留。姨母即使来了也住不上几天就要走，说你这屋里缩手缩脚的我住不惯，各人的命要各人受哩，各人的光景要各人过哩。

值得欣慰的是姨母后来收养的义子继承了两位老人的吃苦和善良，凭着十几亩苹果园，日子过得和美殷实，四世同堂，其乐融融。

如今的乡村都有柏油路相连，早上从延安动身有两个多小时就到了。那一回，等我赶到时，穿戴整齐的姨母却早已等得睡着了。她说：听说我樵子要开车来接我，我早早就等着了。可不知在她的心里，这能否顶上要我娶媳妇时拉着骡子去接她的那一出。

姨母真的是老了，一头的浓发全白了，牙齿全部脱落，走路也更加艰难。本不爱说话的她说起话来却像讲故事一样，不紧不慢，不到她认为该结束的时候谁也拦不住。可她讲的全是别人的好处，绝口不提自己为别人做了些什么。她一遍又一遍地说，那一年我看病把我樵子累害扎了，天天要给我熬中药哩……

母亲去世后，姨母再也没有来过延安。每次去看她，总是要在鸡窝里摸两只鸡蛋，舀一勺白砂糖，滚开的水往洋瓷碗里一冲，说：“疙瘩，你快喝。”这时候的姨母只丢下一个心愿：我死的时候你可要来了！要给我娃帮忙了！！

今年正月天，表弟打电话说姨母不好好吃饭了，怕是扛不过去了。当我和二弟赶到她的身边时，她操心的仍是：快给弄的吃饭。

随着万物复苏，姨母的身体日见好转，只说这一劫算是过去了。没想到再见面时已是音断声绝，一板隔开两重天。

我又让她老人家失望了。

姨母的遗容如释重负，如果她老人家能开口说话，不知会说道些什么。是说，疙瘩，你让我白安顿了。还是说，她早就说过：各人的命要各人受哩，各人的光景要各人过哩。

（2018年8月）

呦呦鹿鸣养生谷

子午岭深处的轩辕养生谷，农历五月，杨花落尽子规啼，淙淙的溪水静静地流着，馥郁的小花安然地香着，灰喜鹊的长尾巴像是音乐家的指挥棒在林间忽上忽下潇洒挥舞，鸟儿们的合唱便随着它的指挥时高时低时缓时急。走进的明明是一间从未涉足过的屋子，可是看着父亲端着茶杯斜靠在窗前的沙发里，却莫名有一种家的感觉。

心安之处即是家？

地理意义上的家，父亲回去的是越来越少了。早些年，他不仅爱回，回去还总要住一两晚上。虽然随着学校撤离和青壮年外出打工，村子里日渐萧条。但白天和那些手拄拐杖的老者在村口的老槐树下唠唠旧事，傍晚端一碗绿豆稀饭坐在院子里的葡萄架下看看星星，也还是蛮惬意的。可是随着一条高速公路要穿村而过的消息不胫而走，像是给静谧的山村撒下一把充满诱惑的金币，道德的藩篱被贪婪的欲念瞬间撕扯得百孔千疮。先是线路规划所经之地村与村之间的地界之争，马上就演变为村与村之间的集体矛盾；后是用地赔偿款到村之后的户与户之争，呼啦啦就站成了堡垒分明的家族阵营；接着又是面对施工车辆挥舞的镢头、铁锨和拐棍……村子仿佛被撕裂了，淳厚、善良、本分等等等等像农田里碧绿的禾苗一样似乎都被那滚滚黄尘遮蔽了。父亲说，村不像村了。生身热土，纯朴温馨不再，心中的悲凉难免。

那个想离开时离不开想回去时却又回不去的村庄，只能到记忆深处去寻找了。

听着父亲均匀的鼾声，我迎着时断时续的蛙鸣轻轻走了出去，黝黑的树林中不知名的鸟儿遥相呼应，呼唤出了一个敞亮宁静的夜晚，两边起伏的山线像蜿蜒的河岸，湛蓝的天空便是那澄澈的河流，繁星如渔家灯火闪闪烁烁，北斗星灯塔一般气定神闲。行走在灯影婆娑的步道间，真有一种天地相通天人合一的感觉，真想就那么一直漫无目的地走下去。

第二天早晨一觉醒来，窗户已经发亮，还怕打搅了父亲，没想到转身一看，老人家已经依在床头上喝茶了。他说，你想转你去，我一会就在门前走走。

轩辕养生谷的空气美得简直无法言表，呼吸这山间的空气如同欣赏一场恢弘无比的交响乐，不由你心不醉。松脂沉郁的香味好像大提琴，给人一种故乡般宽厚的抚慰，椴树花的清香好像一支长笛唤醒了许多沉睡的记忆，甘草、柴胡、茜草一路摇曳着自己的音符。越往深处走，山越静，啁啾的鸟鸣和高高低低的流水又将那交响引入一个个新的乐章……

转过一个弯是一处不小的水面，我莽撞的脚步惊动了两只饮水的羊鹿。它们一大一小，分明是母子，奋力往对岸的石阶上跑去。那母亲本可以跑快到前面去的，但它没有，它让幼小的孩子始终跑在前面并不时地用嘴巴给它借力。那只小羊鹿实在是太稚嫩了，好像是第一次跟随母亲下山。受到惊吓的它一边蹄膝并用奋力攀爬，一边发出呦呦的惊叫。而那母鹿，一边用嘴巴拱着小鹿，一边还不时警觉地朝我这边瞭望，嘴里发出喔喔的声音，宽厚，温暖，似乎是在给小鹿壮胆：不怕，有妈。等上到一定的高度似乎觉着隔着一个水面，觉得我这个不速之客不会给它们造成什么威胁的时候，它们母子便一上一下站在那里依偎在一起。朝晖中，耳尖上的绒毛金丝一般发亮，在急促的喘息中微微颤抖，明亮的眸子惊恐地隔水怯怯地望了过来。我的心底不由得涌起一股热浪，仿佛心里有一种东西瞬间得到了释放和救赎。母亲离开我们整整七年了，人生路上我们母子有过多少次这样摸爬滚打生死相依的场面啊！老人在世时，我们似乎觉得自己尽力了，一切都做得够好了；可是当老人离开了，再也见不到说不上话的时候，那思念日日夜夜抽丝剥茧般成了一种痛彻心骨的反思，才知道有许多事情我们本可以作得更好，这无处弥无处补的心缺时不时总会被莫名地撕扯，我不知道该拿什么当祭品给自己心中的母亲……

手机响了，父亲问，走到哪里了，该吃早饭了。

父亲早年给我们的感觉就一个字“怕”。他不苟言笑，从来都是一副恨铁不成钢的表情，也从没听过他对任何一个子女的夸赞。加之长年在外工作，和子女的交流全靠母亲完成。母亲走后，父亲的性格开始变化，首先是在门前母亲迎来送往的栏杆旁找到了自己的位置，你这一个礼拜天是四点钟过去的，下一个礼拜天再这个时候去，他即便是不在那里站着，那防盗门却是早已为你打开了一条缝隙。平日里嘘寒问暖叫吃叫喝的电话也多了，深藏在心中的父爱在徐徐释放。这本来是值得高兴的，但望着父亲的笑脸，心中却常常有一种莫名的柔柔的痛，虽然说衰老并不是哪一个人的过错，可谁能说这笑容的背后没有希冀对自己衰老的理解的一缕情愫呢？多想再听听父亲的教诲、听听那恨铁不成钢的训斥啊，可是再也找不回他性格中那下苦不受气的硬朗和不吐不快的率真。

孝，其实是一种救赎，是救赎自己灵魂的安宁。即使至亲之间，许多东西不是单靠血缘亲情就能顺理成章地得到的，而必须经过心灵的对话和灵魂的贴近，必须亲历经验后方能得到、方能产生。谁人的衰老不是一步三叹地在“断肠声里唱阳关”？四十岁对六十岁的理解是一种心情，六十岁对八十岁的理解又会是另一种心境。当我们在养儿育孙中被他们的饥寒冷暖啼笑蹒跚纠结得心慌气短的时候，才知道我们对父母的回报有多少分量；当我们为儿孙新发出的一笑一颦一语心旌神驰的时候，才知道我们跟随在父母身前身后的时候，心情的差别有多少。孝，有多么羞于言表。

我们在失去母爱的岁月中反思过往的遗憾，在拥有父爱的时光里以尽量让他生活得舒心而拯救自己的灵魂。虽然这拯救有求得自己心安的自私成分，但是从家乡的蟒头山、邻近的司马坡到遥远的紫金山，望着父亲以岁月达成和谐的脚步攀登着属于自己的高度，我们兄弟姊妹的心里总还是暖暖的。尽管父亲的笑容在他的理想之地绽放时，我们看着他身边的空缺仍然会暗自伤神。但那只是一种天命难违的惋惜，心中所有的脆弱会随风散去。虽然我们兄妹都是花甲左右之人，但有父亲的脚步在前，我们何敢言老，甚至迟迟不愿意让父亲看到两鬓的白发。心中有故乡，脚下有远方，我想这也应该是天下子女对父母最美好的祝福。

为人子孙，轻勿言孝，所谓的尽孝不过是救赎自我。尽情，尽力，心安为好。

轩辕养生谷的汩汩清流伴我回到父亲身边，我对站在晨光中的父亲说：走，咱吃饭。

原载2019年11月12日《延安日报》

2020年《散文选刊·下半月》第一期

父亲的心愿

谷雨之后的蟒头山，新绿轻绘，花气袭人，和煦的山风载着鸟语尽情地舞蹈，挺拔的白皮松像俊朗的小伙身着迷彩服列队相迎，香客们系在树枝上的鲜红的平安带更像是藏民的经幡，借风而语，为所有的登山者诵经祈福。穿山越谷的阵阵林涛和远处的黄河遥相呼应，使这大山成了一个巨大的气场，与天地相通，与万物相和。站在山巅，极目远望，便会觉得泰从心生念随风去，一时间物我两忘犹如新生。

蟒头山是黄河岸边的一座奇峰，主峰海拔一千四百三十九米，据说明代嘉靖年间修建山上的庙宇时一砖一瓦是绑在羊背上让羊驮上去的，可见山势的险要和道路的艰难。四百多年来香火延绵，香客远涉陕晋豫陇，一年一度农历三月十八的庙会信众云集，有祈福求签的，也有谢恩还愿的，昼夜香火缭绕大戏连台，钟磬之声高扬远播，真可谓之圣境。

近年来随着旅游开发，山上虽然修了旅游专线，但车也只能开到半山腰，从停车场到山顶还有三百多米的距离，八百八十九级台阶如天梯耸立，非步行不能登顶。父亲对蟒头山心仪已久，但因为种种原因一直未能如愿，去年两次都走到宜川县城了，秋雨大作，只好中途返回。三月十九那一天我们一早从延安出发，先上凤翅山看了牡丹园，他高兴地说，家乡终于又有了牡丹园了，这才和它的历史相符。洛阳、菏泽的牡丹虽好，但感觉不一样。

看过重归故里的牡丹仙子，我们直奔蟒头山。我原想父亲毕竟是八十三岁的高龄了，脊椎侧弯，腿脚也都有退行性病变，登顶是没有可能了，只能让他站在半山腰的停车场望一望，也算了却他的一桩心愿。没想到一下车他将手一背，二话不说就朝山上走去。我说别上去了吧，站在这里照一照就行了，上去就是高一点也没多大看头。他说走着看，走不动了再说。我便只好急忙前去搀扶。他说不用，我自己走由我的劲儿，你拉着反而不好走。

刚开始时，台阶两边还有迂回的缓坡可走，路边还有栏杆可供借力。但到后边，非台阶便无路可走，况且两边的栏杆也是断断续续，无处搭手不说也极不安全。我说，爸，这里一眼就能看到山顶了，那些庙宇的飞檐挑角都能看清了，就不要再往上走了。上山容易下山难，走多了，明天腿会疼的。他歇了一口气，望了望山顶说再试试吧，不试怎么知道行不行。返回去，前面的路就白走了。

越往上走越艰难，基本上三五个台阶就得歇一歇。跟在父亲的身后，听着他费力地大口喘气，我的心提在半空中，觉着自己心跳和呼吸的频率与老人同步，费的力好像比老人的还要大，头上的汗直往出冒。我开始感到有些害怕，想着种种有可能产生的后果，心里多少有些后悔把父亲带到这高山上来。但虽有千万后怕，看着父亲的兴致，我便清楚这山是非上到顶不可了。

目的明了后反而有了一种坦然。我便将劝阻变成了宽慰，一边给父亲指认着山上的一处处景致，一边讲述着年少时两次步行来蟒头山的经过，说说话话间有了一种轻松和惬意，再抬头时已望见了山门。

站在山巅向四周望去，真有一种万山来贺的感觉。山外已是绿肥红瘦，山上的丁香、迎春还正灿烂怡人，更有山外少见的椴木花团团簇簇如梨花般素洁可心。父亲手扶栏杆极目远眺，钟磬之声如天籁之音在山间回荡，我心潮眼热，这一趟值了！我想许多朋友肯定都有过和我一样的感受，那就是不

论是品尝佳肴还是欣赏美景的时候，都希望能有至亲和自己一同分享，这样那幸福就会翻倍。那不仅仅是一种感官的享受，而更重要的是心灵的宽慰和愉悦。但上天给我们这样的机会并不多，尤其在父亲身边没有了母亲的时候，我不知道父亲给我们的机会还有多少。

“那庙院里是有人烧香哩吧，咱也去烧一下吧？”听到父亲的问话，我几乎愣住了。他们这一代人，在社会未转型前是一切听从组织安排，社会转型后几乎是两耳不闻窗外事，信念可以说已经坚如磐石。以往无论走到哪里从不进庙也不烧香，今天这是怎么了？进了大殿，将香点燃，父亲喃喃：保佑子孙后代平安，咱也烧一炷香，哎，我的腿跪不下去了。我的心呼啦一下全明白了，父亲为什么上这山？为什么烧这香？他是要为子子孙孙祈福！

我再也管不住自己的眼睛了，我说，爸，我替你。

父亲，尤其是我们北方人的父亲总是严厉多于慈祥，社会给他们的定位是“外前人”，对屋里的家务至少在表面上是不屑一顾的。父亲对我们从不言爱，更别说肢体的亲抚了，那恨铁不成钢的眼神总让人感觉到父子之间有一道无形的鸿沟。我的记事中，除了我这个长子，从未有父亲抱过哪一位弟弟妹妹的记忆。到了孙子辈，父亲才允许他们在他的身上爬上爬下。而等添了重孙子他才喜于言表，刚过了三天就急切地说，让我看看娃！

以前有母亲在时，一切交流均由母亲承担，他从不说什么，你也似乎从不知道他想些什么。没有了母亲，旧屋门前的栏杆边没有了迎来送往的身影空空荡荡，当我们从悲痛中回过头来的时候才清楚，父亲比我们更伤心，他的伤心无以言表，他的孤单不能自拔。记不清是从哪一天开始，栏杆前父亲的身影填补了母亲的空缺，慢慢的，电话中的交流也多了。

愿子孙后代平安！他把这一句饱含着父爱的话憋了几十年，他把这一句饱含着父爱的话说给了蟒头山，他似乎是伸着双臂呼唤着向我们走来。

下山时，回目四望，常青树遒劲康泰若长者昂首挺立，落叶木新绿明眼如后辈团团簇拥，它们一起吆喝着朝上攀登，呼呼啦啦就成就了这一座巍峨的大山。

第二天我担心父亲的身体，给他打电话，他说没事，我正打牌哩。口气是从未有过的轻松。

（2016年初夏）

我与梅花两白头

那天走出西安国际医学中心医院的病房，迎面是壬寅年雨水时节的一场大雪。这春天的雪不像寒冬的雪那样飘逸干爽，洋洋洒洒；而似乎是有满腹的心事和委屈，脚步滞重，跌跌撞撞，稍遇磕绊便是泪水涟涟。脚下明明是皑皑的雪，踩下去却是汪汪的水。就这样，我一脚深一脚浅地走进了小区的绿化带，没想到这林木间竟有一股清冽的暗香袭来。也许是因了这寒雪冷风，这香香得彻心彻骨，使我木木的脑袋顿时清醒了许多。

遂香而去，迎面是一树残梅。因了这春雪的滋润，这梅，花虽败，香未尽。有了这雪水的洗礼更加香得纯粹，虽薄犹浓，香气袭人。再细看那残花，头上雪花重重，下垂的花瓣却是雪水滑落如珠。啊！谁曾说“我与梅花两白头”，怎不白头？能不白头？心，立刻化成了一汪雪水。

相庆以米，相期以茶。我们为父亲庆祝八十八岁大寿时，他还是那样的爽言爽语，起居有序，饮食有度。每天两杯小酒，出门不戴帽子，不拄拐杖。他说，一拄拐杖，就真成老头了。谁知刚迈进九十岁的槛，便饮食逐减，精神不振，电子扫描细密的触角抚过父亲的全身，虽然没有确诊有恶性病变，但各种器官的退行性变化同样让人触目惊心，如临深渊。一家四代内外二十六口人，原计划响应疫情期间的号召，分别就地过年。得到消息便无一例外，飞鸟归巢般扑向他的身边。父亲拖着疲惫的脚步，抚摸着重孙子们的头顶，依然在他们的吵闹中浇花喂鱼。拍全家福的时候，老人家张开双臂，将小可爱们揽入怀中，双目茫然望向天空。湛蓝的天空有飞机划过，白色的烟雾飘带般飞扬。

二弟退休后受聘的西安国际医学中心医院，因疫情中的一场事故停诊，但对直系亲属开放。借此便利条件，我们弟兄三个一商量，便立即带父亲入住。一流的设施，一流的服务，偌大的一个病区，连父亲总共只住进了三名病人，奢侈得让人于心不忍。

在这神圣的静谧中，医生职业的目光透过镜片望着我，用尽可能平静的声音告诉我：基本可以确诊，肝门胆管有占位，肝硬化失代偿期，胃底静脉曲张，别说你父亲是高龄，即使是年轻人，我们也不建议手术。你们家属应该有心理准备，这个病发展是非常快的……那一刻，我觉着自己在飞速坠落，两耳能听到那下降的声音。

回到病房，望着输液管中药珠缓缓滴落，心中似有木鱼声声敲击，为父亲的生命加持。看着倦卧在病床上的父亲，我想到一个词——剥茧抽丝，我觉着我和父亲都是一只茧，不过是属于父亲的那只茧是被病魔泡在无情的温水里，而属于我的那只茧却是吊在尘世的风雨中。虽然我这个儿子年近七旬，但在心里并不真正清楚，自己的茧衣剥开后，双翅是否已经硬朗得足以搏击生命中没有了父亲的风风雨雨。

天晴了，有道是“东风吹散梅梢雪，一夜挽回天下春。”但从病房的窗户上望出去，终南山上依然是巉岩嵯峨，白雪皑皑。病房里新入住了一名病人，年龄与我同岁，陪同的儿子也恰好和我的孩子同岁。一下子觉得我们这个病房里有了别样的景致，那是生命的阶梯吗？落日的余晖反射在玻璃幕墙上，使这个傍晚多了几分凝重和辉煌。

经过十多天的对症用药和能量补充，父亲的精神好了许多，医生建议出院，父亲也不愿再打点滴了，看着父亲日益消瘦的双臂瘀青斑斑，我们也只好随他的心。两位弟弟劝说，天气暖过来了，正是春暖花开，在他们家里都住住，游玩游玩再回去。父亲却说，这一难要是过去了，以后有的是时间……那没有说出的后半句话，我们父子都心知肚明，一时间人人无语。

我明白这是最后一次陪父亲远行，车上备足饮食水果，心想每一个服务区都停停，走走转转，尽量让父亲再多看看这生动的春色。可父亲一路都不愿下车，说赶快走吧，回去就踏实了，在家里吃一碗热汤面比什么都舒服。

父亲在延安住所的院子里绿化非常好，迎春花金灿灿，樱花、玉兰花含苞待放。父亲一生爱花，回到家，每天都喜欢坐到花园边晒晒太阳，太阳影子过来时，我说凉了，咱们回屋里吧。父亲总说，把凳凳移一移，出来了，就多坐坐。父子两白头，我们就这样默默坐在玉兰树旁，享受着春天的阳光。

这样的光景享受了没几天，父亲的身体状况又出现了反复，干呕、脸色发黄、日渐乏力，我们便联系第三次住进医院。这一次父亲的话明显少了，每天总是望着输液的药瓶发怔。总说：我看这药也和西安用的一样，怎么就不见效了？

为了使父亲能好好的休息，每天打完点滴我们都给医生请假，接他回家。只用车接了一天，父亲就不愿再坐车了，让小弟用轮椅推他回家。他说，坐在轮椅上畅快，还能看看绿化带里的花。一边看，嘴里还一边不住地念叨：连翘花开了、小樱桃花开了、桃花也开了……

一天晚上漱洗毕准备睡觉，父亲示意我闭上门，对我说：我看了，这病要好是没希望了。瓜熟自落，人活百岁也免不了这一场，我九十了，也没有什么遗憾。我这一辈子，没给你们挣下，也没给你们动下，咱不欠人的，人也不欠咱的。你们兄弟姊妹几个都能顺顺利利的，我也没有什么挂牵的。后事要从容些，不要把帮忙下苦的赶得太紧。保姆走时多给上一点钱，那也是一个恓惶人，下苦人都不容易。你们要吊针，再吊上几天，尽一尽你们的心意。再多了也没用，治不了的病，花钱受罪……这是我第二次见父亲流泪，第一次是祖母去世的时候。

二弟闻讯立即请假赶回，医生建议做个胆管引流手术，这样可以减轻黄疸，改善食欲。和父亲一说，他坚决反对。他说，治不了的病让我挨那一刀干什么！你们就让我攒攒欢欢的走吧。无奈，只能用药维持。为了节省父亲的体力，二弟又联系了家庭病床，护士每天上门输液。凡有亲朋探望，只要不吊针，他都要穿戴整齐，坐在客厅里和客人拉话，回忆早年旧事。

父亲几乎是茶饭不进了，全靠人造蛋白维持。一天突然很有兴致地对保姆说，把那盆君子兰端过来让我看看。他用手轻轻抚摸着厚实的花叶说，好好当事些，你看这花心鼓鼓的，兴许今年能开。表情，像是在抚摸一个可爱的孩子。随后问我们，今天古历多少了，听说是二月十九，他便扭过头说："赶紧把老家的地方收拾收拾，我看这拉磨不下几天了，再吊两天针咱们回家。"

我们只当父亲这是随口一说，谁知真只再吊了两天，他是坚决不让扎针了。他对站在床前的护士说，娃娃，你来了，今天的任务就完成了，你回吧。见我们不松口他便说了狠话：怎么，嫌我死得慢吗！我们，只好含泪作罢。

农历二月二十二那天，父亲说咱们明天回家。在讨论用不用救护车的时候，父亲的态度丝毫不含糊。他对珺儿说：我知道你爸想的是什么。不要救护车，我就坐你爸的车，高高的。回到家，问他，睡床还是睡炕。他反问：回到家为的是什么，不就是能热热地睡到炕上吗？

乡亲们闻讯一一前来探望、安慰，他们记着父亲在物资奇缺的年月里给出嫁的女儿买过红条绒、给娶媳妇的儿子买过绸被面、给缺奶的小孙子买过白糖和炼乳……父亲挣扎着和他们一一招呼，轻声叫着他们的名字。

两天后，屋里终于安静下来。一星期几乎粒米未进的父亲突然说要吃酸汤面。妹妹和小弟去准备的时候，他像小孩子一样急不可耐，伸出两只手做捧碗状，不住地问："好了没有？酸汤面好了没有？？"饭，端上来的时候，父亲像长途跋涉的人看到了甘泉，一边贪婪地吃着，一边说：酸汤面，就是这酸汤面……那几口面父亲吃得酣畅淋漓，吃得我们兄妹四人泪流满面。往日喝一口水都发呕的父亲，这一碗酸汤面却吃得非常享受，不但一点反应没有，过了一个多小时又问："那面还有吗，让我再吃两口……"吃过那几口酸汤面，父亲脸上的黄渐渐褪去，泛起了一抹红晕。

第二天，父亲便失语了，再也听不见他呼唤我们任何人的名字。我们兄妹四人只能是轮流分跪在他的两边，根据他的表情不时地给他翻身，但每一个姿势只能保持三五分钟。最后只能将父亲抱在怀里，只有这一个姿势父亲才能多安静几分钟，他那侧弯的脊椎骨像刀背一样硌在你的胸前，似乎有一种切肤之痛，让你真正感受到什么叫骨瘦如柴。这时候，我们儿女的心里犹如有一把双刃刀在来回搅动。一方面觉着，这样延长生命就等于延长痛苦；一方面又觉着，这样把父亲带回家，眼睁睁地看着无情的病魔在一天天吞噬他的机体而束手无策是一种罪孽，是最大的不孝……当学医的二弟失望地叫着我的时候，懵懂的我依然不相信父亲的病痛会这样戛然而止，更不相信那个给我们生命的亲人，转眼间就会与我们阴阳两隔。我用手捧着父亲的脸，感觉到父亲颌下的脉搏依然还在一下一下有力地跳动。二弟说，那是你的心跳。

父亲的钟摆在二〇二二年三月二十九日（农历二月二十七日）凌晨两点三十六分戛然而止。

送葬路上，山花烂漫，风起处落英翻卷如雨。天云仁兄的挽幛写道：奠基广电，服务乡梓；高风亮节，以昭后人。父亲是宜川有线广播的创始人，他的老同事纷纷以各自不同的方式进行吊唁，追思他们脚蹬自行车肩扛铁丝卷走遍宜川山水，共同创建"户户通广播"的火红岁月。有的不能前来还录了音频，让怀念之声越过山阻水隔传到父亲的灵前。落东村的乡亲们在村口设祭，用切切的乡音告慰父亲的在天之灵。父亲就这样在这如雪如雨、如泣如歌的春光中走完了他人生的最后一程，安卧在故乡的热土之中。

逝者安息，亲朋返程。安葬了父亲的第二天，疫情四起，新冠病毒的恐惧弥漫宜川全域，随之封城、封村，限制人员流动。真不敢想象，若是迟上一天，该如何给父亲送行。这时间表，是父亲自己安排好的吗？

再回延安父亲的住处，夕阳西下，玉兰盛开。斜斜的树影几乎布满了整个小院，瓣瓣落英似玉片在晚风中徐徐飘落。树影下，空荡荡，再难觅往日身影……

（2022年暮春）

雕花的马鞍

我们塬上稍微讲究一点的人家，迎娶新媳妇的时候，都会来我家借那个雕花的马鞍。牵一头枣红骡子或一匹枣红马，鞴上我家那雕花的马鞍，搭一床大红的绸缎被子，锣鼓唢呐颤颤巍巍地将新媳妇迎进家门，似乎是莫大的荣耀。

平日里那马鞍就放在我家碾窑里的槽台上，任灰尘落满。我们家里连一头毛驴都没有，怎么会有这么好看的马鞍呢？祖母一看见我对着那马鞍发呆就会喊叫，鸡下蛋了，快收去，一个马鞍子有什么好看的。也想娶媳妇了？

稍大一些的时候，祖母和祖父便断断续续地给我说起了那个雕花马鞍的来历。我们的老家是黄河壶口岸边的一个大村落，叫良子伸，人多地少，难以拓展家业。上世纪初，我的曾祖父弟兄三人吆着牲口驮着籽种离家百里，到西北方靠近雪白山的地方开梢种地。刚开始的时候只是春种秋收，冬季里便又驴驮马拽地将一年的收成拉回老家，婆姨娃娃热炕头猫个冬闲。后来殷实了，就在靠近云岩古镇的南塬上置买田地，打窑安家。此地叫落东村。

祖父和祖母给我讲述这些陈年旧事的时候大部分是在下雨天，他们说两句都会朝碾窑的方向瞅一眼，好像那马鞍也有耳朵，单怕惊动了它或是怕有什么秘密被它听了去。

曾祖父有三个儿子，祖父为长，为人善良，没有进过学校的门，却装着一肚子戏文，弹得一手好三弦，人缘皆好。祖父说他的二弟名叫俊秀，人也俊朗，识文断字，双手能打算盘，曾祖父怕他太活泛心不稳，就早早给他娶了一房媳妇。没想到掀起盖头来，那媳妇不光说话咬字不真，脑子还不是十分清楚。民国二十四年（1935）八月的一天，新婚后的二爷去放羊，天黑时羊三三两两地跑回来了，放羊的人却不见踪影。打发人满山可洼地去寻，只在山洼里的一棵杜梨树上找到了他的镢头，却没找到他的人。一个多月后二爷捎回一封信说，云岩镇上过红军，他参加了革命，让家里再不要寻他。

祖母说两年后家里来了一个兵娃子，吆着一头枣红骡子，驮着一个快要临产的女人，说是二爷再婚的媳妇，娘家在瓦窑堡，名叫赵月亮。那个雕花的马鞍就是赵月亮带回来的。那兵娃子走时只吆走了骡子，丢下了马鞍和赵月亮。祖母说赵月亮在家里的时候，跟一家子人说的话都没有和那马鞍子说的多。她说，我那咬舌子二奶奶（宜川方言读nüe，下同）一看没指望了，这才改嫁他方。可怜的人啊。

祖父说，我的新二奶奶生完孩子后又被二爷派人接走了。那时候云岩地区属于红白拉锯地带，村子里的老户人家原本就有给白军做事的，二爷投奔红军后一家人日日夜夜悬着一颗心。别人家是跑红军，只有我们家是跑白军。有一天，最害怕的事还是发生了，一家人全被白军堵在了院子里。当时父亲只有两三岁，正趴在碾盘上玩，有人便说这娃子保不准就是那共匪的娃，把他抱走一定能将那共匪引回来。当下就把祖母吓得瘫坐在地上。多亏了村里的保长出面担保，才免去一劫。

我们家的碾窑没有门窗，窑口子坍塌得窟窿眼睛的棚木都露出了头，一群灰鸽子便以此为家。雨天，祖父祖母讲说这些故事的时候，那些无处觅食的灰鸽子都缩了头，蹲在那破窑口的缝隙里咕咕噜噜地叫着，像是作着呼应。

祖父说，胡宗南进攻延安那一年，二爷和部队失去了联系，隐居在黄河岸边一个叫天尽头的村子，贫病交加，难以度日，暗地里托人带话向家里求助。祖母说，两个娃娃是坐在驮笼里用毛驴驮回来的，凄惶得脖子瘦得像圪枝一样。就那，二爷也没有回家来，打发婆姨娃娃上路后，又顺着黄河找他的部队去了。直到解放后，二爷在银川安排了工作，这才让老家人把她们母子送进了城，照样是骑毛驴，两个驮笼脑，一边坐着一个娃，上千里路哩，就那样摇摇筛筛地走了。曾祖父为了看他儿子打下的江山，来来回回就用了三个月。

听了这些故事以后，我除了爱看那马鞍子，又多了一样爱好，就是爱看那栖息在碾窑口的灰鸽子早出晚归，总觉着它们飞上天空后能够与遥远的银川城交流一种信息。以至于有一天竟然梦见那雕花的马鞍也会飞，像脱缰的野马一样，腾空而起。

曾祖父给他的三个儿子分家时，除了把那孔张口子碾窑分在二爷名下外，还分给他一个大石槽。从此后那个雕花的马鞍和那个大石槽就静静地呆在碾窑的后顶里，石槽宣示着一个家族一名男丁的主权，马鞍象征着一个女子的嫁妆。槽头空待骏马嘶鸣，家，期待着游子的归来。

稍大一些的时候，我和妈妈一起住在爸爸工作的县城。忽一天祖父带话说二爷回来了，让回去见个面。那时候，组织纪律性强，爸爸请不脱假，县城与老家又不通客车，爸爸只好雇了一头毛驴把我和妈妈打发回家，记得半路上，我瞌睡打盹，直从驴屁股上掉了下去。没想到就这样赶回家，二爷还是走了。祖父说，二爷是去北京开完会回宁夏，路过西安开了个小差，不敢多停留。墙上别着他的一张照片，故事中的二爷站在了我们的面前：国字脸，浓眉大眼，目光炯炯，一身中山服，不怒自威，背景是北京的北海公园。那是一九六〇年。

“我们家也有一个老红军，还在大城市里作着官。”我想着，以后老师再出作文题，我便有了一般同学没有的写作内容，而且觉着头上的太阳也比别人的温暖。但这一切只是小娃吃手一般的自我安慰。曾祖父、曾祖母去世后，二爷没有回来奔丧；“三年困难时期”一家人揭不开锅时，也没有见二爷给家里寄过一分钱。我无数次想象的传奇故事无法从主人公的嘴里得到证实，至于他是怎样从一个愤然逃婚的率性男儿蜕变成为一位视死如归的共产主义战士，更是无从知晓。

一九八〇年三月，宁夏方面来了一封电报说，二爷在“文革”中被冠以“自首叛变的叛徒和死不改悔的走资派”罪名，打入牛棚，受尽迫害摧残，早在一九六九年已罹难牛棚。现在平反昭雪，落实政策，补开追悼会，通知亲属前来吊唁。老家人去后，从悼词和二爷子女们的叙述中才得知，二爷参加红军后并不是在前线冲锋陷阵，而是一直给部队作贸易工作。先后担任过红泉县、盐池县的财务科长，边区贸易公司的业务股长和三边贸易公司“广发西”商店安边支公司的经理，千方百计筹备资金，用根据地的特产给边区换取军需物资。我那赵月亮二奶奶则是一名武将，十几岁就跟随哥哥在安定东区闹红，双手能打枪，是当地有名的女赤卫队员。她的哥哥是谢子长的老部下，安定苏维埃政权建立后担任过东区的区委书记，他们家曾是地下党组织的秘密联络点，中央红军到达陕北后则作了中央医院。解放后我的赵月亮二奶奶因家庭拖累大，主动放弃工作，一九六〇年突病早逝。

得到这些信息，我就很自然地把二爷和赵月亮二奶奶的形象与所看过的一些革命题材的电影联系起来。我想，那雕花的马鞍应该就是二奶奶的战利品，与之相配的应该还有一匹骏马。她那飞身上马，双手挥枪，往来奔袭的英姿一下子就从我的脑海中跳了出来。而她和二爷结为伉俪后必定来了个角色转换，很可能还和二爷扮作“广发西”货栈的富商夫妇，骑着高头大马不知多少次在红白之间往来周旋，也不知出入过多少富豪人家，在觥筹交错中巧妙应对，才使那一批批危险物资乔装打扮突破封锁，运往前线。

我的赵月亮二奶奶生有三女四男。她一去世，孩子们就成了失群的鸟儿，开了一个家庭会议，几个姐姐为大，一人领一个小弟弟。可正处于叛逆期的男孩子，没有了母爱的抚慰，心中良莠不辨，一片荒芜。空间和物质的逼仄并没有约束他们顽劣的天性，没多久就一个个跑了出来，自以为是闯社会，但基本等于流落街头，哪还有谁能顾及得到老家的家长里短和饥寒冷暖？

追悼会点燃了二爷子女们的乡愁，他们随后陆续回乡祭祖，凭吊先辈的遗迹。交通的便利使千里之遥变成了一日的车程，朝发暮至，便可以冲破半世的隔绝。遗憾的是那孔碾窑早已变成一堆废墟，谁也不知道那雕花的马鞍是腾空而去，还是深埋在了尘埃之中。不变的是那群灰鸽子，虽然已经不知道是第几代了，但仍然在那里繁衍生息。清晨迎着朝阳飞去，傍晚驮着夕阳归来，咕咕噜噜，声如吐珠，使这荒芜的窑院飘荡着一缕悲凉的诗意。

值得庆幸的是，脐血之地牢记着她值得骄傲的女儿。《子长县志（1942年改安定县为子长县）》记载：民国二十五年（1936）二月，安定县苏维埃政府新建妇女部，赵月亮首任部长。当时妇女部的主要任务是动员妇女支持丈夫当红军、做鞋织袜、护理伤员、站岗放哨查路条。长征红军进驻瓦窑堡时，正值隆冬，妇女部组织缝纫、洗衣队，在不到一个月的时间里，就让他们全部换上了新装。民国二十七年（1938），边区安定县首届妇女代表大会召开，赵月亮仍当选为妇女部主任。据《解放日报》记载，民国二十六年（1937），安定妇女募捐毛绒手套六万双，做军鞋五千多双；（民国）三十二年（1943），子长两千九百多名妇女参加纺线运动，半年纺棉花一万六千斤。

这些数字，无疑渗透了我那赵月亮二奶奶的心血。

获延安市“党在我心中”全国有奖征文一等奖

一头沉

一头沉，本指一种家具。一头是一个单开门的小柜子，可放衣物；一头是桌子，可供写字读书。后被借指丈夫在城里工作，妻子儿女和老人在农村种地的特殊家庭结构。

————题记

水

“樵子，起。”

记忆中，我总是一次次被母亲从睡梦中叫醒。当我揉着眼睛走出门的时候，总能看到一两颗星星，母亲已经给我把驮水的驴备好，一旦听到有人去驮水的动静，便让我赶着毛驴追下井坡。那是上世纪六十年代，我们家是典型的一头沉。父亲在县城工作，每月工资四十九块半；母亲带着我们兄妹五人和爷爷奶奶在老家务农，晚上放线织布缝缝补补，白天参加生产队的集体劳动，挣四分工，工值三毛左右。我这个长子，减轻一头沉家庭的负担就是从驮水开始的。那时候还不满十岁，还没有力气把装满水的驮桶搭到驴背上，只能趁个伴，求得人家的帮助。

对于居住在旱塬上的人家来说，维持正常的一日三餐，第一是粮，第二便是水。我们这个八口之家，一天一驮水还要节省着用。我们村的井坡并不算远，约二里多路，由于无休止地往复，且不知道这路上会发生什么样的事情，总感觉永远走不到头。温饱不保的日子里，人的脾气都不好，并不是每一个人都乐意给别人出力帮忙。有时候慢了几步，我赶到水井边时，人家已经开始往回返了，看见也装个看不见，自顾自就走了，我便只有傻等着下一位驮水的人来。只有一个人例外，他是建民叔。即使我还没有下到沟底，他已经往回返了，他也会让我赶上他的驴先走，他再折回去给我搭水。

我们村的那一眼泉水清冽甘甜，昼夜不息。冬月天，泉眼的青苔上总是飘着淡淡的雾气，从不结冰。村人在泉眼的下方凿了两个长方形的池子，有三尺深，什么时候去水都是满满的，一次可供七八驮水桶汲水。为了尽量少讨别人的嫌，我总是尽量干好自己力所能及的事。驮水桶上有两个眼，汲水时，一个进水，一个排气。为了不耽误别人的时间，我总是使劲把桶往池子里按，没想到有一次用力过大桶一打滚，把我闪进了水池中，好在不是冬天，没有大碍。

我们的井台边的大石头上有一个孔，那是老辈人专为力气小的人凿的。等有力气提动一只水桶的时候，虽然把它架不到水架梁子上去，但却可以利用这个孔把水搭上。我把水架上的后尾绳解下来，通过它将那石孔和毛驴身上的水架一边拴在一起，这样我就可以先提起一只水桶放到另一边的水架上，用水架绳的搭钩固定在水架梁子上。这样那一边因为捆在石头上也不会倾斜，然后我再转到另一边，把那只水桶提上去，用水架绳相连就成了。省去了求人的麻烦和尴尬。那年月人吃不饱，驴也吃不饱，人瘦驴乏，尤其在青黄不接的春荒时节，走着走着，那驴冷不丁就卧倒了。你便只好小心翼翼地把水桶再解下来，沮丧地等待着有人路过时求他帮忙。有年冬天村里一连死了几头驴，畜力严重不足，队里便要求各家驮水的人下沟时，也必须挑一担冰块，以减少牲口的负担。挑过担子的人都知道，有力气的人担子是上下跳动，人和着跳动的节奏迈动脚步，省力又潇洒；没力气的脚步趔趄，担子便会左右摆动。有一次我在过一个水哨形成的急弯时，脚下一歪，装冰的筐子便摆了起来，甩进去撞到了里边的土崖上，弹回来连人带筐都甩下了外面的深坑。

雨雪天又是另一番情景。有壮年男子的人家，可以照样拉着生产队唯一的枣红骡子到沟底驮泉水，而我们这样的人家就只好直接取用天上之水了。雪天是到场院里去挖雪，雨天便将盆盆罐罐搬到院子里，将高粱秆箅子支在上面，听其叮叮咚咚，集而济弱。虽然煮的饭味道不如泉水，但不会有断顿之忧。

最享受的驮水当然也有，一年只有一次，那便是年三十。小伙伴们三五相约，厮跟上下到沟底，挑那石岸上晶莹剔透的冰挂敲下来，驴驮水，人挑冰，一路嬉闹着回到家。水倾缸中，哗哗如歌；冰立大门两侧，如银山两座。对联贴起，红灯笼亮起，那美的憧憬，便自心而生。至今，我也没弄清楚这是一个什么讲究。

一条井坡路，有我深陷在泥泞中的自卑、屈辱，有在尘埃中激起的自信、自尊，也有我求生路上磕碰的第一条伤疤和洒落的第一滴血。我相信，每一个在一头沉家庭长大的孩子，都有携带终生的伤疤。

柴

无柴，巧妇照样难以为炊。

那时候农村都没电，农民更没有钱去购买煤炭，烧饭全靠柴火。我们那里把灌木叫硬柴，把蒿草叫弱柴。生产队每年的年前年后放一个来月假，有劳力的人家都拉着架子车或者推着单轮车走二十多里路，进山去砍耐烧的硬柴。哪一家窑背硷畔上的柴摞子乌压压城墙一般，哪一个窑院就是一座温馨的城堡。进村，看一家人的柴摞子高低，便可以知道一家人的光景好坏。

“时挑野菜和根煮，旋斫生柴带叶烧。”时至今日，一看到这两句古诗，我都不由得眼湿，那是我们家当年生活的形象写照。柴不比水，连阴天驮不上来水还可接点雨水解一时之困，若是没了柴那就会有断顿的危险。虽然父亲每年都会从他那微薄的工资里挪腾出十来块钱，买回几捆像样的柴火以备不时之需，但轻易不敢动。大部分时间烧的都是视力不济的爷爷搂回的蒿草和母亲上工时捎带拔回的青叶黄蒿。天一阴那蒿草就返潮，只冒烟不起焰，熏得母亲眼泪直流。下午上工的钟敲响了，我们家的饭还没煮熟，是常有的事。记得有一年下了四十天的连阴雨，家里能烧的都烧完了，最后不得已，只好拆掉一个盛粮食的荆条屯子当柴烧，才没有使一家人受饿。

古语讲，男儿十二替父志。爷爷说的最多的却是，小子娃不吃十年闲饭。我试图撬动一头沉的压力，就是从拾柴火开始的。最初不敢跟着那些身手矫健的兄长们在红崖陡坬上搜寻硬柴，只能在平地上搂一些沙蓬、黄蒿，或者在秋翻后的地里拾一些糜茬、玉米茬之类的禾秆。这些柴草，不耐烧还吃风，好不容易搂了一捆子背上肩，大风一来你就成了他们戏弄的对象。顺风时还好说，它推着你往前跑，还能省些力。累了，大不了找一棵避风的大树或一道地塄，借力歇一歇。逆风就受罪了，你只能尽量使劲抓住镢把，弯下腰，减少吃风的力度。就那，一不小心就会让大风把那蒿草从肩上夺走，眼看着狂风卷着那蒿草捆子骨碌碌滚下山坬，一个十岁的孩子除了掉眼泪是一点办法也没有。

那时候，生产队也分禾秆。秋收后，留足牛驴羊过冬的豆秆、玉米秆和谷子秆，荞麦秆、糜子秆之类的就分掉了。有柴火的人家是不要那荞麦秆的，眼力不济的祖父便尽量多拾揽一些。尽管荞麦秆焰弱烟浓，但总比没有强。有一年，他老人家不仅把窑洞前的荞麦秆堆得和麦秸垛子一样，就连他和祖母居住的窑洞后掌里也堆得满满的。谁料想老天爷并不同情弱者，有一天，我们家的窑背上突然冒起了滚滚浓烟，等我和妈妈跑回去时，祖父窑洞里的门窗和棚木已经起焰了。一村救火的人直将涝池里的水刮干，也无济于事。那一个冬天，祖父到生产队的饲养室借宿，祖母是和我们母子挤在一个炕上度过的。

十三四岁的时候，我便可以跟着我的那些兄长们去稍远一些的地方去斫灌木柴火了。清晨被他们唤醒，把头一天夜里准备好的榆梢要儿当腰带往腰里一缠，镢头挂在肩膀上，就高一脚低一脚地出门了。天空炸蓝，星星像冰碴子一样挂在头顶，地冻得石板一样，能把人的脚弹回来。到了山里，天还不亮，就生一堆火，烤烤镢把，暖暖手和耳朵才到那山坬上四散而去，各找各的领地。

刚开始的时候没经验，不知道紧挨地皮下镢。半中腰砍下去，那受力的灌木梢子就会像鞭子一样抽在脸上，立刻就红肿起一溜，疼痛难忍。如果是一般农家的孩子，有父兄同行，一定会得到抚慰。但一头沉家庭的孩子却没有，只能默默地舔舐伤处，在一次次的伤痛中孤独地成长。

后来慢慢有了经验，就尽量到阳坬上去砍柴，地冻不实，可以尽量连根挖，这样更耐烧一些。背坬上多是一种叫合子梢的灌木，一年一茬地砍，只能长一尺多高。我便学大人的样，用三道要儿打接，捆得楞楞正正，看上去很舒服。硷畔上的柴摞子慢慢增高的时候，我能从母亲和爷爷的脸上看到“我娃成人了”的赞许。

供上了自家的灶火，我便可以跟着大人们到更远的深山里去拾干柴了。那是隔年的伐木人运走树干后留下的树枝，干透了，一捆能背百十斤，背到云岩镇的集市上，一斤能卖一分钱。万一卖不出去，我们就找骡马店的郭掌柜，他人气极好，即使店里不缺柴烧，仍可以照市价收购。

我参加工作后，弟弟们也自然一个接一个扛起镢头，满山可坬地去为温饱一家老小的灶火寻找燃料。忽一天接到电话说小弟拾柴跌下了山崖。当我开着大卡车赶到公社医院时，母亲已经泪流满面地站在大门口，说小弟从山坬上滚下去，跌进了一个几丈深的山水冲成的哨眼里，胳臂、锁骨都跌断了。

粮

生产队分配粮食的原则是鼓励多劳多得，一般都是四六或三七开，小头按人口分配，大头按工分分配。但国家有政策，为了保障干部家属的基本口粮，他们享受的是平均粮。那些劳力多的人家心理不平衡，便讥讽说干部家属吃的是“自然粮”。但只有我们自己知道这“自然粮”来得并不自然。

我们村地处塬上，有不少地块在沟道里。队干部为了减少麻烦，除了必须上场碾打的庄稼，玉米棒子、南瓜、土豆之类的一般都是随收随分就地解决，你不能也不应该有丝毫的怨言。干活时没人，吃时还要人帮忙吗？这时候最苦的是母亲，我只能算个壮胆的。母亲笑说，搭个驴粪蛋轻一半。那些分得的东西一次担不完，我们只好一截一截地往回转。夜虽然慢慢变深，但转一次总会离村子近一截，心里的怕就会少一分。那时候，觉着满天的星星就是这世界上最温暖的东西。

秋场上分粮食的时候，心中更会有另一种忐忑。有过农村劳动经历的人都知道，一堆用自然风扬出的粮食颗粒饱满的程度是不一样的，迎风的半边肯定饱满，另一边肯定会差一些。所以生产队分粮时的顺序每次都不同，今天从村东头的人家开始，明天也许就是从村西头的人家开始。那些年月，吃了上顿等下顿的时候多，队长在喇叭里一喊分粮了，一村人就拿着口袋朝秋场上奔去。一头沉家庭的孩子去早了有人就会说，干活时不见人，吃的时候倒跑得快；去迟了，照样也有人会说，干活时没人，吃的时候还要人叫哩。所以，我们几个一头沉家庭的孩子总是早早去了，躲在人群后面，等人家喊到名字，才敢凑上前去。

粮食统购统销时期的规定是先完成国家公购粮任务才能给社员分配，所以生产队除了救急性的分配，大部分的粮食是要入库等决算的。那时候一般都是接近年关，账目一公布，劳多人少的家庭，工值能抵过粮款，自然是能早早领回属于自家的口粮；而干部家属，虽然享受的是平均粮，但你人多劳少，工值抵不过粮款要找补，交不上粮款那粮就存在生产队的库房里，因为劳多人少的人家还等着你们找补的粮款分红哩。队上就有一个变通的办法，欠钱户和长钱户可以自找对象顶粮钱，账顶平了，你自可以来领粮。还款日期，各自自行议定。

听着人家碾子磙子为准备年茶饭呼呼隆隆吱吱扭扭的响，找人"顶粮钱"便是我的一大难题。那，是我极不情愿做的事。母亲再三催促，有时都掉眼泪了，我才肯将双脚迈动。记得那样的日子好像总有一层薄雪，我一会正着走，一会倒着走，心像那歪歪扭扭的脚印样忐忑。寒风中，一家家的门闩大都是冰一样的冷，总举不起那敲门的手。

年景不好青黄不接时，会有整村的饥荒，公社便协调有储备粮的村子给缺粮的村子借粮，条件是秋后要如数将借粮直接还到公社的粮库，替人家缴纳公购粮。但村与村之间却有一个不成文的交易，借粮时一般借的都是谷子，而还粮入库时谷子要刨除皮，一百斤谷子只能顶七十五斤的公购粮任务，这二十五斤的差额就权当了利息。若依次循环，饥荒的窟窿会越拉越大。我们家不到万不得已是不借外村的储备粮的，记忆中只有两次，一般都是向姨夫家借。姨夫家地处偏远，人口少又勤劳，还偷开了些小片地，大囤小囤的粮食都是满满的，但就是距离我们家比较远，要翻两架山爬两条坡。刚开始我一次只能背五升，后来慢慢就能背一斗了。有一次借粮回来，碰见一位驮水的族叔。他说我：好娃哩，该能吃上就行了嘛，还要调样吃哩？

这话让我记忆至今，不知所答。

钱

那时候一包火柴十盒两毛钱，一盒一百根，你算算那一根能值多少钱？可妈妈每做一顿饭连一根火柴都舍不得用，但凡有火蛋，她就埋到灰堆里，等到做下一顿饭时刨出来，放到柴草里一吹就会起火。

记得有一年，生产队为我们家向公社申请了十块钱的困难补助，父亲回信说：要记住政府的好处。母亲扭过头，半天，什么也没有说。

我产生挣钱的意识是从交学费开始的。年龄小时，参加劳动生产队不要，我的一位大妈有个儿子和我年龄一般大，她便领着我们俩满山可垧去挖药材。她教我认识的第一种药材是知母。知母多长在向阳的山咀上，植株蒜苗一样郁郁葱葱像马儿飞扬的鬃毛，根茎大拇指般粗细，浑圆如马儿的躯体，根须则似飞奔的马腿，我们叫它马儿草。马儿草连片生长，一找到就是一大片，找不到时跑几个山峁一根也看不见。每找到一坨，大妈总不让我们挖完，说留一些，明年还会再生的。有一次在一个土崖边看见下面一人多高的地方有一溜三尺来宽的二台子，长满了马儿草，我高兴地抬脚就跳了下去，谁知踩上了一个马蜂窝，下面是红崖深沟，无路可逃，只能衽襟一掀包住头大声呼救，待大妈他们将我拉上去时，脊背已经肿得像锅盖一样了。远志、柴胡、甘草、黄芩……后来认识的药材多了，每天都有收获，总不会空跑。

赶上季节，我们还会到老山里去摘山桃山杏，背不动时会到山溪边，用石头把果皮搓掉。有一天太贪心，抬起头时，太阳已经落山了，找不到路，只能顺着山梁往高处走。到了山顶是一座古庙，房屋坍塌，怪树突兀，乌鸦乱叫，吓得我们缩成一团。大妈便教我们大声喊：不诘你，不怕你，锛子五尺招架你。她说，那是木匠驱鬼的咒语。

时间一长，公社收购站的老郭就和我们这些娃娃们认识了。一次集会上去卖药材，人多的排起了长队，老郭看见了我说，往前面走，跟着这个卖瓜籽的人，我给你俩开到一张票上。过完称，开了票，老郭把票递给那人说，和这个娃娃斯跟上一起领钱去。结果等我挤出人群，却不见了那人，便在供销社的前后院子里找，就连厕所都找遍了，也没找着。我就去找老郭。老郭说，这把他的，怎么弄成了个这事？不怕，咱们到付款窗口查一下，看那兀把钱领走了没。结果一查，糟了，钱已经取走了，我的眼泪立时就淌了下来。老郭便安慰我，再出去到集市上找找，不怕，我记得他，不相信他一辈子再不来了。

我顺着街一直找到南门口，车站对面是一个卖猪娃的集市，没想到那人正在厕所的后背墙下搞价买猪娃。我跑过去，一把抓紧了他的衩襟子说，你怎么跑到这里来了，快把我的钱给我。没想到，他却说，哪里的这个娃，你胡说什么，谁拿你的钱了！再说，他喝道：你这个碎怂娃，大集大会上胡说什么，信不信我一掴搧死你！他，竟然举手要打我。我一急也不知道害怕了，高声喊道：你这人把我的钱领走了还不承认？还要在大集大会上打人？那时候的社会治安好，我一喊，人们就呼啦啦围过来一大群。一听缘由，便有仗义的人站出来，说咱们大人不能欺负娃娃，这事简单，咱们到收购站去找老郭，一对证不就清楚了。立马就有三四个人站到那人左右，拥着他去找老郭。结果可想而知，那人红着脸认了错，说他是打发别人把钱领走的。

这虽然只是一个五块多钱的事，我一个学期的报名费，一下子却成了轰动那个集日的新闻。

工　分

“文革”开始后，停课闹革命，我十三岁。生产队接收参加劳动，算个半劳力，每天记五分工。明知道人家说我这是混工分，但也只得硬着头皮去混。生产队时妇女早上要做饭不出工，一天两晌挣四分工，爷爷给生产队养一头跌断了腿的跛牛，一天挣一分工。这样母亲、爷爷和我，三个人一天能挣十分工，能顶一个壮劳力，秋后就能少出一些粮钱，能给爸爸减轻很大的负担。

对一个初学劳动的孩子，有一件助手的农具是再好不过的了。可是家里能给我找到的不是秃头的就是卷刃的，正干着不是锄板脱了就是镢楔子掉了，求别人去安，嘴里不说什么，那目光有时能让你矮三分。一天歇晌时几个孩子忘情地打闹起来，我们的贫协主席却一声将我喝住：也不看光景过成什么样子了，还有心思笑！

学犁地时那牛更是欺生，不是顺着旧沟溜，就是往荒地里跑。遇见树木或者电线杆，你早早吆喝着朝一边走，它们偏偏往两岔里跑，不是碰坏犁尖就是绷断炣杆。有一次回牛时，那两个家伙就像商量好一样，一下子冲出地头，顺着胡同一直跑回村口。让人欲哭无泪。

生产队在沟底收制种玉米，赶天黑还有一些玉米棒子没有担完。队长说，哪几个娃娃愿意担，担一回加一分工。第二天记工分，他却说，加什么加，就那么爱要工分，年轻轻的多出一点力就把你挣死了？

一头沉，不只是压在父亲肩头的经济负担。

我最乐意干的活是外出做工。那时候经常有以公社为单位的大会战，公社给每个生产队派工，只要你能顶一个名额，不管你在生产队劳动时一天挣多少工分，回去后每天都给你记十分工。我修过公路、修过铁路，也修过水库。记得修兰宜公路时，带工的连长姓王，是王河大队的一位非常善良的山东籍老头。那时候工地上也实行定额包干，每天的土方量，谁先挖完，谁早收工，但连长没有任务。他说，娃娃你不要硬挣，也不要着急。我天天给你划在最后，你能干多少是多少。我不愿遭人下眼看，也不愿让他在人前说不出去话，他便每天都是陪我最后一个收工。那一个月我挣了三百个工分，一辈子记下了王连长的好。

一九六九年梅七线铁路开工，一下子就动员了三万七千多民工，看见第一批做工的人回来，穿着挺阔的工作服，戴着楞楞正正的劳动布帽子，还说工地上的伙食也不错。在第二批大上民工时，我就不顾爷爷的反对，挤上送行的拖拉机，开始了自认为的第一次远行。谁知仅仅在瑶曲镇的临时工棚里待了七天就被解散了。据说是由于盲目上劳规模太大，仅有少量解放军干部和几十名铁路员工带工，工程质量难以保证，吃饭住宿的基本生活也是问题。去时，有公社统一组织，用一台“东方红”拖拉机把我们送到南泥湾，在路边的一个敞口窑里铺上玉米秆凑合了一夜，第二天坐公交到延安就包车直接送到瑶曲镇的工地。回来却没人管了，一把铁锨挑着一个铺盖卷，从瑶曲镇步行到铜川已是半夜，又饿又累，出了川口沟总也走不到汽车站，觉着铜川的街道咋这么长啊！

后来父亲买回一台“东方红”牌缝纫机，母亲无师自通，很快就掌握了缝纫技术。给别人缝衣服顶工，一天也能换十分工。我给锄头、镢头加了钢，特意进山砍了一根五尺长的柏木锄把，扛上肩头，有了阳光闪耀，锄起地来，左右生风。那些牲畜使唤起来也驯顺多了。十六岁那年，我背起了拿粪栲栳，也挣上了十分工，年终决算，我们家的账目上第一次没有了红字。

一头沉，不沉了。那一年过年，家里多了笑声，父亲的脸上也有了笑容。

如今“一头沉”早已成为一个历史的名词，但那一段成长的过程让我记住了一句话——体魄强悍的人征服世界，懦弱的人充实自己。

原载2023年第4期《延安文学》

获第二届刘成章散文奖黑马奖

第三辑

汾川水流长

早年间，婀娜多姿的汾川河流经云岩时，蒹葭丛丛，清水碧碧，游鱼如梭，群鸭拍翅欢歌，捶布捣衣之声起落一河两岸，戏水顽童欢声笑语随着水花一起飞溅。在云岩的南门口，汾川河潇洒地亮了一个相，雪白的浪花推着水车昼夜吟唱不息，两岸菜园棋布，芹韭葱翠。镇前山岩秀峦层叠，水跌湛湛似花，美名“云岩叠翠”。古人诗曰：旧日云岩县，明贤迹尚存。山城三面水，土屋数家村。桑枣青连野，蘼芜绿到门。民淳无外慕，耕织长儿孙。

龙抬头

小时候在田里劳作，累了，憋闷地手拄镢把望着远处的高山发呆。大人们说，那大山下是龙王辿，辿里流淌着一条大河，叫黄河。那口气，似乎一股劲挖到地头，就能望见那河的波澜壮阔。

长大后，黄河岸边通了简易公路，我当了一名卡车司机，到河边去拉沙，河滩里的装沙人指着不远处冒烟的地方，说那就是龙王辿。正是天旱水瘦时节，还没有跑到河底冒烟的地方，先被脚下那黝黑的河床石惊呆了。那河床石被泥沙打磨得棱角全无，光滑圆润，闪烁着铜浇铁铸一般的光泽。不由人想起那些经年累月在黄河岸边拉纤的汉子，匍匐在地，砥砺前行，静如山，动若虎，吼一声山呼水应。真是水落石出啊！再往河边走，那河床石就变得狞狰起来，石与石之间的缝隙足有两尺多深，一道道顺着河的走向排列，短的三五米，长的十多米，犀利而又静默，像是有一只巨兽借这河石之力蹬踏而去，那缝隙就是利爪撕扯的痕迹。那河床石被撕扯得如鱼、如鲸、如舟，那缝隙无水处像是撕去了皮肉的骨骼触目惊心，吃水处水击浪旋，呼啸着一头钻入壶口之中。

啊！说什么“黄河之水天上来”，在这里分明是黄河之水天上去！壶口激起的水柱远远高于它的落差，阳光中像是有一股巨大的引力使它飞旋而上，人的渺小和这水的气场产生的巨大的反差，让你瞬间就产生了一种迷醉般的

眩晕感。先是像失聪了一样，除了水的喧嚣什么也听不到，你的思绪你的情感全被它挟裹着一同朝蓝天飞去；继而这世界似乎一下子又静得出奇，像是这飞瀑把所有的声音都屏蔽了，你只能听见自己的心跳，只能听见自己的血液流过血管的声音。而那飞升到空中的黄河之水，经阳光一照，活脱脱就是一条飞旋的金色巨龙，一道彩虹就像七色的光环，佩挂在它的胸前。在完成了这惊世骇俗的亮相之后，以摧枯拉朽之势夺路而去。

那一刻我才明白了，当地人为什么把壶口叫作“龙王辿”。

再去壶口岸边，我已是一名电视新闻工作者。二月二，龙抬头，好像听到了苍茫之中的一声召唤。然而来到黄河岸边，龙王辿竟然一片静默，两岸满是搁浅的流凌。往日排山倒海的壶口瀑布，远远望去成了一座冰山，看不见水底冒烟，也看不见彩虹飞舞，只有不时传来的一声声闷雷一样的轰鸣。顺着大河的走向望去，十里龙槽酷似一条玉龙静卧在这晋陕峡谷之中，厚厚的冰层在水下流凌巨大的作用下缓缓隆起节节抬高，已经远远高出了河岸，似乎那蛰伏的巨龙正在厚厚的冰层之下，缓缓苏醒，蓄势待发。没有呐喊，没有喧嚣，这静默比那喧嚣怒吼更加摄人魂魄！

老话说“小雪流凌，大雪插桥”，但随着气候变暖，现在每年入冬后的插桥一般都要等到冬至前后。那奇迹一般都出现在深夜。随着气温的降低，流凌的密度和体积会越来越大。据黄委会的可靠数据，凌汛期一个昼夜从上游涌入壶口的流凌可达两千五百万立方米，真可以说是山飞海立地动山摇。那流凌一旦倾入十里龙槽更是百舸争流。前方若有一块受阻，后面的便会飞立而上，刹时间就会形成堰塞湖的效果，滔滔河水便会涌着流凌向两岸夺路而去。就这样水涌冰阻，冰堵水水结冰，层层叠加，势不可当，许多年流凌都涌上了壶口两岸的公路。壶口岸边的一户人家，有一年睡到半夜忽然听见屋外似有木头撞击般的闷响，拉开灯一看，屋内水及床沿，鞋子杂什船一般漂了起来。扒着窗子朝外望去，满世界都是黑乎乎的冰块。多亏了壶口景区的巡逻人员及时赶到，把他们从脑窗上吊出才幸免一难。他们说，像这样冰塞壶口十里龙槽全段封冻的现象还是很少见的，水量不大气温也不是很低的年份流凌封河的现象只发生在瀑布下方狭窄的龙槽之内，而且时断时续，冰封其上，水流其下，形成了非常好看的冰桥奇观。不过这冰桥虽然看上去使天堑变通途，但万万不可贸然涉足，民间有个讲究，只有火狐走过的冰桥人才可放心通过。

此刻，要接近瀑布必须穿过河岸上那一百多米宽的冰阵。巨大的冰块，有的泥沙弥漫像古城堡的断垣残壁，有的却晶莹剔透像是从极地走来的白熊，有的则像巨兽一般张牙舞爪。壶口景区的朋友给我们每人手里塞了一条扁担，说放精明些，爬高援低能借力，跨越冰裂时要让扁担和裂纹走向交叉，一旦脚下落空兴许能救一命。听得人后背直起鸡皮疙瘩。上下攀缘，一会在冰盖下猫腰穿行，犬牙交错的冰缝里消融的冰水淙淙作响；一会又不得不爬上冰峰，借助手中的扁担才能跃上另一道冰坎。冷风中出了一身热汗，终于可以望见瀑布了。朋友说，无论如何再也不能前进一步了。他说，大地回春，冰块都开始发酥了，我们现在站的冰块下方还是石岸，还在实处。再往前，下面就是龙槽，万一有个闪失可是什么也找不回来了。

站在这里看壶口，就像一个活火山口，只不过它升腾的不是岩浆而是水雾。整整一个冬季，那水雾一层一层落在四周的冰面上便结成了冰，日积月累层层叠加就形成了一座冰山。而正对着壶口的那一面就形成了一座冰的悬崖，喷薄的水雾使悬冰下冰挂如林，远远望去酷似一尊金须飘飘的龙头。注目中忽听轰隆一声巨响，对面成十米高的冰岸地崩山裂一般塌下一劈，冰块砸下去水浪冲天而起，彩虹飞扬。不知谁喊了一声：龙抬头！这才是真正的龙抬头！啊！这是天与地的呼应！二月二，惊蛰过，天响雷，地回春，龙抬头，河开了！你看那流凌、冰岸如刀如石，如悬崖如断壁！你看那彩虹如纱如绸，如幻如梦，像是为那腾飞的巨龙搭起了一道高高的彩门！再看那巨大的冰块，只在水里打了一个转，就哼的一声被吸进了十里龙槽厚厚的冰桥之下，脚下的冰层似乎也发出来隐隐的悸动，不由人惊出一身冷汗。

此时再向那冰封的十里龙槽望去，才发现正中间顺着大河的走向有一条三四米宽的深深的冰罅，仿佛真有一条巨龙刚刚从这里告别了地母，顺天意应时势，冲破一切因袭的重负和羁绊，冲天而去，这一川的冰凌不过是它抖落的一身鳞片。而那冰罅的深处却是黑水幽幽，纵使下方有雷霆万钧之力翻滚，这里却是波澜不兴，动与静只有一冰之隔。

顺流向前，孟门以下的主河道已被流凌冲开一条生路，激流涌着大大小小的冰块打着旋儿不断地削砍着夹道的冰岸，而那数丈高的冰岸没有了凛冽寒风助虐再难保持威严，不时地发出一声声长叹，一劈劈圮倾，扑入大河的怀抱，反而壮大了这开河的生力军，似乎正在上演着一场冰与水、冬与春的较量，以摧枯拉朽所向披靡之势奔出晋陕峡谷！

啊！开河了！

二月二，天响雷，地回春，龙抬头，河开了！！

原载2020年2月22日《延安日报》

2020年《散文选刊·下半月》第五期

汾川水流长

延安南部有一座山，传说洪荒时期山下压了九条小龙，山中便有九股泉水流出，所以这山名蟠龙山，那水名九龙泉。九龙泉流过二百二十五里路，吸纳七百五十条大大小小的涓流，便有了一个富有诗意的名字——汾川河。

汾川河集水面积一千七百八十一平方公里，地形酷似一片芭蕉叶。如果说黄河是我们中华民族这棵大树的主干的话，那么汾川河流域就是这棵大树上的一片绿叶。九百六十多年前历史的劲风吹过，这片绿叶拨动了中华文脉的琴弦，成就了一段千古绝唱，永留史册。

云岩是汾川河中游一个极富魅力的古镇，自西魏大同十三年（547）至北宋熙宁七年（1074）五百多年间先后置县。早年间，婀娜多姿的汾川河流经云岩时，蒹葭丛丛，清水碧碧，游鱼如梭，群鸭拍翅欢歌，捶布捣衣之声起落一河两岸，戏水顽童欢声笑语随着水花一起飞溅。在云岩的南门口，汾川河潇洒地亮了一个相，雪白的浪花推着水车昼夜吟唱不息，两岸菜园棋布，芹韭葱翠。镇前山岩秀峦层叠，水跌湛湛似花，美名“云岩叠翠”。古人诗曰：旧日云岩县，明贤迹尚存。山城三面水，土屋数家村。桑枣青连野，蘼芜绿到门。民淳无外慕，耕织长儿孙。

宋仁宗嘉祐二年（1057），张载与苏轼兄弟同登进士，次年任祁州司法参军，后迁任云岩县令。张载是关学的创始人，理学的奠基者之一，世称“横渠先生”。在考中进士候诏待命之际，他就在开封相国寺设虎皮椅讲《易》，名动京城。张载担任云岩县令的年龄没有确切记载，按照时间推算应该在三十八九岁左右，正是年富力强展示抱负之际，他那“民胞物与”的思想在汾川河边得到了充分的实践。他认为天下生民都是我们的同胞兄弟姐妹，世间生灵万物都是我们的同类朋友。治理之道，莫要于安民；安民之道，在于察其疾苦。他每月初一都要在县衙设酒席，招待乡间老人，询问民间疾苦，庄稼收成，税赋徭役轻重，差役办事的态度，以及各乡的乡长是否公正，百姓生活是否艰难，家里长辈如何训诫子弟，子孙晚辈是否孝敬老人等等。据《横渠先生行状》记载，每逢县衙发出教告，张载都要“召乡长于庭，谆谆口谕，使往告其里闾。间有民因事至庭或行遇于道，必问‘某时命某告某事闻否，’闻即已，否则罪其受命者。故一言之出，虽愚夫孺子无不预闻知。”

张载以“知理成性，变化气质”为教育宗旨，在担任云岩县令期间修葺了当时的百年古寺上寺崇圣院，创办了“崇圣书院”，不仅从山西和关中聘请有学问的先生前来授课，他自己还要定期去为学生讲解“六经”。他强调学经要明理，贵于有用，不能只为科举考试金榜题名。崇圣书院不只是出过数位举人和贡生，更重要的是为地方培养了一批收生授徒的人才。后来，又在云岩下寺兴龙寺开办县学，招收农家子弟进行启蒙教育。丹州以及州辖各县，纷纷效仿张载的做法，教育事业一时兴起，盛况空前。办书院、兴县学之际，张载还在县衙定期开坛讲学。云岩县衙的大门外有个翠微亭便是张载的讲经之处。张载主持讲学的范围广泛，有“六经”，有礼仪，敦本善俗，教化民风，教养生计，影响深远。

据致力于地方传统文化研究的薛天云先生考证，张载在担任云岩县令期间不仅规范了社会礼仪、家庭礼仪和婚丧嫁娶礼仪，还劝农固本，精耕细作，提高生产水平。他不但从关中请来种田能手，给云岩的百姓传授精耕细作的经验。还从关中招募了一千多名有劳力但无土地的农民，安置在云岩境内一些荒村，增加垦亩，传授经验，使当地农民的一些粗放的耕作习惯逐步得到改善。为了奖励耕读促进文明，他还特意制定了一些新的措施：家中有一人上学读书，可免去一丁一年的徭役负担；新开垦的土地，三年以内不征粮。他坚持有教无类，有一户人家的儿子十七八岁，好逸恶劳，不孝父母，还经常拦路抢劫。张载派衙役把此人带到县衙，重打四十大棍，并罚其在崇圣书院服杂役一年，每天让崇圣书院的老师给他讲做人的道理。一年中，这位恶少在书院耳闻目染，深受教育，立志改过，还初识文字。张载给其改名“依善”，让其回村重新做人。这人回村后不但痛改前非，孝顺父母，勤耕苦营，家境渐裕，而且对路过本村的客人也能殷勤招待，提供食宿方便。人们为了纪念张载，就把这个村名也改为“依善村”。

汾川河水滋润了云岩的土地，又将云岩两岸高山下涌出的涓涓细流纳入怀抱，一头扑入黄河，加入了壶口瀑布雄壮的大合唱。张载虽然任云岩县令的时间不是很长，宋神宗熙宁七年（1074）云岩县也被省入宜川，但云岩无疑是张载实践他的学术理论的重要“根据地”，他的足迹遍布云岩古镇的汾川河两岸，他的影响深入人心，千年不绝。

张载在云岩县令任后，曾两次受宋神宗召对，询问治国为政的方法，并对他的回答非常满意。但两次都是他主动辞职，决心返回故里，潜心《六经》，著书立说，广招门徒，传道授业，与门人成其初志。不幸的是在后一次（1077）归乡时，半道病逝临潼，年仅五十八岁。他一生清廉自守，临终时只有一个外甥在身边，去世后竟无以为殓，直到他在西安的学生闻讯赶来才凑钱买棺成殓，护柩回到凤翔郿县（今陕西眉县）横渠镇，安葬在太白山前的大振谷迷狐岭。但是张载的学术思想却是中华民族思想文化长河中的劲流，对后世影响深远，得到了历代思想家和政治家高度推崇。程颢和程颐把他与孟子相比，朱熹则把他与周敦颐、邵雍、程颢、程颐并列。王夫之称颂他是“上承孔、孟之志，下救来兹之失，如皎日丽天，无幽不烛，圣人复起，未有能移焉者也。”他的著作一直被明清两代政府视为理学的代表作之一，作为科举的必读书籍。现代哲学大家冯友兰所概括的“横渠四句”，则被后世有理想抱负的文人志士视为人生的终极理想。习近平总书记在二〇一六年五月十七日召开的哲学社会科学工作座谈会上的讲话中指出：“自古以来，我国知识分子就有‘为天地立心，为生民立命，为往圣继绝学，为万世开太平’的志向和传统，一切有理想、有抱负的哲学社会科学工作者都应该立时代之潮头、通古今之变化、发思想之先声，积极为党和人民述学立论、建言献策，担负起历史赋予的光荣使命。”

宜川云岩，汾川河两岸得“横渠遗风”之先，后世兴礼重教蔚然成风。上世纪六十年代我们在云岩小学读书时，磨坊水车还在吟唱着古老的歌谣，前石砭摩崖石刻“云岩叠翠”之下依然泉水叮咚。从南门口沿着石板铺就的街道依坡而上，一街两行铁匠铺、社办厂、红旗食堂、照相馆、缝纫铺、供销社、医院、油坊星罗棋布，走到西头便是我们的学校。学校许多校舍还利用的是张载祠的旧建筑，大集合的中院里“温故知新”“横渠遗风”的匾额抬头可见，张载祠的大殿作了大礼堂是我们儿童节联欢表演节目最佳场地，两边的厢房则是我们的学生宿舍。教育不仅是云岩古镇而且是宜川的一张名片，当时与云岩相邻的延安县和延长县的乡镇上，许多学生都到云岩来上学。到了七八十年代，仅云岩中学的在校生就达千人以上。曾有一个初中毕业班考入中专的学生高达百分之八十，这在当时无疑成为农家子女跳出农门的最有效途径。一时间声名远播，生源云集，红旗飘飘，书声琅琅，学子、家长充满朝气和希望的笑脸成为云岩古镇最旺盛的人气。真是“云白岩青化泽深，当年劳躅共追寻。横渠一脉传壶口，座右二铭志碧岑。成性工夫精美玉，谈经声价重南金。如何依傍余光里，愿被风流古至今（清人诗句）。”

今年是张载诞辰一千周年。张载离开云岩九百六十多年后的今天，“横渠遗风”依然泽润着这块古老的土地，虽然崇圣院、兴隆寺、翠微亭和张载祠都已无处可寻，“云岩叠翠”也是岩崩翠无，但张载倡导的兴礼重教、敦善固本却根植在老百姓的心里，代代传承。他们把张载祠称为“夫子庙”，把张载当年规范的婚丧礼仪称为“夫子礼”，在人们生活水平得到改善之后，优秀传统礼仪渐有复兴之势。许多地方都在“无中生有”打造全域旅游的今天，地处延安至壶口瀑布旅游专线之中的云岩古镇，如果能做好“横渠遗风”这篇文章，让汾川河水浇灌出一片旅游新园地，使途经云岩古镇的游客对“横渠遗风”有可听、可看、可体验的内容，可以触到中华民族的文脉，将“为天地立心，为生民立命，为往圣继绝学，为万世开太平”当作人生之旅的壮歌，那将不仅仅是云岩古镇的自豪。

原载2020年10月11日《延安日报》

荞麦地里飞出的陕北民歌

荞麦花粉格生生，
三哥哥今天要出远门；
刮风下雨响雷声，
倒教我妹妹不放心。

听着这首陕北民歌，脑海中浮现的场景是，东风破晓，一片残月挂在西天，大路口站着一对生离死别的人，而背景中那满山可洼的荞面花在这一片曙色中霓霞一般凝重，就像是他们的离愁别绪，铺天盖地。你听那情哥哥又唱：

荞麦花粉格生生，
三妹妹长得实在俊；
毛花眼眼水格灵灵，
看得哥哥我动不了身。

天色渐亮，一步一回头的情哥哥渐行渐远，就连招手手的身影也被一道蜿蜒的长城挡在了天外，从此后天各一方，既见不上面也拉不上话，此时那漫山遍野的荞麦花就是怨红恼绿，潮水般将他们淹没。

荞麦和陕北人的生命有着太多的纠结，无论走到哪里，只要一说起荞麦，就能勾起他们许多的回忆和情感。旧时的陕北多春旱，而无霜期又短。荞麦生长期短，且不费地力，见墒播种，有三个月便可收获。在那艰苦的岁月里，荞麦就是陕北人的救命粮。

荞麦又极具观赏性，茎秆深红，叶片碧绿，长到尺许高时便节节开花。那花单朵看不起眼，但它团团簇簇生长在一起却非常大气，有一种整体美。民歌中唱的是：

荞麦开花一溜溜白，你看干妹妹哪达美？

荞麦花初开时是粉白色的，随着坐果灌浆的开始便由粉变红。每到盛花期，赶花人就直接将蜂箱摆到荞麦地边。此时的荞麦地便是一片诗意，花若云霞，蜂若轻舞，那羽翅的震动是对荞麦花最好的礼赞。人往荞麦地里一站，闻到的不再是花香而是沁心的蜜香。

退耕还林前的陕北广种薄收，许多偏远地方一户人家做务着上百亩土地。受气候和人力的限制，种的最多的也是荞麦。开花时节，地连着地山连着山，目之所及全是荞面花。落日时分走到这些山间，真是遍地鎏金铺彩。如果是一位从远方归来的游子，还未进家门，那荞麦就早已将你的心温暖，说不定哪里还会飘出一嗓子：

荞麦花红彤彤，咱二人相好为了个甚？

别的花是见了阳光就灿烂，荞麦花却是给点月光也灿烂。陕北人说好月色养荞麦，荞麦是在月地里上颗的。如果哪一年秋天的月光好，叼着烟袋唠

嗑的老爷爷就会说，娃娃们，今年的荞麦是个好收成。想那天高星灿的秋夜，月光如银下的荞麦地是何等地纯粹和灿烂，那满树生辉的荞麦和月光的交流，该是一个如何生动的童话啊！如此的境地，发生什么样的故事都在情理之中。

荞麦粒黑色，心形，三道棱，籽粒越饱满光泽越好。陕北还有句话，说荞麦熟在笼里。荞麦一般都是在霜冻后再收割，收割后的荞麦都要一笼一笼扎起来养几天才运上场。那笼起来的荞麦一片一片成方阵排列，漫山遍野远远望去，极像古战场上一个个士兵的方阵。日本侵略中国时，就在那荞麦地里不知扔下了多少炸弹。

陕北人性格豪爽，敢想敢做，敢爱敢恨，就拿荞麦好有一比：

三十三颗荞麦九十九道棱，妹子我生就是你的人！

随着经济的发展和人们生活水平的提高，荞麦的保健作用越来越得到人们的认可，尤其是在粮食中普遍缺乏的赖氨酸在荞麦中相当丰富，要比小麦、大米这些粮食高出两倍多。荞麦中所含的脂肪主要为单不饱和脂肪酸的油酸和多不饱和脂肪酸的亚油酸，不仅可以起到降低血脂的作用，而且还有调节、增强生理机能和健脑的功能。另外，荞麦中含有较高的膳食纤维，能让胃内的食物排空速度降低，延缓淀粉在小肠里的消化进程，减慢人体对碳水化合物的吸收速度，具有降低餐后血糖的作用，比较适宜糖尿病患者食用。心灵手巧的陕北女人能用荞麦做出十几种食品，荞麦煎饼、荞麦碗坨、荞麦凉粉是陕北的名吃，那指头蛋大小的荞面圪坨再浇上鲜美的羊肉臊子则被视为绝配，融入陕北民歌中便是那句：

荞面圪坨羊腥汤，死死活活相跟上！

民歌来源生活，心之所想，目之所及随口唱来，荞麦便成了陕北民歌这一民间艺术的大背景，起兴是它、比喻是它、象征也是它。陕北人将养育了自己的朴素之物演绎得轰轰烈烈感天动地也就不足为奇了。

原载《散文选刊·下半月》

送饭的人儿过来了

三伏天是土地最富生命力的时节，往往是夜雨晨晴，火辣辣的日头一照，地气如烟，氤氲蒸腾，蹲在庄稼行子里能听到禾秆拔节的簌簌声响。前一天刚锄过的草就像搬了个家，转眼又抓地生根，死而复生。三伏天也是庄稼汉最苦焦的时节，刚割过麦的地要翻，倒茬的小日月庄稼要种，谷子糜子要间苗，拔节的玉米要拥土。烈日当头，汗流浃背，酸酸的汗腥和着草木的葳蕤之气，酿成了田野里最有生命力的气息。

这时节，一天恨不得当作两天使，那饭自然是要送到田间来吃的。

脊梁晒成古铜色，手中的五尺锄把左右腾挪嚯嚯生风，一旦听到村口送饭的钟声，肚子里的饿虫就开始蛹动了。农业社时土地连片，地块大地头长，有时候明明看见送饭的人儿从沟弯那面过来了，可队长喊一声：放到那！你锄不到那头，饭是吃不到口的。也有例外。如果送饭的人儿是个刚过门不久的新媳妇，不等队长发话就有人假传圣旨了：哦——过来，把饭担到这头的大树底下来！接下来就有调皮的后生吼开了：

过来了——送饭的人儿过来了！

青皮后生一大群，一唱百和：

过来了——白格生生脸蛋杨柳腰，走路好像水上漂！

不明就里的新媳妇是不敢怠慢的。那几十个人的吃喝要近百斤重，地暄心慌，在后生们的喊叫声中走着走着就乱了脚步，上下跳跃的担子不免就会左右摇摆起来。这时候她的男人就该出手了，锄头往地里一墩，大步流星地赶过去救驾。

看着那些饿狼一般的后生们抢吃抢喝，那小媳妇只是将红扑扑的脸庞藏在男人的身后窃笑。有调皮的小兄弟就又开始了：嫂子，今儿你给我哥做的是什么菜？

新媳妇怯怯地说：好菜。

后面的后生立马就接上了：好菜，费饭！好婆姨，费汉！

那媳妇霎时就羞成了个大红脸。

田间地头的一餐饭，看似平平常常，却能窥见家家户户的光景日月和夫妻情分。有的虽然光景艰难，但即是一把野菜也要剁成馅包上皮，出笼后用那自织的土布帕子周周正正一包递到送饭娘子的手里，为的是让自家的男人吃个顺心如意。有的虽然家底厚实，但送来的吃食常是死面卷子一条壕，一片不辨颜色的笼布随随便便一裹，打开来，干皮裂得像小娃娃的咀，你便能想到他家的两口子一定是牛头不对马嘴，脸如冷灶。有那恩爱的小夫妻，明明是一碗豆角熬南瓜，扒拉开，底下却卧着两个荷包蛋；可正当他眯着眼睛想心事的时候，碗早被调皮的小兄弟抢跑了。后生们是乐意扎堆的，东家一筷西家一勺，将粗茶淡饭吃出个红火热闹。

吃饱喝足，送饭的人儿挑着一副空担悠悠地走向村头。后生们又吼开了：

远了——瓜子仁仁舌头海棠花花脸，十人见了九人美！

远了——白丝线袜子红绣鞋，十人见了九人爱！

往往有那胆大的小媳妇这时也会浪浪地回上一句：

走了——我穿红鞋我好看，与你那年轻人甚相干？

歌声在年轻人的心里回响，七月的阳光在碧绿的庄稼叶子和那些古铜色的臂膀上跳跃。时过境迁，这一幕虽说早已成为远去的风景，但仍像一幅艳丽的民俗画，在许多人的记忆中珍藏，历久弥新。

原载《散文选刊·下半月》2017年第12期

秋场上的记忆

哞哞来，好好来，

好好来好，

来来好好来，

来来好——

粮食紧缺的年代，秋天就显得格外饱满。粮食上场的日子简直就是农家的盛宴，当碾场人哼着悠长的踩场调还没有把碌碡停下来的时候，老老少少就在秋场边的大槐树下聚成了堆。这一天孩子们都特别勤快，大人们的脾气也格外的好，一卸场人家就蜂拥而上，拿杈的拿杈，拿锨的拿锨，抱禾秆的抱禾秆，擩粮食的擩粮食，一时三刻就起了场。接下来的扬场就是庄稼人最美丽的舞蹈。

“提耧下籽擩麦秸，扬场使的左右锨”是对庄稼把式的基本考验。你看那太阳压山，晚风沙沙从槐树梢上溜下，队长磕掉了烟灰，喊一声“撸做！”就有小伙子甩掉衣褂，臂膀泛着古铜色的光，拉一把发亮的木锨“呸！呸！”朝掌心唾两口唾沫就上阵了。这时候必有一年长者扣一顶草帽、操一把大扫帚紧随其后。不用说，他们俩是配合最默契的搭档。说扬场是最美丽的舞蹈，它的美绝非舞台上的表演所能比的。你看那扬进夕阳柔和光色中的那一道弧线就是七彩的虹。虽然扬场的小伙子的嘴里没有歌的伴唱，但你看他那锨接触粮食的角度和力道，你就能感觉到他对这万籽千粒的一腔柔情，那发出的“喳喳”声分明是一种久别重逢的问候。那饱满的颗粒扬到空中是一片，落到地上是一条线，它们在晴空中抖落一身糠灰抱着一团金色“沙沙”跌落场院的时候，就是声声知心的回应。而那掠场的长者在那些活蹦乱跳的金蛋蛋每一次落地时挥出的大扫帚就是温暖的抚慰。他的力道不轻也不重，刚好把那些萁壳掠向两边，让那些调皮的精灵们安安静静地躺在他的怀前。那扬场的弧线是上下而舞，掠场的弧线是左右而动。扬场的汉子拉开弓字步，挥舞着有力的臂，尤其左右回身换手的那一瞬，你能从他或孟浪帅气、或沉着稳重的动作中品磨出旁边的人群里站着的有他的母还是有他的妻。夕阳中，这刚柔相济天地人合一的舞蹈是哪一个舞台上都欣赏不到的。

当然，这样的舞蹈是容不得任何一对搭档表演到底的。膀大腰圆的小伙子都要趁机显一显自己的身手，他们摩拳擦掌站在场边，不断地朝场上喊着：能不够，快换换!

扬净场，将粮食堆子滚圆，就该老四爷出场了，他是我们村里的神算。你看他先是跺一跺厚实的赤脚片子，再“吭吭”清两声嗓子，背起手绕着粮食堆子转一圈，然后拿一根锨把从粮食堆的正中间插下，拔出后用手拃一下长短就能报出一个几石几斗的数字。他神的是无论小颗的靡谷还是大颗的玉米大豆估摸的数字都是八九不离十。那年月，如果估的多了，后面的人家就会分不到粮食，害人家空等一场；估少了，分不完，晚上还得派人照场。

队长一得他的数，就会很权威地喊一嗓子，宣布他的分粮方案。或按人口、或按劳力、或人口劳力按比例分，全看他的心情。那分粮的顺序也是极有讲究的，有时候是从村西头开始，有时候是从村东头开始，逢着心情极不好的时候他就会喊：社员先分，干部家属靠后。下苦时没人，吃时着什么急!

得了他的令，最忙的人有两个。一个是会计，他就着马灯噼里啪啦地扒拉开了算盘珠子，人们立马会凑到他的身边，把头抵成了一个圆圈。因为那一颗珠子的上下就决定着一家人锅里的稠稀。另一个人是老六爷，他会抓一把粮食颗子往人群后一蹲，在地上画一道线，口里也三下五除二地念念有词，将那粮食颗子在线的两边来回调动间也同样能算出各家的应得。令人佩服的是，他往往比会计算得快还准，张家多少李家多少，常能博得一片喝彩。本来纯属个人的喜好和义务表演，却起到了复核的作用。

粮食分进自家的口袋，有了心劲的人就能将力量发挥到极致，那些壮小伙子这时候是从不要人搭手帮忙的。你看他走近那装满粮食的羊毛口袋，蹲个马步，一手叉腰，一手抓住袋口，屁股用力一翘，“嗨”的一声，三斗的粮装子就上肩了，噔噔噔一路小跑而去的脚步声像打夯一样有力。我刚开始时只能背动一斗粮食，直到离开老家的那一年也才能扛起二斗半的装子，常在心里暗暗羡慕着别人的强壮和麻利。

有时候，那分回去的粮食当下就要倒到石磨上，因为第二天就等着它下锅哩。秋天的夜格外的清净，满天的繁星像瞌睡虫一样眨巴着眼睛，躲在墙角的秋虫在不断地把他们唤醒，抱着磨秆机械地迈着脚步的时候就奇怪天上的星星为什么大小明暗不一，什么牛郎织女渡鹊桥，什么祝英台梁山伯都是那时候听来的，可往往是听着听着就打起盹来了。

岁月深处，秋日里的记忆，有欢乐也有苦涩，但那都是生命的充实。

原载《散文选刊·下半月》

碾畔　有你的天然童趣

据说从山西大槐树下走出的移民都有一个槐树情结，无论走到哪里安下家，总要在门前栽一棵槐树，遥望故土，寄托思乡之情。所以走近一个村庄，看村口槐树的大小，便可以判断这个村庄历史的长短。而在自给自足的年代，走进一个村子，看村口巷尾石磨石碾的稠稀，便可以判断这个村子人口的多寡。

树是一个村庄的经，石磨石碾是一个村庄的纬。

黄河乾坤湾旁边有一个碾畔村，碾畔村的槐树下是一溜石碾和石磨，站在碾畔能够望见黄河，能够望见生长着那棵大槐树的山西。站在碾畔你也完全能够想象得到，当年这些石磨石碾青龙白虎般呼隆隆旋转时，村子里该是怎样一种人欢马叫的景象。

村中有郭、冯、郝三姓，郭家就是来自山西洪洞县大槐树下的移民。在黄河岸边踩着先人的足迹踩出的石阶沿山而上，碾畔村迎接你的首先是一颗古柏，古柏下有一座小庙，它是碾畔的保护神也是进村的关口。这关口有两层，上层的石屋安神，有关公，义不负心，忠不顾死；有观音，发菩提心，广度众生。下层的石洞门走人，一夫当关万夫莫开。

初进碾畔村，你会觉得她是一位被现代生活抛弃的老人，是一个孤独的守望者。路边没有冒着热气的牛粪，窑畔没有袅袅上升的炊烟，听不见狗吠鸡鸣，也听不见大呼小叫的热切应答。静，像一柄利刃，把历史拦腰砍断。你不知道这里的人走向哪里，也不知道谁来自这里。

走近院子，扒着窗口往进看，才知道他们昨日的生活被锁在屋里，他们的历史被锁在屋里。

打开屋门，就像打开了黄河的闸门，历史的河水扑面而来，立马就完成了一个历史的穿越。这时你才会真正感到，不是我们抛弃了村庄，而是村庄抛弃了我们，被抛弃的孩子找到了家，这里有我们的天然童趣。

开门的风，吹动了风车、鸟笼，也吹开了你童年的记忆……戴上那用高粱篾子和穰穰扎的眼镜，叼上那用高粱篾子和穰穰扎的烟袋，推动那用高粱秆扎的小车，耳边便会响起玩过家家时祖母教的童谣：

红豆豆，煮米米，
你大给你寻女婿。
不要房上溜瓦的，
就要槽头拴马的。
不要耕地拿粪的，
就要双手写字的……

还有那高粱秆做的胡胡、高粱秆做的琴，可拉，可弹，铮铮作响，载着你的心，悠悠地回到童年的岁月。

看见那柳木棍做的猴子打秋千，你也许就会想起你的祖父或外祖父，一树的秋梨黄了，他坐在那梨树下，你则坐在他的怀里，看他将红红的梨叶对折，用指甲掐出各种各样的笑脸；看他用柳木棍削成的猴子在杠杆的作用下不住地翻跟头。他用耙子把每一棵果树下的土地都耙得像地毯一样松软，他说谁要是来偷果子就会踩下脚印，看到脚印，就会知道是谁家的孩子。可真看到脚印时，他却只是用耙子再耙一遍而已。他会对着你噘起的嘴巴笑着说：瓜桃梨枣，由人扢捞……

那风车是用碧绿的马莲叶子编的，也许你也有过举着风车在前面跑，妹妹在后面追的顽皮，她一边撵一边哭喊：我要——我要——

那蛐蛐笼子和鸟笼子则是妈妈教你用金黄的麦秸秆编的，记得你给笼中的鸟儿、蛐蛐喂的是枣花还是南瓜花吗？

哦！你再看那一串手珠，那酱红色的手珠，那是用木瓜豆串的！陕北的木瓜多长在崖畔上，但你不用担心无法接近。有那木瓜树扎根的地方，就有人落脚的地方。和那木瓜树握手了你才会发现，对人的奉献让那树有一种了结心愿的轻松，它会抬起头把你送走。木瓜学名文冠果，花序大花朵密，春天花开时满树白花素雅大气，夏季果仁初满时，像金色的蜗牛，香脆可口，营养丰富。籽粒成熟后为深红色，外皮坚硬，旧时山里的女子常把它串起来做手珠或项链戴。小时候，嘴馋的你当它只是一种鲜美的野果，长大了，读了《诗经·卫风》中的《木瓜》，情窦初开的你才知道，木瓜还能当作青年男女示好的信物。

老话儿说“山里娃娃不受穷，茄茄罢了酸枣红”，这看似一句乡村俚语，却暗含了一种秩序和规律。如今自以为高明的人，把混乱当机遇，简单地认为拥挤是一种竞争，越位是一种乘势，错乱时序是一种聪明，却不知那种人工颠倒季节换来的花花绿绿的黄瓜像木头，柿子像葫芦，它们同样会打乱身体中的平衡！

转过身再看一眼那土炕，你那被世风吹硬的心立刻就会柔软下来。纺车虽不再摇转，但那一个翘翘车却复活了这炕上的场景，它是我们的先人们发明的摇篮的雏形。想那月明星稀的夜晚，颠山倒河的男人铺着羊毛毡在前炕上睡了，女人背转身在后炕上用身子挡住了灯光，膝边翘翘车上安顿好尚未睡熟的儿郎，她手摇着纺车，口里哼着儿歌，膝盖还得不时地碰一下那翘翘车，让他不住地摇。这就是母亲啊，我们所有人的母亲！她摇落了星辰，摇白了黑发，摇大了儿郎，可谁知那长大了的儿郎如今是何方的游子？

碾畔人把他们的历史、他们的文化、他们饱满的日月珍藏在屋里，他们没有抛弃自己古老的家园，他们把古老的家园办成了一个黄河原生态文化博物馆，一孔窑洞就是一个展室。馆藏物品大到横渡黄河的木船，小到点亮暗夜的油灯，都是村民自发送来的，多达两万多件，展出的仅是其中的一部分，分为历史沿革、原始宗教、婚嫁生育、农村匠工、油灯旱烟、民间文艺、节日庆典等十八个系列，分门别类阵列于三十孔窑洞之中。我今天带你看到的只是玩具系列。

其实我们每一个人心中都有自己的碾畔，那就回去看一看吧，打开一扇扇屋门，让那欢歌笑语滋润你干渴的心田，让那珍藏在祖屋里的天然童趣唤醒你沉睡的记忆。

捧一把母土，无论你移植到什么样的地方，都把它培在你的根上。

原载2015年3月7日《延安日报》

悬 空

心静则凉。本来以为，宅在家里听听音乐翻翻闲书不失为一种避暑的好办法；但是当我不经意间向窗外瞥了一眼时，心却是无论如何也静不下来了。

窗外的马路对过是一个房产开发工地，四栋近三十层高的大楼即将竣工，正在进行着最后的楼外粉刷，每栋楼外的四周都高高低低地悬挂着吊篮，在那些摇摇晃晃的吊篮里，工人们正在挥臂劳作。多年的职业习惯使我拿起相机，拉开窗户，用三百的长焦向那些吊篮里望去。没想到这一望，让我的心立马悬了起来，一头热汗顺着发际扑簌簌直往下淌——距我直线距离最近的吊篮里正在挥汗劳作的竟然是一位女工！

她的迷彩服衣裤几乎蒙蔽了我的眼睛，是那个转身在灰桶里取料的动作暴露了她的性别。安全帽下是一个宽边的遮阳帽，遮阳帽下一个红底白点的面巾一直垂到胸前。袖口裤口紧扎，腰际的保险带和安全绳勒出了身体的曲线，整个人暴露在阳光下的只有一双眼睛和那古铜色的颧骨。她不能像男子一样袒胸露臂，听凭热汗在那一身装束中熏蒸，灰尘和那汗湿的衣裤成了她的铠甲。从她那转身挥臂的协调性判断，年龄应该超不过四十岁。这样的年龄应该是子女尚未成家，父母步入老年的时候，为人女、为人媳、为人妻、为人母，应该是一个顶门立户滋润和温暖家庭的主妇。那么，是一种什么样的境况和原因使她从上述的一个个角色中逃离，离别亲人走出家门，成为一位上不着天下不着地悬在半空中从事高危作业的女工呢？

她的作业面是两个单元之间户型变化形成的旮旯，宽不足三米，与其他墙面相比受光要少得多，我想这肯定是其他工友的照顾。奇怪的是，其他的吊篮里都是两人一组，唯独她是单人作业，取料、抹墙、升降吊篮都是自己动手。大凡农村妇女出门打工，都是夫妻搭伴，那么她的另一半呢？我不敢想象。只见她一手执铲，一手挥抹，每次探身向墙面用力时，吊篮都要朝外一荡，但她没有一丝胆怯和惊慌，动作的干练和娴熟表明她绝不是一个新手。

也许属于她的土地被征用了，也许她的村庄被城镇化了，也许她的生活中遇到了过不去的坎，只能从那些温柔的角色错位到高危的岗位才能换取更多的报酬，把她从困境中拽出。在种种猜想的同时，我再一次把镜头推向她的面部，发现她其实是一位非常爱美的女性，两只明显经过修饰的眼眉微微上挑，使那专注劳作的目光显出女性少有的一股狠劲。像是一匹奔驰的红鬃烈马，眼里是遥远的地平线。

过去有一句老话，人勤地不懒。勤恳的庄稼人把土地和生命连在一起，侍弄土地和修行一样虔诚，他们信奉的是人不负地，地不负人，人哄地一时，地哄人一年。视土地为母神，敬畏而又贴心。而这些钢筋混凝土浇灌的怪物却不同，它冰冷没有生命，你无论怎样付出都不会将它打动，于它你永远是一个外来者，你和它的关系只是一种交换，把它打扮得最漂亮的日子就是你必须离开的时候。

留不下，回不去，许多人的人生就这样被悬空，滋生出一种无法消解的焦虑。

好多天，这张照片一直放在桌面上，打开电脑，就能看见。不知道这位女工下一站的生活将在哪里，也不知道她悬空的高危作业换来的报酬能否温暖因角色错位而冷落的那些亲人的心?

原载《散文选刊·下半月》2018年第11期

戴花要戴大红花

“那谁，林樵啊，我到延安啦！”

全国上下都在评选“最美山村教师”的时候，我接到了一个电话，虽然相隔了五十年，但我一下子就听出是她。因为那几天我时不时总在想，如果我们那时候也评选“最美山村教师”，我推荐的一定是她，她那清脆热情富有特点的声音我一直记在心间。

她是我读小学三年级时的老师，整整五十年了，听到她的声音我首先想起的是她当年教我们的一首歌，顺着调子一哼，歌词竟然全都记起来了：

戴花要戴大红花，
骑马要骑千里马，
唱歌要唱跃进歌，
听话要听党的话。

我们村的小学是一个初级小学，只设一到四年级，她是在“三年经济困难时期”刚过，来到我们村当老师的。她之前的老师教我们乾坤为 gankun、娱乐为 wule，就这样往往还会晒着太阳就等不到老师上课了，这才知道老师是饿得受不住撂下我们悄悄走了。记得最后的一位老师走时还背了一背学校地里的糜子穗，不懂事的我们一边追一边喊贼，直追了半条沟。那不谙世事的举动，如今想起来还真让人哭笑不得。

新来的老师给我们带来了美好，一时间学校也像换了新的一样。她当老师的第一件事是带着我们修厕所，那时我们才意识到自己的学校里应该有一个男女分开的厕所，而不是让大家跑到学校旁边的山圪崂里去方便。尽管我们大手小手一起修起来的厕所是用高粱秆围的，但老师说非常漂亮。她还要求我们每天上学来先在院子里站一排，伸出手比看谁干净。第二件事是教我们学拼音、查字典，提高自学能力。最有趣的是她能将课文里的诗编成歌、将寓言故事编成情景剧，教我们去唱去表演，学校里一天到晚歌声不断、笑声不断。我们的学校太小了，四个年级的学生都挤在一孔窑洞里上课，讲完了哪个年级的课，哪个年级的学生就到院子里的土地上做练习，老师再接着讲另外一个年级的课。这样一来，常常是二年级听会了三年级的算术、三年级背过了四年级的课文。

记得有个学生特别爱打人，老师说轻了他不在意，说重了他妈就会来闹事，历任老师都拿他母子俩没办法，就送他妈一个绰号“母老虎”。但他有一个长处，歌唱得好。老师把《武汉长江大桥》的课文编成了歌：

小朋友你们瞧，
这座大桥多么好，
大桥跨在长江上……

后面是一个甩腔的长音，大部分同学都唱不好，但他却唱得婉转悠扬。老师就让他担任领唱，还参加了片区学校的演出比赛。他一下子就像变了一个人，听话了许多。他妈逢人就说，来了多少老师，就数这个女老师好。那时候可能还没有“快乐教学法”这个词，但我们从此再不必害怕背不过课文就要挨板子，大家在说说唱唱中学会了许多东西。有一天竟发现，老师带着我们扎起的篱笆墙上爬满了鲜艳的牵牛花，早晨的阳光照下来，那花也像是呼应着一样向天开着，仿佛也在学唱着我们的课文。

后来我们才知道，这个留着短发一脸阳光、整天和我们一起蹦蹦跳跳的女老师其实是满肚子的苦水。她的父亲原是阎锡山的部下，有两房妻室，她被视为“国民党军官的孝子贤孙”，学习再好也没有上大学的权利。高中毕业后，她的初恋上了北大，她只能在我们的小县城里求职谋生，用微薄的薪水接济着那个远在京城的读书人。再后来，她被贬到了我们这偏远的山村，那个读书的人也断了音信。尽管这样，她依然是那样地热爱生活，用她的欢声笑语激发着我们这些山里孩子的求知欲、点燃着我们心中的希望。我只听她说过，上中学时她非常喜欢打篮球，但没有钱买运动服，衣衫都是用母亲的旧衣服改的，衣襟比较长，跑起来一煽一煽的，同学们老笑她。

记得有一年暑期收假，她背来一个病快快的孩子，说是同父异母所生的弟弟，患了肺结核。那时候，她的父亲已经去世，她一边给那个弟弟调养身子一边补习功课。每天我们放学后，她还要背着那孩子到五里外的山下去打针。就这样持续了两三个月，她的弟弟就脚步生风地回城去了。这次见面，我自然就问起了她那个和我同岁的弟弟。谁知她眼圈一红说：“自有了工作，就没有了联系。”

五十年的光阴隐去了身心的伤痕，却白了老师的一头黑发，她眯缝着眼睛似乎是搜寻着岁月深处的记忆。记得最后一次有她的消息，是“文革”中我辍学的时候。家中的种种不堪使父亲许多旧友唯恐躲之不及，她却捎话：“不能停学，学费我来想办法。”尽管我最终未能复学，但我一直将感念之情深藏于心。

三天的相处，我从老师的言语中对她的身世和后来的生活才有了一些比较详细的了解。她的父亲原是阎锡山部队的一个勤务兵，他伺候的首长是一位营级参谋，在平型关战役配合八路军的作战中血洒疆场，他本该是护送首长的遗孀和女儿回原籍的，谁知首长的女儿夭折在了战时路途的颠簸之中，他也染上了重病。就这样阴差阳错，羁绊在战乱中的一双男女相互温暖着结合到了一起。那个阵亡参谋的遗孀，就是她的母亲。那所谓的二娘，是她父亲当兵走后家里收养的一个童养媳，战后循着一封平安家书找上了门。出身在这样一个前家后妻、一夫两妻并存的家庭里，作为长女的她个中隐忍和纠结给那幼小的心灵造成了多少创伤，只有她自己知道。

更让人预料不到的是，老师的婚姻也是充满了波折。和她结为夫妇的是在铁路上工作的一位北京知青，他们生有两个孩子，原本想着从此可以风平浪静地相夫教子了，厄运却偏偏降临到他们头上，孩子的爸爸身患癌症与她们母子三人阴阳相隔。老师含辛茹苦养大了两个孩子，为了他们能有一个北京户口，却又不得不另组新家。即使这样，命运之神还是不忘再次考验这位坚毅的女性，让那夕阳之伴也早早别她而去。

提起那位读书人的负心，她说那是别人的误解，分手是她自己的决断，她不愿因自己的出身再影响到别人的前途，她是从一个批判会上脱身后直奔北京的。她说，了断那场儿女之情后，她买了一套漂亮的条绒衣服，又光光鲜鲜地站在了那是非颠倒的人世之间。那套衣服，她保存至今。

说这一切时，老师像讲别人的故事一样平静。她说，我现在很自由，想到北京住就到北京住，想回来住就回来住。她说，如果岁月能让人再选择，她还会到农村去，去当一位乡绅。

送别老师，我去爬山，看到山梁上一抹金黄的芦苇，我又想起了她。我想，人其实就是一棵草，生到这个世界上，不知道什么样的风霜雪雨会降临到你的头上。遇到了，你只能用你的生命去承受，承受不住的被岁月淘汰，承受住的才能收获生命的金黄。

“戴花要戴大红花”用时下的话说大概就是——要作最好的自己。

在那三天的时间里，我一直想问老师，她，心中的大红花是什么，是否与北京有关？假如那个进北大读书的人不离不弃，她的人生是否会是另外一种模样？但一直未能开口。人世间本没有假如。

戴花要戴大红花……那歌声似乎又响起来了，那久已远去的岁月仿佛又在眼前。那真切的记忆如九九艳阳天的流水，暖了伸进小河里的一双双手，也暖了此时百般喟叹的心肠。

原载《散文选刊·下半月》2013年第2期

我的司机兄弟

七月四日早晨，我行走在古城西安的大街上，空中浓云低垂，似雨似雾的水汽滞稠得几乎让人喘不过起来。我的手机铃声尽管舒缓得如行云流水，但仍然毫不留情地将金华兄去世的消息从家乡传了过来。顺着马路上的滚滚车流望去，仿佛我那好兄长就在那马路的一头一步步离我远去。他是在我开大卡车的那段日子里和我厮混最多、对我呵护最多的一位好兄长。

这多年由于工作的关系和许多人混了个脸儿熟，在一些公众场合不只一个人提起过我的这段经历，当然我毫不怀疑大多数人是善意而友好的，因为紧跟着的一句是“英雄不问出路”，但也不否认有“你以为你是谁”的弦外之音。说心里话，在那“手中握个方向盘，给个县长也不换”的年代，我没有因我的职业而张狂；改行更业后，我也从未因这段经历而感到过自卑。职业，只是一种生存的状态，重要的是支撑这种生存状态的那颗心。我感谢也珍惜人生中的这段经历，因为它使我年轻的心较早地感知了这世上的山高水低和暑热冬寒，走南闯北的阅历打磨出来的那种散淡、隐忍、义气和吃苦是许多行业都不具备的。而我那些司机兄弟无论离开了多久，都永远在我的心里，就像那公路上的里程碑，无论什么时候从我们当年行驶过的路上经过，不经意间朝那路边瞥上一眼，他们还仍然站在那里。

四十年前，县上成立汽车队的时候只有三辆车，师傅是从黄龙山林业局借调的，我们三位助手是刚招来的。当时县属的运输业只有一个运输社，汽车队就落户在运输社的院子里。车停在马棚边，我们三个学徒的宿舍是穿过马棚建在河边的一个小屋，屋子的墙壁有一米高，满年四季都是潮湿的。尽管我们在地上撒了厚厚一层石灰，还是经常能看见有三三两两的潮虫在墙角爬行，门口则是钉马掌师傅的作业场。那一年我十七岁，不知道什么叫离心力，也不知道汽车还能翻，只要能跳出农门有一口公家饭吃就觉得是老天保佑了。没想到第一次跟师傅出车，就困在了冰消雪融的大山里，前不靠村后不靠店两天没有吃一口热饭。我便在心里埋怨：这是什么工作呀，就是在老家种地，到了饭时，无论好坏，母亲都会提着罐儿送来一口吃的。那时助手的工资一月只有十八块半，我还必须挤出五元贴补家用，给多病的弟弟炮制一袋一袋的丸药。所幸的是未等三年学徒期满我就考上了执照，单独驾驶车辆，工资涨到了三十五元。那时候车况、路况和人们的生活境况一样，都是十分勉强。几十公里的路往往要走上一天，不是车子抛锚就是道路不通，荒山野岭常常一天吃不上一顿饱饭，单薄的身子往往为拧不动生锈的轮胎螺丝而发愁。

尽管这样，但那大门口每天出出进进的除了马蹄嗒嗒毕竟有了喇叭声声，要知道那是二十世纪的七十年代初期呀，县政府的大院里连一辆帆布棚都没有，我们送货的驾驶室里经常搭乘着下乡的领导。记得第一年我们三辆汽车的总利润是七百元，县委书记在大会上讲：这是现代化的运输工具呀，不知道拉一辆架子车一年能挣多少钱？高音喇叭一传，城乡的男女老少都知道了，便成了人们说笑的把柄。可那尴尬似乎只是头儿的，与我们下苦的无关。无论到哪里出车，要搭便车的人照样跟一屁股。老百姓算的是自己的帐：有了这汽车就少了许多人背驴驮，好说话的司机让搭一趟便车就可以省出几天的腿脚，赔赚那是你公家的事与我何干！

我的师傅杨耀林是值得我终生感念的人。他早年支边新疆，虽然识字不多，但驾驶员的行道里却没有能难住他的活。他不善言语，脾气耿直，对我像父亲一样慈严并举。他不仅从不让我给他买烟，就连点烟也不让，怕我日久生瘾，酒席上的事更不让我沾边。他说，酒是咱们开车人的大敌，你将来能有多大的禄量，那要看你的福分，但在我的面前你不要想喝一杯酒。他送给我的礼物是一套彩色的《汽车机械挂图》他说，我不识字，也讲不出多少行行道道，这铁老虎的肠肠肚肚都在这上头画着，你看熟了想拆就拆，装不上了叫我。当年我们开车时的那路，核定四吨的车只能拉三吨，拐弯还得打倒车，上坡起步，下坡抢档是必须具备的基本功，紧要处的打方向，得反手转盘人都站直了，真像险滩扳船一般。可那酣畅、那过瘾不是开着无级变速的小车所能体会得到的。而我那师傅却是哼着秦腔做这一切事的，别人毛发倒竖，他却操持得如行云流水，似乎车后真有三丈水袖随风起舞。去年秋天路过我们当年拉松木电杆的一座大山，赶巧走了一段当年的林区路，虽然已经铺了柏油，但那路形还在，路边的老树还在，车过时满地霜叶如往事翻飞。当年，师傅就是将那拉着上了架子的电杆的解放车一脚刹车撂到这路上说：开上走。我知道，那没有说出口的话是：只有在这样的路上练出的功夫，才能安安稳稳混一口饭吃。我那师傅，我那杨师傅！直到今天，无论何时想起他，我的心里都是热的。可惜他因肝病早早长眠在了仕望河边十里坪村口的山脚下。每次从那里经过，我都会不由自主地深深望上一眼。病重时那从不言苦的人，彻夜喊叫，那发直的声音深嵌在我的记忆之中。

后来车队扩建为运输公司，我们也有了自己的场地，县上分配来一批复员军人，有周树祥、冯天祥、张书和刘金华。刘金华和我同住一个集体宿舍，他多笑容少言语能包容善同情，我们几个小兄弟也就爱和他开玩笑。一次他出车回来晚了，见炉子生得暖暖的，被窝也暖好了，高兴地说还是兄弟知道心疼哥。却不知我们在他的被窝里藏了一只猫头鹰，脱衣伸腿就哇的一声惊跳了起来。我们的眼泪都笑出来了，可他不恼也不骂，仍只是慢腾腾地说：“哎哟，真把我怕结实了。”那时候，他的爱人在基层供销社工作，偶尔进一次城，其实我们都早早给自己把睡觉的地方找好了，可就是赖着不走，逗着他给大家又是泡茶又是敬烟，还要追着问他：“还不给嫂子找睡觉的地方？我们都瞌睡了。”他总是说，没事，车里也能睡。

那时候各乡镇都不通客车，送货的车一月也去不了两三趟。无论你到哪里出车，似乎满城人都知道。第二天早晨一开门，总有一大堆人等在那里，金华哥的脾气好是出了名的，等他车的人也就特别多，有时候竟连猪啊羊啊都往车上赶，可他总是不烦也不恼。领导批评，他受；交管扣了执照，他作检讨；车上趴的人实在太多不敢走，他就蹲到路边抽烟，等那识趣的人自动离去。每逢我和他一起跑车，他总是说：你前边走，哥给咱在后边照护着。有时候晚上有紧急任务，即使派我一个的单车，他若有空就会说：走，哥给你作伴去。印象最深的是一年开春，韩城的一位领导到延安参加省上召开的植树造林现场会，车陷宜川境内的老虎梁，让我们去接。那正是冰消雪化的时节，山上的雪水小河一样往下流，就是戴上防滑链也寸步难行。无奈之中，我和金华跑到山下的程落村，敲开万才哥的家门，借了铁锨和镢头，直猫到午夜过后大地封冻才拱上山去，把我俩累了个半死，把那裹着黄大衣的人也冻了个半死。

那时的车不好路不好，可正是人的好年华，从不知道累。跑队车时，一辆车抛锚大家都等着，拢一堆火，一边吼着歌一边修车。车陷到泥沟里了，就把货一包一包卸下来，等把车拉出去了，再一包一包朝上装。半夜回来，饿了，煤油炉子一生，鸡蛋下挂面是最好的饭食。吃饱了，倒头一睡便不知道了时辰，第二天早上风吹杨树沙沙响，老经理捣门叫出车，我们却蒙着头大喊：雨下的哗哗哗，出什么车！

要说话最少，要数张书。他农村亲戚多，雨天发不了车时总是挤着一屋子的人，哪一年物资交流会最少都能吃两袋面，连我们都替他叫屈，他却说：咱可落了个好门户。

冯天祥刚复员时还没有结婚，公司有一辆西安出的“延河”车，毛病多，耗油高，谁也玩不转，天祥接手后却弄得风调雨顺。他出车回来，只要天早就会洗涮一新，换上挺括的的确良军装走上街头。我们问他：“有目标了？”他总是笑眯眯地说：“到时候你就知道了。”

公司鼎盛时期，我们买回了大轿车，开通了各乡镇的客运业务，盖了一座两层的单面楼，并在围墙边搭了一溜小厨房，每人平均一间，那些一头沉的兄弟就有条件把老婆孩子接进了城。我常开玩笑说司机的老婆是男性的，男人一出车她们的心就跟着扯了千里万里，半夜公司值班室的电话一响，谁家的男人没回来谁家的婆姨就会跑出来问：“哪里的电话，是不是掌柜的车坏到半路了？”但凡遇上能赚点钱的活，无论装石子、卸石灰还是滚油桶，从来不怵，一声喊就都上手了。每到下午收车时，她们早早把面条擀好、菜炒好、水烧开，一面坐在门口拉话一面支着耳朵听，墙外的一脚刹车一声喇叭，她们就能听出是谁家的男人回来了，心情和那一锅沸水一样欢快。

有天，铁龙湾林场急急火火地打来一个电话，说快点，你们公司的客车出事了，在对面山上红红绿绿撒了一洼。当时公司的院子里只停着一辆装了油的车，那油桶每个都在两百公斤以上，那些婆姨们一哇声地上了车，三下五除二就将那油桶掀落在地。值得庆幸的是当我们一干人心急如焚地奔去时，我们的班车却迎面从那山沟里开了出来，原来那肇事的车是地区运输公司的。

上世纪的八十年代初搞企业整顿民主管理，大家推举我担任公司副经理，我便有空到隔壁的教师进修学校去听课，去做他们的作业，去答他们的试卷，去啃汉语言文学专业的那十几门课程。聘请的讲课老师有延安的、西安的，也偶有北京的，他们讲课本上的也讲课本以外的，那扑面而来的新信息不知怎么就将我蛰伏在心中多年的欲望激活了。当自己扭扭歪歪写出的文字能变成铅字出现在公开刊物上时，那欲望就越发地按捺不住了。虽然当我站在我们的胡学忠老经理面前时觉着自己就是一个背叛者，可还是红着脸把自己想转行的想法说了出来。他只是稍稍迟疑了一下就非常痛快地说："我还想把这一摊子交给你哩。年轻人有想法是好事，但你要是想走就赶紧走，迟了就不好走了。"

后来形势的发展果然被老经理言中，全国上下一哇声地砸"三铁"，我们的运输公司被木材加工厂兼并，有条件有关系的都纷纷调到一些职能部门去开小车，没办法的就承包一辆车还干自己的老本行。再到后来连木材加工厂也倒闭了，我的那些司机兄弟有年老的也有因公致残的，养老就成了问题。有次回县上采访，见他们都等在门房里要和县长谈他们的困难，心里很不是滋味。

不久，那让人伤心的消息就一个一个地传来。张书是在一次车祸中失去了生命；天祥直累得在车上就停止了呼吸；就连身强力壮的西林也冷不丁地就不在了。他是当年我们三个助手中的兄长，公事私事不知为我们操了多少心。

知道金华兄的病是去年，我和妻去看他时还谈笑如常，说哥已经活了六十多了，已经够本了。今年春上再去时，他挂着点滴，已经瘦得失了形，拉着我的手说：哥只给你说一句话……在那样的时刻，我嘴笨得说不出一句安慰的话，只能是久久地握着他的手。离别时，他坚持要嫂子举着盐水瓶子把我送到大门口。他说我知道，我和兄弟见面就这一次了。

我不忍心去做那无言的告别，我要我的金华哥永远站在我的记忆里。

我让社学弟送去一副挽联：痛心伤兄逝，挥泪忆深情。

眼下，事业单位的又一轮改革正在进行之中。社会好像一个大转盘，虽然我不知道自己最终会被甩在哪个角落里，但无论走到哪里，我都不会忘记曾经和我风雨与共的司机兄弟。

2011年7月11日

宇鹏和他的画

摄影的不愿听人说，你照得真清。

画画的不愿听人说，你画得真像。

忽一天，宇鹏说他要办画展，站在他的作品前，我这个对画画一窍不通的人看不出其他的，也说不出其他的，自然也只能傻看，一句话也不敢说。一下子觉着这个交往了三十多年的兄弟，像不认识一样。

认识宇鹏的年月被当今称为文学的春天，我在宜川县委宣传部上班。《延安文学》编辑部在黄龙举办看稿会，一群人个个都怀揣着一个文学梦，似乎下一部世界名著就在自己手握的用复印纸复写的稿件之中。主办方专门安排了一趟韩城行，一群二三十岁的人，脚踏在司马坡石条上那千年的车辙之中就像踩在弹簧上一样。面对司马迁墓和浩渺的黄河，每个人心里都暗暗憋着一股子劲。那一天正值中秋节，回程路上，车窗外满月朗照，车窗内歌声笑声不断，一首《十五的月亮》被唱了无数遍。那时的宇鹏刚刚走出校门，正为生计所困，用葆铭的话说他“身颀颀而面团团”，但十分腼腆，一说话脸就红，总是默默地站在人群的后面。但与我一眼结缘，好像是与自家兄弟在异地他乡重逢，心中自有几分亲近和爱怜。散会后车过宜川就要分别，听宇鹏说他还没有去过壶口，我便趁司机吃饭的空儿匆匆带他认了一下家门，相约随后一同前往。

壶口之行宇鹏写的文章发表在《黄河报》，他的讷于言敏于行使我们的心更近了一步，心里有什么苦闷、读了什么好书，甚至得了什么妙句都会随时写信交流。时间一长连我们宣传部的文书都认识了他的字体，一看信封就会喊：宇鹏又来信了，这小伙的字写得真好！宇鹏的文学创作很快在安塞以及延安地区崭露头角，加上当地领导惜才，他的工作问题不久就得到了解决，先是在乡文化站当临时工，后又转正调入县文化局，从个体的写作到主政县文化馆，三十多年一路走来从未脱离"文化"二字。安塞现在由县改区，是延安乃至整个陕北地区展示民间艺术的窗口，有五个享誉全国与民间艺术关联的名片，个个宇鹏都为之付出过心血和努力。

宇鹏在工作中，对外要接待来自象牙之塔的名家和学生，陪他们调研、采风和写生；对内要熟悉区域内每一位草根大师的艺术个性，尤其要读懂那些剪纸的老大娘剪刀下深藏的中华民族本原文化的基因密码。往来之间，他既得风气之先又深接地气，触摸到艺术的根脉，灵感一触即发，寻找适合表达自己思想情感的艺术语言和表现手法是情理之中的事情。在此之间，兄弟还是兄弟，他永远不可能追赶上我的年龄；但在追求艺术的道路上，我便再也追不上他的脚步了。

宇鹏迷上了画画，尤其钟情于写意花鸟。他画画全靠自学，但他笑言说自己不能做一个"翻墙越户"之人，古人中他喜欢石涛、八大山人、吴昌硕、郑板桥，近代他崇拜傅抱石、齐白石、徐悲鸿、石鲁和李可染，除了案头的钻研和品味，他常身背相机行走于大漠峡谷和烽燧古寨之间。写意画贵在"观物取象""得意忘形"，他深知那"意"与"象"就深藏在大自然之中，那里有他取之不尽的天地之气和山野之趣。从此便是多闻其声少见其人，问他，只四个字"就那么个"。他知我为小孙孙所绊，很少有整块时间和他一起放情山水自然，一日袖来一轴《得宝图》，展于庭前，满屋灵动，老藤金瓜，叶如厚掌，瓜如铜铃，展图乐自飞。使我的绕膝之累又平添了几分乐趣。

宇鹏画画进步之快得益于他的悟性和扎实的文学功底，尤其对古典传统文化的钻研和理解，奠定了他的风格，落笔简约古朴，尽显空灵之美。中国花鸟画的立意自古关乎人事，它不是为了描花绘鸟而描花绘鸟，不是照抄自然，而是动植物的意趣与画家生活遭际、思想情感碰撞的火花。那花是画家心中的花，鸟也是画家心中的鸟。一旦当下的随性与意外触发了心中的灵感，他便再也不会拘泥眼前的形了，只会追求心中的意，让手中的笔墨随着心情变化自由挥洒。这时候你会在他的笔下发现另外一个不同的宇鹏，他再也不是那样沉默寡言，他激情满怀，步履潇洒，语言、表情是那样丰富，豪放可比“滚滚长江东逝水”，闲适能见“雪月照疏篱，梅花三两枝”，时而同樵夫老农对酒瓜棚篱下，时而与暮归童子柳笛斜吹。你能看见他面对山水的舞蹈，你能听见他面对花草的低吟浅唱……泼墨推笔勾点晕染之间，意象万千。看他画的松，除去笔墨情趣之外，更显高洁与伟岸，如听隐者临风而歌；看他画的荷，除去精神品质和自然造化之美，于那浓淡之间似乎望得见雨过天晴之晨的天水之碧。

言之不尽，写之；写之不尽，画之。从二〇一九年元月到二〇二〇年六月，宇鹏先后举办了两次画展，展出作品二百多幅，笔墨之间足见他的激情和勤奋。宇鹏说，怀着一颗追求艺术的丰富和生活真善美的心，永不停步地去寻找自然之美，是他生活的态度。那么，我这个好偷懒且无恒心的朋友便有了一条捷径，可以随时从他的画作中去分享他的喜悦与激情，去分享他的果与实。但无论什么时候，只要喊一声这个兄弟，都会在身后听到他的应答，我们之间，永远只有一个转身的距离。

原载《延安日报》2021年元月17日

山里丁香不识愁

早晨的太阳从山梁上漫射过来，满山谷的松柏像脱下法衣的布道者立时显出了各自的真性情，风也像跳跃着的小溪，乘着曼妙的音乐从高高低低的树冠上缓缓流泻，性急的小鸟还未睁开睡眼就在树叶背后打开了歌喉，听着它们的歌唱，新生的欲望便似萌芽一般自然而然地在心底徐徐展开。再沧桑的脸面，这时也会像春天里翻开的新土，焕发出欣然的生机。

这时只要你抬起头向那郁郁葱葱的林莽中仰望，就会感到这松柏山涧的风不仅看有形、听有声，而且是闻有味。这味道像一部交响曲，是那样的富有层次。先是一股淡淡的和着土腥味的青草香像序曲一般展开，接着便是那种松柏特有的沉郁的清香，像善解人意的大提琴一样款款而来，温和、大度、宽容，直沁心怀。而当你惬意地微微闭上眼睛的时候，在那大提琴的烘托下，真正的主角才出场了，那是一缕幽香由远而近，像是由弱而强的管乐，虽不是铺天盖地却非常具有穿透力，将你的心携裹而去。如果此时你还不愿睁开眼睛，那么你一定会感到自己不再是听风了，而是在浪花翻滚的河水里驾着一叶小舟，向那幽香的源头追溯而去。

穿过林荫的甬道，眼前豁然开朗。如果那幽香是来自一位仙女，那么这里就是仙女的家园。看到这里的景色，你会不由自主地轻步哑声，找一片树荫款款地坐下，静静看那仙女如何翩翩起舞，悄悄听那仙女如何低吟浅唱。

那仙女的名字就叫丁香。

听说要到山里看丁香，就有朋友问：如今的城市像花园，绿化带里的丁香开得云霞一般，把你还看不够，费那腿脚干啥！是的，城里的丁香不缺肥也不缺水，被园丁修剪得要形有形要样有样，但总觉着它被造作得妩媚张扬，多多少少失去了些丁香的本性，加之那狂奔的汽车、嘈杂的人声、漫卷的灰尘在人与花之间形成了一道无形的屏障。站在街边看花，观不能入心，闻不能入脾，就如同用自来水泡了一壶明前茶，一入口，最先尝到的不是新茶的清香，而是一股败兴的漂白粉味，何趣之有！山里赏花，那则是清泉沏毛尖，相得益彰。

古人多以丁香写愁，柳永说“要识愁肠，但看丁香树”，吴文英说“青鸟不传云外信，丁香空结雨中愁”，赵长卿说“丁香枝上千千结，怨惹相思切”，白白地让那天真烂漫的丁香做了他们一时心情的对应物。人对美的感知，完全取决于心境的高度和眼界的宽度，山里赏丁香你会觉得完全是另外一回事。它们平凡但不气馁，享受多少雨露阳光，就释放多少喜悦灿烂；它们安静但不自卑，你对它有多少理解，它对你就会有多少回应；它们的灿烂和幽香由心而生，像是松柏下的一支竹笛，让这重重叠叠的大山变得空灵而又明亮。你看那些生长在大树下的丁香，虽然枝稀花疏但却无忧无怨，像是被老人护佑着的幼童，自在天真。你再看那些生长在崖畔上的丁香，枝干虽不是那么舒展，花朵似乎也比较细碎，但色更艳香更浓，团团簇簇你抱着它它拉着你，昭示的是一种执着。花，也和人一样，命运在天，作为全在自己。

山里赏丁香，是一种平等的没有干扰的交流，人和花息息相通，可以叙到前世来生。

山顶上是一个苹果园，花也正开得热闹，棚屋空空主人还未入住。记得去年赏秋到此，迎出的是一位老妇，说话高声朗语，走路却一摇一摆，腿脚十分艰难。说是娘家哥哥给孙子娶媳妇，接她去作客，不料半路出了车祸，借债背账花了七八万，命是保住了，却落得个终身残废。有晓通法律的给她儿子说，能打官司哩，向主家索赔，一告一个准。她说，娃娃不能。过事的是亲戚开车的也是亲戚，姑舅亲辈辈亲打断骨头连着筋，你向谁索赔？钱咱可以不要，但你不能不要舅舅，我不能不要娘家哥。言语间，无怨无愁。这就不由使我又想起前一段在医院里见到的一位伤者，也是车祸所致，开车的是他的叔老子。他说：我就说不坐他的车，他非让坐，说他的车空着哩。这疼痛我受了，钱得他出，已经花了四五万了，还不行。没好利索，还得朝他要。一脸愁容。

情感与法理，孰对孰错？

回程经过一片水湖，湖边有群水鸟，白腹黑翅，长腿红爪，像是远方来客。飞起来羽翼如燕，在湖面上空剪了一个漂亮的圆又落在原地，叫声大雁一般洪亮，算是对我们这些不速之客的一种招呼。看起来鸟儿也在试图理解人，试探着人类对它们宽容的尺度。

原载《延安日报》2013年5月4日

干叶小蒜香死老汉

残雪消融，湿漉漉的地面上就会有一芽新绿钻出，像是春的触角，似乎一阵冷风吹来就会重新缩回地面。其实不然，你别看它的叶尖只有锥尖般大小，但却像灵兽的聪耳，迎风而立，捕捉着四面八方春的消息。它是黄土高原上探春的前哨，它的身后跟着迎春、山桃、红杏、雪梨……真是“一点浩然气，千里快哉风！”它，就是那香死老汉的干叶小蒜。

粮有五谷：麦、黍、稷、麻、菽；蔬有五菜：葵、韭、藿、薤、葱。《尔雅·释草》“薤，似韭之菜也。”百合科，多年生宿根草本类植物。别名野蒜、小蒜，地下有鳞茎，叶子丛生，细长中空，断面为三角形，花紫色伞形，鳞茎皆可食。成书汉代的《礼记·内则第十二》记述家庭内侍奉父母、孝敬公婆的礼则，兼及饮食制度等。其中就有“脂用葱，膏用薤”的表述。可见早在古代，小蒜就已进入民众的食谱。

刚刚过去的这个癸卯年春节让许多人刻骨铭心，在这个春节前后，无情的新冠病毒与天下子女疯狂地争夺父母，许多年老体弱的老人虽然身体有这样那样的不适，如果没有这场狂飙一般的疫情，他们完全可以手捧酒杯满怀喜悦地和儿孙后辈高高兴兴地过一个团圆年。但是几乎就在一夜之间，那无情的病魔就使许多老人和子女泪眼相望，阴阳两隔。这就不禁又使人想起了汉乐府中那首名为《薤露》的挽歌：“薤上露，何易晞。露晞明朝更复落，人死一去何时归？”是的，小蒜弱小、卑微，那细细的叶子上本就挂不住多少露水，太阳一晒很容易就干了。但今天的露珠晒干了，明天的露珠还会落上去。可人，还不如小蒜叶子上的露珠，一旦逝去，就永不能还。汪曾祺先生在他的文章中写道：不说葱上露、韭上露，是很有道理的。薤叶上实在挂不住多少露水，太易“晞”掉了。用此来比喻人命的短促，非常贴切。他说，同时我又想到汉代的人一定是常常食薤的，故尔能近取譬。

据说这首挽歌是田横的门客为哀悼田横而作，它的背后有一个十分悲壮的故事。田横是秦末齐国旧王族，陈胜、吴广起义抗秦后，四方豪杰纷纷响应，田横一族也是抗秦的劲旅之一。刘邦消灭群雄，统一天下后，田横和他的五百壮士退守在一个孤岛上，刘邦下诏令说：如果田横来投降，便可封王或侯；如果不来，便要派兵去把岛上的人通通消灭掉。田横为了保存五百壮士的生命，便带了两个部下，离开海岛，向长安进发。但到了离长安三十里的地方，便自刎而死。遗嘱同行的两个部下拿他的头去见刘邦，这样不但自己免受投降之辱，也可保全岛上五百壮士的生命。刘邦用王礼葬田横，并封他那两个部下做都尉。但那两个部下在埋葬田横时，却自杀在田横的墓穴中。刘邦再派人去招降岛上的五百壮士，壮士们听到田横自刎，便集体蹈海自尽。司马迁在《史记》中感慨地写道：“田横之高节，宾客慕义而从横死，岂非至贤！”

小蒜不畏寒冷，在五到十度的气温下仍能自然生长，而在气温高于三十度时反而会休眠。过去没有反季节蔬菜，早春二三月青黄不接，在那刚刚解冻的土地上第一个醒来的就是小蒜。小蒜是春天大地馈赠给受苦人的第一道鲜。这时候村妇们便邻里相约姑嫂相唤拉着半大的娃儿，撒着欢儿去寻觅那锥尖般大小的刚刚钻出地皮的新绿。往往比人嘴更馋来得更早的是那些山鸡野鸡，它们那尖喙子，早已把那一芽嫩绿啄了去，留下了深深浅浅的小钵子。照着那钵子一镢下去，照样能掏出小蒜的蒜头。

挖回的小蒜择去干叶掐掉胡须，剁成碎沫，加入些许红辣椒片，烧一勺绿汪汪的小麻油，刺啦一浇，那香，像柳笛的一声长鸣，立马就会将沉睡了一冬的味觉唤醒。刚出锅的热蒸馍从中间一掰两半，把刚炝好的小蒜往中间一抹，再对折回去，用手轻轻一捏，那辣、那香有一半就渗入到蒸馍里头去了，馋嘴的小伙子一口能咬掉半个。若是拌面，最好是荞面或绿豆面，擀铜元般薄厚，切同等粗细，成四棱状，下锅两沸即捞。用干叶小蒜拌起的面，挑在筷子上，下垂的面还在打秋千，上扬的香早已入鼻，性急的人一时间竟不知先用鼻还是先用嘴。吃得王朝马汉大汗淋漓，当是自然。俗话说“葱辣鼻子蒜辣心，辣子辣人没良心”小蒜也辣，但却没有那么霸道、张扬。小蒜的辣善良、淳朴、清冽、敞亮，像是将山野里早春的一股清风携裹其中，那刚刚从冻土中解放出来的生鲜且不会夺去荞面、豆面的原味，辣过后还会有一丝微微的甘甜，一身通泰，回味无穷。“干叶小蒜香死老汉”由此而来！“好菜费饭，好婆姨费汉”也是由此而来！！

陕北人家大量的掏小蒜是在秋季。深秋时节，小蒜的根茎壮了，蒜头也大了，虽然没了早春的鲜，但配以黄萝卜和红辣子腌制起来，仍是寂寞冬季餐桌上的好佐料。

薤，是小蒜的学名，是文人写在纸上的，与我们的生活总隔了那么一层。薤在南方多为人工种植,《齐民要术》就有记载。宋代张耒有一首《种薤》:“薤实菜中芝，仙圣之所嗜。轻身强骨干，却老卫正气……”小蒜，是薤的俗名，家常、顺口、直接。苇岸在《大地上的事情》中写道 :“俗名是事物的乳名或小名，它是祖先的、民间的、土著的、亲情的。它出自民众无羁的心，在广大土地上自发地世代相沿”“无论什么时候，无论走到哪里，只要我们听到这样的称呼，眼前就会浮现出我们遥远的童年、故乡与土地。那里是我们的母体和出发点。俗名对人类，永远具有‘情结’意义”。

野生小蒜的子鳞茎俗称小蒜儿子，生生不息，以它旺盛的繁殖力在陕北的田野上年年向我们发出呼唤，呼唤我们保持劳动，保持与土地和大自然最基本的联系，用自己的双手去接受大自然的馈赠。

原载2023年10月29日《延安日报》

壶口味道

地处黄河壶口瀑布西岸的宜川县，是飞瀑浪花润泽的一方热土，民间饮食朴素中见特色，承载着历史和民俗风情，素有“壶口味道”之誉。乾隆年间的宜川知县吴炳有言：宜民愿朴，罕染浇漓之习。过客暮抵其家，即不识面，问悉其人行踪，辄具饭设榻，不取酬值，颇敦厚道。

若问壶口岸边最有代表性的食品是什么，无论古今老幼，定会异口同声地喊道：“搰勒！”

搰　勒（gǔ lēi）

搰勒二字，都属多音。搰，新华字典早没有gǔ的读法了，只留hú一个音。辞海解释，搰，读gǔ时，表示用力貌，有反复揉搓之意。勒读lēi作为动词时，有挑动之意。搰勒食材，主料小麦粉、白萝卜、猪肉、粉条，辅料葱姜切丝，蒜用石钵捣成泥备用。

小麦粉，不要高筋粉，高筋粉太黏，容易塌，会束了其他食材的性。最好用石磨全麦粉，面罗还不能太密，这样加工出的面闻着有麦麸香，摸着微微有沙沙的感觉，这样的面蒸出来的搰勒才会酥软可口。白萝卜要大田种植的，大棚的萝卜水大味淡，没有后劲，沸水中汆过挤去水汁有韧无味，口感欠佳。大田的萝卜一般都是在玉米行子里或者荞麦地里套种，入伏天撒一把种子，秋后主料收了才挨着它享受雨露阳光，但它决不气馁，经风雨见世面朗朗而生。民间有“冰凌响，萝卜长”之说。白萝卜是菜蔬中的君子，“得志，与民由之；不得志，独行其道。”它可以和海参、大肉为伍，敛其腥而不夺其味，没有陪伴时，简单切丝不作任何炮制就可特立独行装盘上桌，便是一道微辣带甜的开胃好菜，不仅能消炎止咳促消化，还有排毒防癌的功效。猪肉要五花肉，不腻也不瘦。粉条则要绿豆粉做的窄板粉，一定先要在温水中泡透，切段待用。

制作时，先将萝卜擦成丝。不能切，不在刀工好坏，切则武断，生生砍断了萝卜的纤维，纹理未张，不利调料的渗入和面粉的融合。擦犹如一种商榷对话，纹理彰显，有利吐纳。擦好的萝卜丝汆入沸水，一滚即捞入凉水之中，凉水最好是泉水或井水，自来水容易将漂白粉味渗入萝卜丝，影响口感。待凉水掠去生萝卜气，捞出挤去水分待用。

五花肉传统做法不去皮，以各人喜好切丝切片均可，丝不能太细，如筷子般即可，片也不能大，半寸见方就行。纯粮食喂的猪肉切好后就可直接加调料拌制，如今饲料快速催肥的猪肉，则必须加佐料入锅挛炒，炼去浮腥和水分后才可进入下一道工序。

肉丝挛炒好后，将准备好的萝卜丝、粉条、葱姜丝及调料加入，充分搅拌均匀后就可开始拌面粉了。这就是那个“搰”字的功夫。面粉要边拌边徐徐撒入，反复用力揉搓，让辅料中的汁子与面粉充分融合，要做到萝卜丝和肉丝根根见面，互不粘连，这才是上品。面粉少了辅料容易发粘成团，多了会发柴，都会影响口感。拌好后一定要等到水烧开后才能装笼下锅。装笼时最好再擀一块和笼布一样大的面皮，衬在笼布与搰勒之间，这样在蒸的过程中调料和油水不至于流入锅中。那蒸熟的面皮切成丝也是一道不错的面食。

一切准备好后，最后就用上那“勒”字了，装笼时要用十指反复挑动，不要让搰勒塌在一起。滚水入锅，大火烧十五分钟左右，再揭锅用筷子把基本成形的搰勒挑动一遍，才可改用文火去蒸。一般还要蒸一个小时左右，才能蒸透。

搰勒，是当地人年三十早上必备的食品。用餐的环境和氛围可想而知。想那红红的对联刚刚贴就，圆圆的灯笼随风旋转，也许还有瑞雪飘飘装扮着大地，一家人团聚在热窑暖炕上，酒酣耳热，那三尺大的筒子锅，新高粱秆的锅盖一掀，一团热气蹿到窑顶，漫向脑窗，再折回来扑进你的怀里，饭未到，心先暖。新出锅的搰勒微微带着弹性，无论是肉丝、萝卜丝还是粉条，都几乎蒸到了半透明状态。再将调好的蒜泥汁子往上一浇，你便会不由自主地深吸一口气才舍得去下筷子。

壶口岸边有一句老话：猪肉搰勒蘸蒜，吃了今年想明年。这一是说，在那些艰苦的旧日子里，一年只能吃一次搰勒，要吃下一顿得等到明年。二是说，吃了碗里的搰勒，你就该谋划算计新一年的光景日月了。每逢佳节，念远思亲，于腾腾的热气之中你也许会幻化出去年、前年……记忆中一个一个，温暖的身影。一时间眼睫间，便是漉漉盈盈……

上好的搰勒，肉香压了萝卜的辛辣，萝卜化了肉的油腻，二者相互辅佐，松软可口，香而不腻。即使归家的游子贪食多吃也不会积食，白萝卜的消食作用会保护你的胃。它诠释了慈母的情怀，疼儿的心。

稠　酒

吃搰勒喝稠酒是壶口人年饭的黄金搭档。一进腊月，石碾吱扭炊烟袅袅，家家户户都做稠酒，一家赛一家。所以稠酒做得好坏，是衡量家庭主妇年茶饭功夫的一个重要标志。

干冷的早晨，从野外劳作归来，清鼻冻成了冰橛，眉毛结满了白霜，脚手似乎都不是自己的了。但是只要你盘腿朝热炕上一座，就会有一碗滚烫的稠酒递上，抿上一口，便从喉咙一直暖到心窝。那喷香的稠酒喝进嘴里，让人舍不得张口，似乎一张口就会跑了味儿。喝着那香喷喷的稠酒，就着那脆格生生的酸萝卜丝儿，一碗酒下肚，便觉着那热炕朝上暖，酒劲往下行，两股暖流一汇聚，原先那僵直的肌肉筋骨便都活泛了、酥软了，浑身的困一扫而光。人说烧酒醉人不醉心，稠酒却是醉心不醉身。若是三碗好酒下肚，再美的饭菜也不想吃了，干起活来照样有精神。

壶口岸边人做稠酒，原料都是软黄米，但做法有三种。一种是米酒，一种是炒酒，另一种是面酒。米酒是把软黄米蒸熟，揉进麦芽酒曲进行发酵，饮用时兑适量的水用细面箩过滤，去掉麸糠，取其酒汁，烧滚即可，酒味比较冲。炒酒适合味蕾退化的老年人，也是用蒸熟的软黄米直接发酵，但酒曲的比例更大一些，饮用时先将烧豆腐和酸萝卜切成丝一炒，再将酒汁过滤进去烧滚，酒性更烈，后味有点像北京的老豆汁。面酒是先将软黄米用泉水泡软，然后再用石碾压成面，和水成小团，放到铁锅的蒸笼上去蒸。蒸熟后揉成大团，再放到数九天的寒夜里去冻，冻一夜再揉再蒸。如此反复三次，这才揉进酒曲，装进瓷坛，置于热炕之上，用大红花的棉被一裹，让曲和面去慢慢地渗透、融合、生发、裂变、升华，什么时候隔着那花被子听到坛子里有了窃窃之声，那酒便发得了。面酒味道中和，质地细腻，口感绵爽，是大多数人的宠爱。我们村子里面酒做得最好的，要数老四爷家。他家年年做的最多，完的最早。一过腊月二十三，人们便厮跟着到他家去喝酒。冬日里，人闲夜长，有的是功夫。人们早早地吃了晚饭，爱弹爱拉的，夹着胡琴，提着三弦；爱说爱唱的，约了老搭档；爱红火热闹的，则更是抢先一步，挤了老四爷家满满一炕。

那酸里透甜、甜中有罡的稠酒是早就预备着的，来人再多保证个个有份。你看那二尺五的片子锅，水滚酒沸，锅盖一掀，香气扑怀，一时间满窑里都是哧溜哧溜的喝酒声。一碗酒下肚，个个脸儿红扑扑的，酒助人兴，人借酒力，该拉该弹的接着就都开始了。说唱也似家做稠酒，没有书文效仿，全是自个儿的“土产”，内容虽然天上地下不分，人妖鬼怪离奇，却始终贯穿着一个主题——善恶终有报。直听得那耿直的捏拳，心软的流泪，胆儿小的娃娃浑身起鸡皮疙瘩直往大人的怀里钻，天天都要到三星偏移才散场。要是谁哥过了年还没喝上老四爷家的稠酒，便会说今年的年没过好。

参加工作后，街巷里也有叫卖稠酒的：“稠酒！稠酒！”那声音急切切的，像有什么事上赶着，我从没去买过一次。不是舍不得那几个零钱，而是怕他们做的酒不地道，破坏了心中的记忆。但是自从母亲去世后，再也喝不上家做的稠酒，没有稠酒似乎年也不像个年，尤其老父亲更是少不了这一口。近几年，家乡把稠酒当作一项旅游产品来开发，取名“宜壶”，买来一尝，口感绵长、沉稳、暖心。父亲先说：“这味，还对。”宜壶，谐音一壶。新春佳节，瑞雪纷飞，华灯璀璨，出门远行的人无论身处何地，尤其在被疫情禁足的当口，便可借一壶稠酒解乡愁。

白豆子炖鸡

说白豆子炖鸡就不能不说抹花花，二者看似风马牛不相及，但有了灶火里的水火相煎，炕头上的图虎箍梅子就更加热闹红火。而有了那三天套摆一副鱼的呼喊，锅子里的文火慢炖也似乎更加有滋有味。它们相依相随，相互渲染，温暖红火着人们朴素的生活。

壶口人把正月初五叫“破五”，过去不过破五是不下地干活的。吃了初一的饺子，在村口的大槐树下锣鼓喧天热闹一气，便有人相约着："走！"问："都说好了？"答："都说好了。"这"都"有两层意思，一是抹花花的牌友约好了，二是那白豆子炖鸡也说好了。

客人进门，茶泡好，烟敬上，主家便开始忙活了。白豆子要当年的，没遭雨淋，不发红，状如腰子，洁白如玉。抓一把，泡在温水里，让慢慢醒着，再去拾掇鸡。

鸡是灵禽，它的形象在百姓的传统生活中早已被神化，被视为太阳的使者。"高盖红楼门——""银子骨碌碌——"等等、等等，善良本分的人们总能从那司晨之声中听出许多吉祥和祝福。农村人杀鸡有讲究，一是下蛋的母鸡不杀，二是能叫出吉祥音的公鸡不杀。一般都是叫声像石头窝里拉木锨一般的公鸡先遭算计。不过，过年的鸡都是腊月里杀好的，敬过财神、灶马和祖宗神灵，挂在凉窑里以备待客之需。正月天，不杀生。

鸡肉切块，凉水下锅，待水开起沫，捞出加佐料翻炒上色，然后再加入泡好的白豆子，兑水文火慢炖。

抹花花，也叫掀花花，牌面约十四厘米长，三厘米宽，总共四十八张牌，黑红两点组合而成。一般由四人为局，三个人玩，一个人轮流休息。每人揭十六张牌，玩法看似和扑克牌差不多，但谋牌算输赢要比玩扑克复杂得多，真可以说是斗智斗勇。头家出牌时若没有牌出，或出牌六张以上时，可以扣牌。二、三家根据自己手中的牌，若牌情不好时，可以不掀，这一牌就算和了，洗牌重来；若牌好，可以掀，但掀家必须先贴牌，即上家出了几张牌，就得将自己手中的牌扣掉几张。这就得知己知彼深谋远虑，如果分析失误就难免把有用的牌扣掉，留在手里的牛臭了、喜也母了，后悔莫及。上家出牌后，下家如有大牌，必须吃。头家够六张牌或六张以上时，二家提出要掀牌，得够六张算赢，即头家二家都赢，三家输。若掀牌失败，则掀牌者承担所有输牌后果。抹花花可以看出一个人的品质气度和思维能力。若胜无大话，败无怨言，泰然处之者，必大度；若思维严密，善谋敢掀，能化险为夷者，必聪明；若有牌无谋，该掀不掀，坐失良机，则必定保守。还有那赢则喜、输则怒、怨张怨李的，玩不了几圈就会被赶下场。

中医认为，鸡肉和白豆子都有温中补脾，益气养血，补肾益精的功效；西医则认为白豆子还富含卵磷脂，可以促进胰岛素的分泌，增强糖代谢，是糖尿病人的理想食品。文火宽汤中二者相辅相成相融，待炖得肉离骨、豆如泥、汤如脂，满屋飘香，那牌局也就该显出个输赢了。

抹花花的筹码是火柴棒和玉米豆，一个火柴棒抵十颗玉米。玩到其中一个人把筹码输光，一局结束。输家掏钱，赢家拿钱买鸡，主家端上桌的除了白豆子炖鸡肯定还有自家拿手的茶饭外加一瓶烧酒。大过年的，大家图的就是个红火热闹，亲情乡情，家长里短，一直可以聊到天明。古时，鸡骨与龟甲一样，还是一种占卜用具，一些少数民族至今还保留着这一习俗。柳宗元有诗《柳州峒氓》：鹅毛御腊缝山罽，鸡骨占年拜水神。

壶口岸边还有　句老话“丈母娘见女婿，杀一只老母鸡”，那鸡也多是要炖白豆子的。不过，那是新女婿的待遇了。

杏茶饭

地上一片麦黄，树上一片杏黄，割麦累到腰快要折、嗓子快要冒烟时，队长把镰一挥说：割到那棵杏树下，收工，吃杏！男男女女一下子都活了过来，哇地叫成一片。一人两铧，左右开弓，一时间银镰飞舞，嚓嚓嚓一片脆响。

此时的黄杏儿赛过人心果，解乏又解渴。早到的人猴急爬上树去，但那熟透了的杏儿并不奖赏性急的人，一碰就落。一时间，树上树下嬉笑怒骂闹成一片，吃够了，闹够了，草帽壳壳往过一翻，将那杏核拾回去，晒干，便是杏茶饭的主要原料。

做杏茶饭是一个慢工活，最适合待承回娘家的女儿、女婿，尤其那腊月、正月间刚出嫁的女儿。半年的庄稼日月过去，初为人妻热凉自知，都急切切地想趁这夏收之后的松闲回一趟娘家。母亲更是心心念念地想着婆家的苦轻苦重，妯娌的眉高眼低，就连那柴火干不干、烟道利不利都想知道个究竟。有眼色的女婿进门后喝一口水，便会扛一把锄头跟着丈人、小舅子去自留地里锄玉米、间谷子。母女俩则往院子里树荫下的石桌旁一坐，拉过盛杏核的筛子，用麻丝盘一个指头粗巴掌大的圈儿，拿一个秤砣，抓一把摁在那圈里，你敲我拣。起起落落间，那家长里短就唠开了。手头的节奏全随情绪的好坏，若是女儿要过宿那更是不急的，砸好的杏仁放在水里泡着，待第二天再去料理也是常有的。

泡好的杏仁，要去皮、掐尖，然后放到石头蒜钵钵里捣，捣得蒜泥一般，再放到锅里加水去熬。当然，人多量大时也用石碾去压，那是另外的话了。做杏茶饭的功夫全在熬汤，杏仁与水的比例要适当，文火慢煮，扬汤去沫。一般得一两个小时，直到熬得那汤雪白，没有了沫儿，那苦味也就熬没了。草木百姓的一道粗茶淡饭却满含着哲理，母亲的一招一式像是给女儿宣示着苦尽甘来的道理，许多不便明言的话在那一道道工序中得到了诠释。

熬好了汤，讲究的人家还要用罗子过一下，篦去杏仁渣子，下面时在硷畔上掐两朵鲜黄的南瓜花放进去，出锅时再在墙头上捋一把山葱花，烧一勺麻油刺啦一浇，那香味倏的一下就飘了满窑。这杏茶饭的香朴素自然，却又沉郁绵厚，是一种能生根开花的木木的香。细心的女婿端起那一碗杏茶饭，瞟一眼丈母娘和媳妇，就知道自己在她们心里的斤两了。也只有此时此刻他才感到，虽然已与这家人联姻，但那心里的疏与隔是在这一刻才被这一碗温朴的杏茶饭融通了，便会三下两下将碗里的饭扒完，有理八分亮亮地唤一声：妈！再给我盛一碗。

烧馍馍

烧馍馍是远行人的干粮，耐储存便携带使它成为黄河艄公和纤夫的最爱。

粮食统购统销的年月，你就是手里有钱但若没有粮票，照样会买不到吃食；有时候即使你有钱有粮票，若过了上班的时间，你会在一座城里找不到一家开门营业的饭铺。那时候，背包里要是能有一个烧馍馍，便是“手里有粮，心里不慌，脚踏实地喜气洋洋”。

烧馍馍的食材非常简单，主料是小麦粉，辅料是鸡蛋、清油、芝麻、花椒粉、盐末，和水揉成团，擀成碗口大饼状。先放到铁锅里文火烙炕，待面皮金黄定型后，再埋到灶膛里的草木灰中去烧。上好的烧馍馍酥而不硬黄而不焦，即使在夏天存放七八天，一点问题都没有。

烧馍馍的功大主要在和面。主辅料比例要得当，油少了十硬，水多了发皮，口感都不好。和好还必须揉到，慈母贤妻的条条掌纹与面粉粒粒见面，用手的温度唤醒了麦的天性，似乎是将对远行者的千般担忧万般呵护全委托给了手中的面。揉到的面是三不沾：不沾盆、不沾手、不沾案板。按上去，光滑而微微有弹性，像是每一粒面粉都是站立的。爱好的主妇们还会用刀刃在擀好的饼面上犁出些菱形的花纹，做这些活计时她们总是笑盈盈的，像是已经看到了食用者的惬意。

草木灰也很重要，一定要把硬木火蛋拨出来，不然就会把馍馍的皮烧焦，皮焦里生，不好吃也不好看。

我们上学的时候，不少同学别说烧馍馍，就连一天八分钱的菜金都拿不出，上不起灶仅靠从家里拿干粮度日。每到饭时，别人在灶房的前院里热汤热饭，他们只能跑到后院里扒拉些火炭，将窝窝头烤热，舀一碗开水充饥。有一位同学家境殷实，不仅能上灶，每个星期天还能回家背来两个烧馍馍，锁在枕边的木匣子里，一周零食。虽然他总是晚上蒙在被窝里偷偷地吃，可那样的年月，那样的夜晚，那声音和气味的诱人可想而知，真可以说是满屋飘香，三间房的大通铺几乎人人都在流口水。突然有一天，他大喊，烧馍馍不见了。他那木匣子倒是有盖有锁，但那盖与匣体的连接是用细铁丝拧着的，不知被哪个馋嘴的家伙给顺走了。过后便有同学自夸，他是气不过，偷出去，打平伙了。

其实，在早年间，烧馍馍还是断奶孩子的食品。操劳的主妇们右手摇着纺车，左手捻着棉线，膝边放着古老而又简陋的摇篮——翘翘床。摇篮里饥饿的孩子啼哭时，她会嚼一口烧馍馍往孩子的口里一抿，随之用膝盖碰一下那古老的摇篮。孩子在摇晃中睡去，她继续摇着她的日月光景。有一次在黄河岸边的民俗博物馆里看到这个躺在岁月深处的物件时，几位女士听着讲解，个个泪眼婆娑。

歠歠子

歠，读 chuò，辞海有两种解释：一是做动词用，指吸，喝；二是做名词用，指可以喝的粥、羹汤等。壶口人却因了这一道吃食丰富了它的用途，指做歠歠子时的一种动作，一边熬一边搅，也谓之“歠”。

歠歠子本是艰苦岁月里的一道薄粥淡饭，但却因了岁月的沉淀，回想起这一碗寻常的茶饭使人倍感温暖亲切。老话说，忙时吃稠，闲时吃稀，这歠歠子便是那稀的一种。

钀钀子的食材非常简单，主料是黄豆面或黑豆面，黑豆面油大为上；辅料有玉米仁、麦仁、黄豆粒等。先将辅料泡软，在清水中煮熟，再用文火慢熬。一边熬一边将黑豆面打成的糊徐徐加入其中，一边加一边要不住地搅钀，这样才可避免面糊结块糊锅。乡间有一句俗话“钀钀子姓刘，越钀越油”，为何能将我们刘家的姓氏与这一道度荒的茶饭攀连在一起，我想大概不外乎两种原因：一是刘家人的光景大多清苦，这一道茶饭是他们的原创；二是刘流同音，被诙谐之人拿来尊姓俗用了。无论何因，这钀钀子越熬越香却是不争的事实。待那香气四溢时，有条件的人家还要切一把柳叶面下入其中，以填胃口。

想那冬月寒天，砍柴的外前人（壶口岸边人称男人为外前人）从山里回来，蹾一蹾脚上的黄土，往上炕上一坐，端起个大老碗，哧溜哧溜几声，一碗钀钀子下肚，便浑身通泰，疲惫全无。这时再去细细嚼那豆粒、麦仁，更是越嚼越有味。那味道也不再只是五谷之香了，于那热气喧腾之中将一家老小的面孔一一望去，心里渲染的便是那平安之味、和睦之味……

对那些正长身体的半大小子来说，这钀钀子却是有闻头没吃头，那几粒豆仁几片柳叶面是很难满足他们的胃口的，常常是没有三碗不罢休，把个小肚子撑得像西瓜一般。

饭后，年轻的母亲们要哄孩子睡觉、要纺线织布缝补衣衫，洗锅几乎成了祖母们的专利，那油油的钀钀子有多粘锅，可想而知。所以她们有一股共同的怨气——宁上十里坡，不洗一个钀钀子锅！

祖母们刺啦刺啦的铲锅声响起时，半大小子们早已溜出院子，成群结队去掷石打瓦。那一拃见方的青石片是他们最应手的玩具，时常是藏在大门后的墙缝里的。一块块磨得乌青发亮铁块一般，在那月光如昼的场院里投掷出去，像戏水的鱼鱼似的能激起一股土浪。前靶、后靶、拉羊、跳橛，几局下来头冒热汗，那圆鼓的肚子却早已瘪了下去。回到家里免不了翻盆揭碗，找几块锅巴一嚼，灌半马勺凉水下肚才能上炕入睡。

那情形用歠菽饮水去形容，是再恰当不过了。

如今，隐藏在岁月深处的家乡味道像远去的风景，牵扯着浓浓的乡愁。

原载《文史博览》2024年第2期有删节

第四辑

镜头背后的记忆

放下肩头摄像机，镜头前的采访给了荧屏，镜头背后的故事留给自己，结成了人生的缘，在记忆中永存。

孙世仁：命在天尽头

认识孙世仁是一九九五年的早春三月。中央电视台策划了一个系列节目《黄河一日》，联合黄河沿岸的几十家电视台用纪录片的形式拍摄惊蛰这一天黄河岸边普通人家的生存和生活状态，我们选择的拍摄地点属延安市延长县罗子山乡管辖，距乡政府五十里，距县城二百里，是一个外人很少涉足的地方，走到这里似乎真到了天地的边缘，人们就给它起了个十分苍凉的名字——天尽头。天尽头处于延河与黄河的交汇处，不仅子女联姻经济往来多于山西有涉，就是买点油盐酱醋的家用零碎，也都习惯坐船去黄河对岸山西大宁县平头关村的小卖部，孙世仁家的一只小木船是联结两岸交往的惟一工具。

孙世仁摆渡，用他的话说是拦羊打酸枣——捎带，有人过河时摆渡，无人过河时种田。来了客人，只要吆喝一声，无论干什么活放下就走，有钱给个三五块，没钱一分不给也不要。至于临近的乡亲，渡河是从来不收钱的。有时天气不好，不能扳船，老孙的家就成了过路人的店。客人们也是极自然的，见活就干，见饭就吃。孙家媳妇一天少说要做四五顿饭，晚上睡觉时一铺大炕挤满了十几个人，鼾声此起彼伏站在院子里都能听到。为此，老孙头的媳妇埋怨这摆渡是一贴工夫二贴钱，心操了不少，钱却没挣下。老孙头却不以为然，他说：“钱没挣下，人却为下了。四邻八方一说我老孙家有事，你看那帮忙的有多少！”

俗话说，靠河吃河，靠山吃山。天尽头人却是靠着黄河没水吃，靠着大山没柴烧。一村人的用水，除了村前那一河泥沙俱下的黄水，就只有一眼泉水。那泉水本来很旺，政府为了用水卫生，炸石箍窑时一炮轰断了水脉。从此后，那一眼泉水便滴滴答答若有若无，村里人每天的第一件事就是天不明就得赶着毛驴去抢水。天尽头人守着的山也是一座秃山，烧柴十分困难。我们去采访的那一天，老孙家利用家有渡船之便正要去黄河东岸山西大宁有灌木丛的地方去砍柴。没想到所谓方便也得逆河而上，拉船五里才能到达砍柴的区域，那巨石突兀的纤夫之路整整用了五个小时。

日近西山，四个劳力才砍得二十几捆柴，在河滩上燃起一堆篝火，将那冻硬的干粮烤热吃罢，装船启程。这时，六十四岁的孙世仁俨然一位得胜还朝的将军，叼着烟袋稳坐船头，关键时刻发出一声声简短的指令，顺水的船儿箭一般前行。我们在一片暮霭中靠岸时，孙世仁的老伴早已拉着驮柴的毛驴等在那里。若不是亲眼所见，谁也不会相信砍一次柴竟会跨省渡河动用水陆两支运输队伍。

可惜天不作美，当晚黄河涨水，天刚麻麻亮就听见老孙头在院子里一声声惊呼。等我们跑到黄河岸边时，先天傍晚驮剩的柴捆已被冲得一干二净，只有小船还锚在水中。但是老孙一家并没有为那损失表示太多的惋惜，立即向几根在旋涡中打转的木椽扑去……新一天的太阳升起时，他们又肩负着新的收获走进了家门。老孙头依然乐呵呵地说："世上这东西，有去的就有来的，是你的跑不了，不是你的留也留不住。"

后来才知道，那一河猛水并不是大自然对人的戏弄，而是我们这次拍摄活动惹的祸。上游的摄制组为了拍摄黄河流凌的效果，用直升机炸冰开河，致使河水暴涨，让老孙一家无辜受害。

我们摄制的片子取名《家住天尽头》。黄河两岸，认识孙世仁的看了都给他捎话，你咋日能的上电视了，烟锅脑子抽得叭叭的，威风的太！可天尽头人没有电也更没有电视机，老孙看不到。我们便把录像带送给他在城里做生意的女儿，她把老人接到城里放给他看。有一天老孙专门跑到台里来看我们，他说：“哎呀，这几个娃娃日能，咋录得兀外真！哎呀，我那村子、我那窑和真的一样样的！”从此，我们便和老孙一家结了缘，中间还到那天尽头回访过一次，隔三岔五也总要打探打探他们的消息。后来听说老孙的女儿女婿生意顺当，给老两口在城里都买了房，可他们就是待不住，一到农时就要往回跑，他想他的庄稼他的地。

去年，有一天忽然听说，老孙不在了。我急忙打电话求证，电话那头老孙的女儿说，我大就是个天尽头的命。

见了孙世仁的老伴才知道，他是七十八岁上走的。那几天，女儿本是要接他们进城的，他却说快过生日了，过了生日再走。老孙的生日是十八，那一天是初八，距老孙的生日仅仅有十天，他看见窑面被雨水冲破了就想修一修。他找了村上的一个年轻人，说叔给你放牛，你给叔把窑面子泥一泥。那年轻人把窑泥好了，老孙却再也没有回来。他的老伴说，看那样子是在沟畔上坐的来着，往起一站，头晕了……沟畔上留着他的拐杖、摁灭的烟头。

“都来了。黄河两岸得过老汉好处的人都来了，都哭得和禹门一样……”老人说。

没有了孙世仁的天尽头还是天尽头吗？附近修了一座黄河大桥，再也不用摆渡的人了。后来听说有人忌讳“天尽头”这个村名，怕这三个字阻断了仕途，在那古老的村头竖了一块大石头，上面写的是“添劲头”。

从此，便断了再去天尽头的念想。

相里养娥：总要熬出个日出太阳红

“你好！上帝保佑你身体健康，家庭幸福，万事如意。”十几年了，每年春节我都能收到那来自黄河岸边的祝福，她的声音平静、真诚，好像真是在完成上帝交给的一项任务。那时候，你就是再忙，心里再烦乱，也立马会平静下来。听着她那朴实的声音，在接受她祝福的同时也感知着她的草根生活，冗长日月。

她叫相里养娥，一个虔诚的基督徒。

那是十二年前一个多雨的季节，我们沿着黄河进行一次徒步采访。当攀上嵯峨的石阶走进那个叫舌头岭的山村时，展现在眼前的真似一个世外桃源。村前屋后满是花椒树，满树的花椒红得凝重灿烂，整个村子都沉浸在浓浓的椒香之中。路边的一株皂角像是挂满了风铃，摇曳着山村的季风，更不知是谁家的院子一树石榴正红，笑脸盈盈探出了墙头。

“你们是远路来的客人吧，快进屋歇一歇，喝口水。”迎面的山弯里站着的一位大妈热情地招呼着我们，她身后的窑院宽敞整洁。过去，偏僻的山村、尤其是交通不便的山村有一种朴实好客的民风，凡是看见路过的客人，无论认识与否，只要是饭时，都不能让他们空肚子离开。谁家要是吝啬那一顿饭，小气的名声传出去，儿女说亲都会遭人弹嫌。现在随着时代的变迁和市场经济的发展，这一淳朴好客的民风在许多地方早已被淡忘，但是在一些比较封闭的地方仍然得以传承和保留。在她的热情邀请下，我们走进了那座整洁的小院，没想到扑面而来的却是一股浓浓的中药味。

当院里站着一老一小两个男人，神态都有些木然。女主人一边朝屋里让着我们，一边顺手收拾着碍脚的物什说："他爸有病，娃也有病，我一天和媳妇子在地里忙活，你看这院里乱的。"我们的到来显然是有些冒昧和唐突，但既然来了就不能退出，不然会伤了老人的自尊。

女主人就是相里养娥，烧水做饭之间和我们唠起了家常。这是一个三代六口之家，丈夫原是村干部，儿子是一个巧手的木匠，结婚的家具都是他自个做的，婚后生有一男一女，光景用相里养娥的话说，眼看着是芝麻开花节节高，没想到一个计划生育使这个殷实的农家全乱了套。她说媳妇做绝育手术原本是和儿子商量好的，可是媳妇一进手术室，儿子却失了常，他大叫一声跑上了山梁，赶晚上找回来人就变了样，要么是呆坐不语，要么是疯打疯闹六亲不认，有一次竟然把她也掀下窑背，跌断了胳膊。儿子的病还没治好，和牛一样结实的丈夫接着也病倒了。医院说是脑血栓，背了一屁股债，命是保住了，人却落下个半身不遂。更让人想不到的是刚刚上小学的孙子总是脸颊发红嘴唇发紫，稍一出力就气喘，一查是先天性心房间隔缺损。医生劝趁早做手术，年龄越小效果越好，因为没钱，一直拖着。

命运为什么这么不公平，为什么要让这个善良的老人承受如此多的不幸？正当我们不知该如何安慰她的时候，她却给我们说起了宽心话：天阴总有天晴时，只要全家人一条心朝前赶，总能熬出个日出太阳红。一位普通的农家妇女，面对生活的艰难能有如此坚定的信念和豁达的胸怀，让人肃然起敬。

进一步的接触，使我们更加体会到相里养娥生活的不易。一家六口，三个男丁全有病，相里养娥更多的时候像一个突击队长，天一明就领着媳妇孙女去下地，一身泥一身汗地回来放下筐子就拿马瓢，和媳妇两人喂猪煎药做饭陀螺一样转。我总想：是什么精神力量支撑这位苦命的母亲？她那骨瘦的躯干里究竟聚集着多大的毅力？后来我才知道，她是一个基督徒。

她说，上帝降临到你头上的你就得承担。常人叹息的可能是“经难人空老”，她却说“不是一家人不进一进门，我就是上帝派来照护他们的。”信仰给了她力量。

我们能说什么呢？讲唯物主义还是无神论？她不可能像史铁生那样站在哲学的高度感悟人生，但我们也没有理由对这样一位老人责备求全。

相里养娥的采访与观众见面后引起了强烈关注，她那“天阴总有天晴时，全家人一条心朝前赶，总能熬出个日出太阳红”的话语感动了许多人，医院派出专家到舌头岭为全村人义诊，企业家慷慨解囊为相里养娥的孙子承担了全部医疗费。

一天，她从西安打来电话说，孙子手术做了，非常成功。上帝让我遇上了你们，祝好人一生平安！

一天，她打电话说，她就站在我们电视台的楼下。要知道那是冰天雪地的腊月天，他们的舌头岭地处延安地区的东南角，距延安市区二百多公里，要先走到邻近的韩城才能搭上开往宜川的长途客车，而到了宜川还要倒一次车才能来到延安。当她们婆媳俩一人扛着一袋子花椒一人扛着一袋子核桃走进我们大楼的时候，你能想象得到她们这一路受了多少颠簸。一时间，我们的楼道和她们的舌头岭一样，满是椒香。我们的同事将那珍贵的礼物分发给了所有为相里养娥一家献出爱心的人。她说，滴水之恩当涌泉相报，她来有两大任务，一是看望好心人，二是要送一面锦旗。陈年骨伤的后遗症使她说话时不时抖动着肩膀，一受凉就更加严重。我们说人到心就到了，锦旗就不用送了。第二天她们婆媳俩如释重负，高高兴兴回家过年去了。

万没想到的是，刚过罢年她又来了，拿着做好的三面锦旗。她说老头子天天批评她，说她没诚心。一股热浪直扑心头，让人什么话也说不出来。

再后来，相里养娥的电话便只是报喜不报忧，她说孙子复学了，家里一切都好。可我得到另外的消息却是：小孙子第一次的介入手术效果不明显，第二次又做了开胸手术，儿子也去世了。但她再没说过一个难字，再没提过任何要求。

去年，相里养娥打电话说："我和你叔住到教会里了，一天看看教堂的门，打扫打扫卫生，我们是上帝的仆人。我们一切都好，也愿上帝保佑你们身体健康，家庭幸福，万事如意。"

赵生树：一个人的村庄

那一天拍摄已经结束，当我们正急急忙忙收拾设备，准备在天黑以前赶到采访车旁的时候，赵生树老人放羊回来了。他留着清朝人剪掉辫子的那种发型，几乎是长发披肩，尘垢满面。虽然从面相很难判断出年龄，但能看出神情是严肃诚恳的。他说，不能走。说什么都不能让你们空着肚子离开我们家！这山上就住着我们一家人嘛，你让旁人知道了咋说呢？

这一句话让我们明明白白地感到，即使有一千条一万条理由，也不能拒绝赵家的这一顿饭了，这关乎他们家的名声和人情门户。

那是一九九一年春天陕甘交界的吴起县庙沟乡赵家梁，这一带丘陵起伏地广人稀，十里为村隔沟为邻，这赵家梁就是因住着这户赵姓人家而得名。我们是来采访老人的儿子赵仕斌的。他有小儿麻痹后遗症，行走不便。为了种地方便，他带领妻儿老小远离村庄，在靠近承包地的山梁上安了家。但为了周围七个自然村四十多个孩子的上学，他初中毕业后就在山下的学校当起民办教师，这一当就是十五年。这十五年中，他每天都要拖着伤残的腿到山下的小学校给孩子们去上课，风雨无阻。有人算了一笔账，这十五年，赵仕斌往返学校所走的路足可以绕地球赤道转一圈。但就是在这样艰难的情况下，他们学校的升学率在全乡数第一，一家人的光景也过得红红火火。赵仕斌用他掌握的知识安装了风力发电机，一家人用上了电灯，看上了电视。他还特意在门前的大树上挂了一只高音喇叭，说说唱唱的声音一直传到了沟对面的甘肃地界。农闲的傍晚，时有年轻人翻沟走十几里山路来和他们一起坐在炕头上观看《新闻联播》。他们家种的粮食栽的果树也都是赵仕斌从外地引进的优良品种，收入也自然比别人高出几成，所以赵仕斌不仅是陕西省的残疾人模范，也是全国“希望工程园丁奖”的获得者，受到过党和国家重要领导人的接见。

那一天，老人给我们吃的是最快捷、最抗硬的待客饭：荷包鸡蛋，炸油饼。吃饭时，赵仕斌讲了父亲的一个故事。他们家每年摘苹果的时候，都要叫周围的亲戚朋友吆着毛驴来驮，即使这样还是吃不完，他就让父亲到山下的集市上去卖。父亲不好意思吆喝也不好意思与人搞价钱，果子放在路边，人远远站在墙角下，直到太阳落山，一颗也没卖出去，就连箱子带果子一起送了人。

赵生树接过话茬说：“我弄不了兀事，都是一坨人，咋好意思问人家要钱哩？你要了人家的钱，咋好意思再见人家哩？以后再不要让我弄兀事！”

那一天，我们摸黑走了五里的山路；那一天，我们记住了这户赵姓人家。从此后我们每隔一年半载就要上一次赵家梁，摄制了一部电视纪录片《长城脚下的人家》。

第二次上赵家梁，是一个梨花开满了山坡的季节。因为事先得到了消息，老远就听到了那高音喇叭的歌声，院子里多出了三间小瓦房，说连那桌椅都是赵仕斌一手做的。招待我们的，除了炖鸡肉剁荞面还有自酿的葡萄酒，三个小孙子一溜站在窗台下，爷爷说小三喝一杯、老二喝一杯……他们才应着自己的名字走到桌前，喝一杯酒抿一把小嘴然后又喜喜地站到原处，非常听话。睡觉时被子一拉暄暄的，全是阳光的味道，才知道都是新续的棉花。

那一次我们住了一周，才知道赵生树和儿媳妇才是这个家里的主要劳力。儿子动脑，他们动手。每天窗上一透亮他就下地，十点多回家吃过饭再去放羊。

晚上回来，无论迟早总还是里里外外忙个不停。劝他早点休息，总说：睡早了浑身难受，不是这里疼就是那里困，睡迟些一觉就睡到天明了。

习惯了我们的摄像机，老人便露出了洒脱的天性和在这大山里的自在。他早年赶过牲灵，想起闹红时的民歌，时不时总爱哼几句：

“各位乡亲哟听我言，
毛主席指示我来传……
人家的女儿哟十七八，
东山处有了婆婆家；
我们的女儿哟二十三，
养在咱家没人嫌。
人家的女儿哟学绣花，
我们的女儿学文化……”

问起那一头长发，老人说，习惯了，夏天能遮阳，冬天能抵寒。这一辈子是改不了了。

再上赵家梁是秋天。苹果、梨挂满枝头，谷子、糜子一片金黄，一家人满是丰收的喜悦。赵生树老人像小伙子一样在谷场上潇洒地挥舞着扬场的木锨，口哨吹得小号一般响亮，使那粮食颗子落地的唰唰声也别有一番韵致。他说，风神最爱听口哨，风神一高兴风就会顺。

歇息时趁着一家人的高兴劲，媳妇说明年恐怕得搬家了，娃娃们该上初中了，乡里没有中学。老人立马打住了话头：“要去你们去，我是不去。我死也不去。”懂事的小孙子摇着爷爷的膝头问：“你不去怎么办？我想你了怎么办？”老人一脸愁苦地说：“我就会拦羊，就会种地嘛，盛到城里连个茅房都找不见，看不把人搅结死！”说着，竟然抹起了眼泪。一家人便谁也不敢再言。

前年，听说车能开上赵家梁，我们便再去看望赵生树老人。大孙子已经大专毕业，在宁夏谋了一份工作，最小的孙子也已经在县城读高三。儿子赵仕斌转正了，山下的民办学校却撤了，被安排到乡里教学前班。平日里，山上只有他、老伴和儿媳妇。我说，老赵啊，该搬家了，住到城里儿孙们都放心。他却依然是一脸的坚决：“不，只要我能得动弹一天，我就不离开这赵家梁。死了，随他去。”

赵生树老人的世界在赵家梁。赵生树是这世界的主人。

王来川：白于山里的生死恋

白于山是陕北高原的脊梁，主峰海拔一千九百七十米，地域面积约二百二十平方公里。站在峰巅的烽火台上，脚踏着一地的紫花马莲放眼望去，北边是榆林南边是延安，延河、北洛河、清涧河、无定河……一条条发源于此的河流像是白于山的儿女，她含辛茹苦将他们养大，又左牵右携将他们送向远方，让他们去闯荡更加广阔的世界。

烽火台下最近处的一个村庄叫马湫沟，二〇〇四年我们到这里采访时，首先遇到的是那些身背干粮和书本奔走在中心小学和村庄之间的孩子。他们早出晚归，遇到荡起黄尘的汽车和摩托，就迅速掏出事先准备好的塑料袋往头上一套，继续前行。

几天的接触，我们注意到了一个孩子总是有点与众不同，年龄比别的同学大，个子也比别的同学高，话却比别的同学少。别人扎堆嬉戏的时候他总是躲在一边，小小的年纪像是有满腹心事。当我们找到他家时，看到的是未着油漆的门窗，未曾粉刷的墙壁，满屋子没有一点装饰，打眼一看这就是一个没有女人的家。四十一岁的王来川坐在没有遮拦的院子里，讲述了他十六年前的一场生死相恋。

白于山的男子重情义敢担当，静则如山动能翻天，细腻时青石板上雕莲花，豪放时黄河浪里扳大船。王来川浓眉大眼国字脸，较之大多数陕北男人，少了几分豪爽，多了几许内敛。二十五岁那一年他到汉中去放蜂，漫山遍野的油菜花仿佛一直开到了天边，他们落脚的地方是一个小山弯，蜂多路边放不下，王来川敲响了坝子里一户人家的门，好客的主人不仅让他们把蜂箱摆在院子里，还给他们腾了一间房子，让他们在那里住宿做饭。王来川说，那一个多月蜜好心情更好。有时晚上收工晚了，房东大妈连饭也给他们做好了。大妈有个女儿叫门二女，她非常怕蜂，刚开始一见有蜂飞近就大呼小叫地跑，后来竟也敢和他们一样摇蜜、取王浆。王来川不识字，家里来信便是二女给他念，她便学着妈妈的口气：川子，出门在外一定要吃好，千万不要感冒了……下雨天他们还常聚在一起打牌，看着彼此脸上的纸条常常笑得前仰后合。渐渐，王来川的心里有了一种家的感觉，暖暖的。

有一天二女送给王来川一个笔记本、一支钢笔和一双鞋垫，她说，川子我教你识字。王来川说，我们陕北比你们汉中苦，她说我不怕。王来川说，你妈不会答应的，她说我的事情我说了算。万没想到娇小的陕南女子竟也有陕北女子的敢做敢当，打翻了蜜糖罐的王来川便像撒欢的马儿一样跑到附近的镇子上，为二女买了一副手镯，再到银匠铺打了一副耳环。

就这样，侠骨柔肠的门二女跟着王来川从山清水秀的陕南跑到了满目荒凉的白于山。

尽管十几年过去了，王来川的父亲说起二女的贤惠和吃苦，依然老泪纵横。他说，人家可好哩！伺候的可仔细哩。洗衣服、缝衣服、做饭，可孝顺哩。他说，人家那地方人下苦可能行哩，有了娃娃后，我说你锄地你把娃娃给我和你妈撂下，她不。哎呀，那天红的晒的，娃娃那时候小嘛，就背着哩，背在脊背上上山锄地，晒得头上水淌的。我说你烧哩吗，你该把娃撂在家里吗，她不。有一天她把娃娃拴在树下，赶锄了一来回娃娃睡着了，身边圆圆盘着一条蛇。

王来川说有了儿子后他高高兴兴到汉中去报喜。刚去时，岳母一家人非常热情，一天变着花样给他做饭吃，临走时提出了一个要求，让抽时间把二女和外甥也带回来，一家人团聚团聚。这本是人之常情，王来川回来一说，二女就动了心，心想父母亲总是疼她的、总算是接纳他们的女婿了。

王来川的父亲说，不知怎么，满心欢喜的二女出门走时叫了一声大、叫了一声妈却哭成了个泪人。他说娃，那你不要去了，去了你妈再不叫你回来了？二女说不回去时想她妈哩，他说万一人家不让你回来了？二女说估计是叫回来哩，我有娃哩。

王来川万没有想到，岳母一家人一见二女却翻了脸，生生地拆散了亲骨肉。原来二女还有一个姐姐，她在这件事情上起了关键作用，她和母亲一起阻断了王来川一家三口归家的路。

王来川说他把天下的好话都说完了却怎么都不行。一急躁，陕北人的憨直性子就来了，就说不叫走就算了，大人不叫走，娃娃总该让走吧，娃娃是我的。万没想到的是二女却不让，她说娃是我生我养的，要带娃娃你给我把养育费留下！王来川说他的血一下子冲到了头顶，他想二女你怎么能这样绝情，咱两的情义不要了，母子的情义你也不要了吗！我现在什么也没有了，我还心疼钱干什么？娃是我的，钱我给你，娃我非抱走不可！

这个中年男人说到这里再也忍不住了，泪水打湿了手里一直握着的二女的身份证。他说那场面啊，想起了就让人心碎。他说："我当时把钱给她，她就没接，一把打得飞了满院。她就坐在那院子里直嚎，嚎的时间把头发一把一把往下揪……"他说："二女的头发长啊，直搭到腰里……"

王来川说："那时候娃娃刚两岁，嚎的还要吃奶哩。晚上我没办法，娃哭我也哭。我说娃呀你妈还要你吗，我能把你养大吗？"

话是这样说，可王来川心里想着二女一定会回来，她就是不要丈夫也不会不要孩子。可没料到等来的不是骨肉团圆却是一个噩耗：娘家人逼二女改嫁他人，二女服毒自杀！

王来川说，接到信，别人给他一念，他就瘫了，到那时他才明白了二女的苦心。可是这悔再无人可听，错无人能改，他能做的只是奔赴汉中，跪倒在二女的坟前……

他说我咋这么傻，我咋没有想到你的烈性子，我只想你怎么会只要钱不要情，你肯定想的是我怎么会只要娃不要你，当初如果我不要冲动留下来慢慢商量，肯定会是另外一个结果。就是退一万步把娃娃留下，娃娃不是还有爸还有妈吗，你也断断不会走上绝路！

王来川的儿子上学迟，十四岁了才上四年级，看着比别人家孩子高出一个头的儿子却没有别人家孩子的欢乐，王来川说他的悔真比海还要深："娃娃现在苦得很。现在好多人说叫我再办一个家，我说我绝对不能办了，儿子也大了，好了便罢，不好的话给娃娃造下麻烦，我的罪孽就更大了。"

谈话结束时注意到，王来川背后的墙上挂着一串断了线的手珠，在风中不住地摆动，不知那是不是门二女留下的遗物。

性格和环境决定命运。从王来川的叙说中我们可以看到，这个爱情悲剧固然有他们二人性格的原因，但如果不是身居在重重大山之中，王来川就不会受人歧视，他和门二女的爱情故事也许就会是另外一种结果。时间一晃又是一个十年，算来王来川的儿子如今已经是一个二十多岁的大小伙子了，他的人生故事不知会怎样展开。

原载《延安文学》2014年第6期

吴起的记忆

吴起，一九三五年十月十九日的记忆里没有锣鼓响秧歌起。那时候的吴起十里为村隔沟为邻，就连镇子上也只有十一户人家。毛泽东和他带领的红一方面军走进吴起镇，在一孔破窑洞前看到苏维埃政府的牌子时，那些布满尘垢的脸上淌下了辛酸的泪水，他们长叹：到家了。杨成武在他的回忆录里写道："苏维埃！多么亲切的名字啊！见到她，像见到久别重逢的亲人。可不是，自从离开瑞金、于都河，无论在巍巍的雪山上，还是在茫茫的草地上，不管是在怎样艰苦的日子里我们都惦念苏维埃。如今，在陕北吴起镇的窑洞门口，终于又见到了这个名字。"

可是他们进而看到的却是家家门上锁，除了跑不动的老人和卧床难起的病人，几乎空无一人。闻说来了队伍，饱受战乱之苦的人们早已四逃而去。成仿吾回忆：找到几个老头老太太，却语言不通，讲什么都说"解 hai 不下 ha"，我们的同志以为群众"害怕"。战士们首先把街道打扫干净，贴上各种标语，如"北上抗日，收复失地！""与红二十五、二十六、二十七军会合，一致抗日救国！"等，不久那些老人又找来了一些群众，很快，当地的支部书记与乡政府主席回来了，他们和战士们热烈握手，战士们把乡干部围起来，差一点把他们举上天空。口里说着南腔北调，但一张张脸上表现出十分激动的心情，有的人热泪久久挂在脸上。

当时的吴起镇属于赤安县六区一乡管辖，时任乡党支部书记的刘景瑞回忆，事先没有接到任何通知，后来只有游击队队长张明科同志口头传信说吴起镇来的是中央红军。为探实情况，他走到吴起镇东边的宗圪堵，看见由吴起镇向东川行走的队伍接连不断。他看到一个背皮包的人就问“你是中央红军吗？”人家回答“我们是红军。”他却听成了“奉军”。就说，你写一下，你说话我听不懂。那人马上用铅笔在笔记本上写道：“中央红军北上抗日。我们是毛主席亲自率领的红军到这里。我是找当地干部买粮食的。”他看了后就激动地高声喊了起来：“毛主席来了！中央红军来了！”

听说是盼望已久的中央红军来了，躲藏在山里的百姓纷纷返回家园。有个杨木匠的母亲带着自己的小孙子回家过河时不慎掉进水里，正好被查看地形的徐特立看见。徐老急忙跳进河里，将她祖孙二人搀扶过河。这个故事立即在群众中传播开来。一时间吴起百姓争相为红军送粮、送菜、送猪、送羊，最壮观的场面是上百名毡匠用收缴恶霸地主的羊毛为红军赶制毡衣，弹羊毛的大弓一起舞动，声如春雷滚滚。

然而并不是每一个战士都有体力站在苏维埃的牌子前跳跃欢呼的，许多人听说前面就是吴起镇，心气一松就倒在了路边的草丛里。是吴起的百姓敞开了母亲一般的怀抱，将这些伤病员抱到自家的热炕头上，节口待客，煎药喂饭，精心养护。看到这些令人心碎的场面，赤安游击支队立即沿着中央红军的来路一直搜寻到甘肃环县的洪德城、河连湾一带，将失散在途中的伤病员全部接到吴起。吴起的方志中有一个花名册，记录着当年吴起群众养护红军伤病员的情况，共有二百多名，仅铁边城和新寨一带就有六十多名。纪念红军长征胜利六十周年的时候，我们延安电视台到吴起进行过一次专题采访。新寨乡蛇疙瘩沟的陈满仓站在我们的摄像机前说她母亲当年就养护过两名伤病员，母亲给他说那天夜里鸡叫时听见后沟里有人哭，就和外婆提着马灯遂声寻去，发现沟畔的一棵杨树下躺着两个掉队的红军战士。陈满仓带着我们进行实地拍摄时，那棵杨树和他的母亲都已经不在了，但沟里的小河还在淙淙流淌，当年红军战士养伤的窑洞还依然温暖。我们看到，整个院落都修葺一新，红军战士住过的窑洞虽然也接了石口子，但许是为了保存那段记忆，门窗还保留着原样，墙上挂着红红的辣椒。陈满仓说那两名红军，一个是饿坏了，只住了七八天就恢复了体力，一个有伤，养护了两个多月才康复。他母亲还常记着他的名字叫保根，二十三岁。这些伤病员在老百姓家里，少则十天半月，多则年余，康复后又奔向炮火硝烟之中。

后来有一首《红军哥哥你停一停》的民歌在吴起流传开来：

妹妹喊一声，

哥哥你停一停，

只要你是闹革命，

迟回来几年不要紧。

遗憾的是这些康复的战士归队后与给了他父母般滋养的人们再无联系。我们的专题片播出时，我给它起名为《不该忘却的记忆》。现在想来，这个片名多少有点不厚道，至少是有些武断。他们怎么会忘记这段起死回生的经历呢？想想这些出生入死的战士，即便是走出枪林弹雨、走进新中国，工作、学习、生活有多少新问题扑面而来，他们一定是想选择一个最佳时间最佳状态去看望、去报答吴起百姓的养育之恩，可万万没有想到的是又一场灾难正向他们悄悄逼近。二万五千里长征，他们走了一年零两天；这场动乱，一乱就是十年。

那次我们还采访到一位叫齐怀信的老人，那时他八十六岁。他说他们家二掌柜当年养护的是一位冻伤的战士，只有十八岁，冻掉了两个脚指头，养护了十个月才归队。后来在沈阳某部后勤部工作，“文革”时遭批斗，说他这十个月脱离部队是临阵脱逃。在这个关头，他知道吴起的老乡最能证明他的清白，取自吴起的证明材料给他平反后，他说吴起老乡给了他两次生命，一次是长征，一次是“文革”。从此后他视养护他的人为父母，直到他们去世，每年都定期寄来生活费。

同时，有位叫刘振春的退休干部还给我们讲述了另外一个故事。铁边城镇张户岔农民张德元在路上见到一位昏倒在地的红军小战士，立即将他背回家，精心护理。这位小战士是湖南人，叫王同来，只有十二三岁，伤病交加，养护了将近一年才恢复健康。他感恩不尽，认张德元为父亲，改名张明华。

归队时，张德元老伴亲手用自织的土布为他缝了一身新衣，张德元含着泪水一直把他送到靖边县张崾岘。又是“文革”，有人诬告张德元，说他养护的红军小战士不知去向，怀疑被他暗害了，三十多年再无音信。憨厚老实的张德元并未记下红军小战士当年回归部队的编制序列番号和首长姓名，就在张德元浑身是嘴也说不清的时候，张明华就职的四川省交通厅也派人到张户岔调查张明华的这段历史问题。就这样，他们互证清白：他证明他爱兵如子，情比山高；他证明他赤胆忠心，一心革命。就这样，中断了三十多年的父子般的情谊恢复。后来在张明华的多次真诚邀请下，张德元还去了一趟成都。从此，张明华一直待张德元夫妇为再生父母，经济接济、书信问候往来不断，在吴起传为一段佳话。

吴起的山不高，但望上去很温暖，有些山顶上只有一棵树，撑着那一片蓝蓝的天。人，有时候就像尘世间的一粒沙，不知道风会把你刮向何处，也不知道雨会把你埋向何处。人，有时候连一棵树也不如，树长在那里，过上十年、百年甚至千年，你去看，它仍在那里，像是一种见证。

原载《散文选刊·下半月》2014年第11期

获“2015第十届海内外华语文学创作笔会”二等奖

第五辑

掬一朵浪花带回家

转身离去的时候不小心绊了个趔趄，低头一看是一块橄榄球大小的石头，质地陨石般坚硬，黝黑的底色中分布着些许白色的纹路，抱它到水中一洗，纹路愈加明显，活脱脱一朵浪花的定格。

啊，这是喀纳斯湖赠别的礼物！我们一定要带它回家！

时间一晃过了八年，这朵喀纳斯湖的浪花一直置于我家的案头。每当更深人静敲击键盘的时候，尽管远隔万水千山，但分明仍能听到喀纳斯湖的水声哗哗，浪语切切。

春到壶口

第一次去壶口是天旱水瘦时节，还没走到壶口岸边，先被脚下那黝黑的河床石惊呆了。那河床石被泥沙打磨得棱角全无，光滑圆润，闪烁着铜浇铁铸一般的光泽。不由人想起那些经年累月在黄河岸边拉纤的汉子，匍匐在地，砥砺前行，静如山，动若虎，吼一声山呼水应。再往河边走，那河床石就变得愈发狞狰起来，石与石之间的缝隙足有两尺多深，一道道顺着河水的走向排列，短的三五米，长的十多米，犀利而又静默。是什么样的力量使这坚硬的河床成了这般模样?

后来当了电视台的记者，隆冬时节，我们去拍壶口。四五百米宽的晋陕峡谷之间一片冰阵，就好像刚刚经历了一场造山运动，擎山拓谷，跌宕起伏。那惊心动魄的一幕被冬之神定格，大河上下顿失滔滔。就连“九河之蹬”的孟门岛也深陷在冰阵之中。壶口上游的龙王辿河床比较宽阔，虽然搁浅的流凌夹岸，但主河道并没有完全封冻，十多米宽的细流绿幽幽的，缓缓流淌。而壶口也因十里龙槽与龙王辿之间失去了落差，没有了往日排山倒海的气势，只有一股水雾喷发，像是有一只巨兽深潜在冰下，吞吐吸纳，蓄势待发。

壶口有谚语 :“小雪流凌，大雪插桥。”那奇迹一般都出现在深夜，山飞海立的流凌涌入十里龙槽后，如百舸争流，一旦前方的流凌受阻，后方的流凌就会飞立而上，形成冰坝，滔滔河水便会涌着流凌向两岸夺路而去。就这样水涌冰阻，冰堵水，水结冰，层层叠加，势不可当。一夜之间便是冰封大河，一派静默，仿佛天堑变通途。壶口岸边的老乡说，这冰面万万不可贸然涉足，只有狐狸走过的地方，人才可放心通过。

待到惊蛰之际我们再去拍壶口，则是另一番景象。那搁浅在岸边的冰阵被泥沙覆盖，有的像古城堡的断垣残壁，有的则像巨兽一般张牙舞爪。壶口景区的朋友给我们每人手里塞了一条扁担，说爬高援低能借力，跨越冰裂时要让扁担和裂纹走向呈十字交叉，一旦脚下落空兴许能救一命。听得人后背直起鸡皮疙瘩。我们上下攀缘，一会在冰盖下猫腰穿行，犬牙交错的罅隙里消融的冰水淙淙作响；一会又爬上冰峰，借助手中的扁担才能跃上另一道冰坎。冷风中出了一身热汗，终于可以望见瀑布了。朋友说，无论如何再也不能前进一步了，大地回春，冰块都开始发酥了，我们现在站的冰块下方还是石岸，还在实处，再往前下面就是龙槽。

站在这里看壶口，就像一个活火山口。只不过它升腾的不是岩浆而是水雾，整整一个冬季，那水雾一层一层落在四周的冰面上，结成了冰，正对着壶口的那一面就形成了一座冰的悬崖，喷薄的水雾使悬冰下冰挂如林，远远望去酷似一尊金须飘飘的龙首。注目中，忽听轰隆一声巨响，对面成十米高的冰岸地崩山裂一般塌下，冰块砸下去，水浪冲天而起，彩虹飞扬。这是天与地的呼应！惊蛰到，地回春，龙抬头，河开了！

此时再向那冰封的十里龙槽望去，才发现正中间顺着大河的走向有一条三四米宽的深深的冰隙，仿佛真有一条巨龙刚刚从这里告别了地母，顺天意应时势，冲破一切重负和羁绊，冲天而去，这一川的冰凌正是它抖落的一身鳞片。

顺流向前，孟门以下的主河道已被流凌冲开一条生路，激流涌着大大小小的冰块打着旋儿不断地削砍着夹道的冰岸，而那数丈高的冰岸渐渐崩塌，扑入大河的怀抱，反而壮大了这开河的生力军。这是一场水与冰、春与冬的较量。大河以摧枯拉朽、所向披靡之势一路向前。据黄委会的数据，凌汛期平均一个昼夜从上游涌来的流凌可达两千五百万立方米，河水的秒流量可增加到一千立方米以上，最高时可达八千立方米。这，便是桃花汛来了！

我这才明白了壶口的河床为什么会是那般模样，那是水的亲吻，那是冰的磨砺。

春天来了，暖阳升起，沉睡了一冬的壶口醒了。冰岸崩塌如春雷震地，晋陕峡谷两岸桃花盛开，风吹落英像天女散花，彩虹飞舞似霓裳翩翩。桃花汛消融了生铁一般狰狞的流凌，荡起一河炽热的春水，载着中华文明之舟奔向蓝色的海洋。

原载2023年3月10日《光明日报》

黄河，那一天的云霞哟

壶口岸边的人来到若尔盖草原，心里是满满的寻亲访故的渴望，千里奔波，一路风雨，车的胎面人的脚底再无一星黄泥，满目葱绿，碎花遍地，赤橙黄绿青蓝紫，没有了阳光的修饰和辉映全是天然本色，让人心清目明。

细雨阵阵，浓雾团团，当攀上唐克镇索克藏寺后的北山，一眼望见母亲河走出巴颜喀拉山初始的朦朦胧胧的模样时，旅途的疲惫像是阳光下的雪花，扑簌簌了无踪迹。站在这高山之巅，迎着扑面而来的草原上特有的凉爽湿润的风，犹如来到了一个古老的村庄，听一位慈祥的老人讲述那遥远的故事：从前有一座山，山里有一个少年……

如果说跃过壶口的黄河是一位中年征夫的话，那么蜿蜒在若尔盖草原的黄河则是一个刚刚从巴颜喀拉山走来的俊逸少年，你看他是那样的纯真洒脱，几乎是一路舞蹈一路放歌，无忧无虑。他的内心也是那样澄澈明静，对天上飘过的一团云雾，飞过的一只鸟儿，露出的一丝亮光，他都报以由衷的微笑。我想无论谁人站在这神山之巅望云聚云散、看河来水往、听水唱风和，你都会觉得看云你就是云，看鸟你就是鸟，心中的闲适安然油然而生。

“西边有亮了，说不定今天运气好的话还能看到日落呢，不走了吧？”听着旁边游人的对话，我们也决定改变行程，在山下的黄河第一湾大酒店订了房间，办好入住我就背了相机急急地奔向黄河岸边。值得庆幸的是人们都跑到山上登高望远去了，漫漫河边只有我独自一人踽踽前行。没有想到这里的黄河是那样的安静，安静得你几乎感不到它的流动。厚厚的云层像是贴着水面滑过一般，在极目处水天相接，凝重，庄严。这静默似乎又正在聚集着一股巨大的能量，等待着爆发的时刻。

一阵风吹来，那云朵像是接到命令一样呼飒飒向高空聚拢，水天相接处显出了一抹淡淡的绯红。先是那高处的云层露出了一条金边，好像有一条金龙跃出云端。随后，那层层云隙道道发亮，好像有无数条金龙闪现，待到夕阳从最后一道云隙中跳将出来的时候，那无数条金龙便飞舞起来汇聚在一起，一下子就闹红了整个世界！

啊！顷刻间好像有一股天籁之音洪钟大吕般从头顶灌下，听觉訇然打开。你看那天红了、地红了、山红了、水红了。天活了，金龙飞旋；地活了，草木朝天而歌；山活了，金碧辉煌。那静默的大河啊，此刻也欢腾起来了，它更像是一条巨龙，金鳞满身，仿佛那天有多高这水就有多深，任它腾挪跳跃，击水万里，气吞云天！

这一天的云霞呦，就是壮士誓师的大幕，落日照大旗，马鸣风萧萧！黄河（玛曲）、白河（嘎曲）、黑河（墨曲）三兄弟，在这圣洁宽厚的大草原上会合，他们肩并肩手挽手，义薄云天，气冲霄汉，从此后千山万壑只等闲！

这一天的云彩呦，奇崛诡丽，就像是一幅展示在天地之间的波澜壮阔的画卷，瞬间照亮了岁月的深处。你看见了吗，那里有开国大典二十八响礼炮喷薄的火花，有神舟奔月腾空的烈焰，有航母下海激飞的巨浪，有全民奔向小康的金光大道，更有稻花香里遍地英雄下夕烟灿烂的笑脸。

而此刻的我啊，面对那天地呼应的大美却有一种莫名的微微的战栗，连按了几下快门，显示屏上都是大糊一片。我只好索性将相机抱在怀里，坐在那金水河畔，任那漫天霞光将我炙烤，感觉自己就像是一支蜡烛，在一点点熔化，熔化……

扎西德勒！酒店的门卫看见身背相机走回来的我友好地打着招呼，他说，我们藏家人看到这样的霞光都认为是吉兆，祝你好运！

原载2019年9月21日《延安日报》

苦守寒更为哪般

冬至，碛口占渡，放眼望去，滚滚寒水中没有了早年的桅樯如林，取而代之的是一川流凌如百舸争渡，沿河公路上拖着道道黄尘的车辆像宣扬胜利的入侵者一样往来突奔。

供游人拍照的骆驼也不知是驼队的第几代子孙了，没有了生意的红火，紧闭着它的大花眼在广场上静卧。兜售大红枣和布老虎的村妇拢了袖子，不时地对着太阳打一声喷嚏。好玩的孩子们则跳到河滩里，捞一块冰高高举起，看那五彩的光在冰的棱角上闪烁，最后直将那冰块堆成了一座塔，围着它追逐嬉戏。

一簇金黄的芦苇边，有人支起了画架，绣花般将那一河飞逝的波澜捉上了他的画布。顺着画家的目光望去，参差的冰面上像是一对鹅，悠闲地踱着步子，在冰缝中寻寻觅觅，不时嘎嘎对答，拍翅起舞，给这隆冬里萧瑟的古渡平添了几许柔情和画意。

太阳落山了，灯却不得亮，碛口古镇像是和我们开起了一个不大不小的玩笑，取不了暖，煮不了饭，就连水也没法烧开。在露台上踱步驱寒，却听得那两只呆鸟还在冰河里嘎嘎有声。这真是一对爱侣吗？爱情的力量就这么大吗？

终于盼来了电，吃饭喝水的问题解决了，可那矗在院子里的一台空调主机却怎么也驱赶不走十几间房子的寒冷，无奈只能和衣裹被缩在床上。寒风敲窗，寒水低吼，但那两只呆鸟的对答仍然是一声高、一声低、一声近、一声远……直至第二天清晨睁开眼睛听到的仍然是它俩的一声声鸣叫，清洌，执着，似乎还有些许的争执和哀怨。有什么情话说不完，有什么纠结解不开，值得这样苦守寒更，彻夜不眠，有家不归呢？再大也是鸟啊！我们这五尺之身裹在被子里、待在屋子里还直喊冷，可那盈盈一抱的柔弱之躯是什么样的意志让它们如此执着呢？

我们不约而同地来到河边。晨曦中，它们一如昨日，时而相对而鸣，时而相背而立，时而前后相随在如刀的冰块上跳来跳去，时而展翅高歌似要绝尘而去，但忽而又拖着双翼，沮丧地就地打转。让人真有一种上前去劝说它们回家的欲望，但是它们说的我们不懂，我们说的它们大概也不会懂。

昨日画画的汉子踏着阳光从河岸的台阶上走下。他说，那只白的是他家养的鹅，那只灰褐色的是在河滩上捡来的野鸟，不知雄雌，也不知其名，好像是腹膜破裂内脏下垂，养活了却再也飞不起来。时间一长，这一家一野的两只鸟虽然并非同类但却比同类还要亲，要回家就都回家，要不回就都不回，寒暑不惧，风雪不避，无论白天黑夜总是形影不离。

听了他的话我们才注意到，那只灰褐色大鸟的畸形，腹部有一个囊包，几乎触到地面。

拍了照片，回家发在网上，当看到网友的答案时，那两个字灼痛了我的眼睛——鸿雁！

一下子，我对它们的彻夜不归、彻夜哀鸣全理解了。我的心因那鸿雁的不甘、因那白鹅的相知而柔软；我的眼睛因它们的不离不弃昼夜相依而潮湿。它们通宵的絮语，有鸿雁对蓝天的向往、对雁群的思念，有家鹅的理解抚慰和规劝。鸟能做到的我们人能做到吗？

鸿雁自古以来就是通人性的。传说，汉代苏武出使匈奴被羁牧羊时是鸿雁传书，搭救他出了苦海；唐朝薛平贵远征，王宝钏苦守寒窑数十年矢志不移，代她传书的也是鸿雁。《禽经》中记载：鸿雁在飞迁时，“夜栖川泽中，千百为群有一雁不瞑，以警示众”。这只放哨的雁是雁群中最小的一只，天性机敏，被称为雁奴。每到雁群睡觉的时候，唯独雁奴不睡，周围一有响动，它就鸣叫报警，雁群立刻相唤而去。所以便有了“雁奴辛苦候寒更，梦破黄芦雪打声”的诗句。鸿雁又是极重情的，据说金末元初大才子元好问参加科举考试时途经太原，在汾河岸边遇到一位捕雁的农夫。那人告诉他，早上捕到两只大雁，杀掉其中一只后，另一只破网而去，可那逃脱的大雁在空中悲鸣哀叫，久久不肯离去，到后来竟然俯冲下来，一头撞死在死雁身边。于是元好问便向农夫买下那两只死雁，埋在汾河岸边，称之为“雁丘”，并写下了流传千古的《雁丘词》：

问世间，情为何物，只教生死相许？
天南地北双飞客，老翅几回寒暑。
欢乐趣，离别苦，就中更有痴儿女。
君应有语：渺万里层云，千山暮雪，只影向谁去？
横汾路，寂寞当年箫鼓，荒烟依旧平楚。
招魂楚些何嗟及，山鬼暗谛风雨。
天也妒，未信与，莺儿燕子俱黄土。
千秋万古，为留待骚人，狂歌痛饮，来访雁丘处。

这词，何尝不是碛口黄河岸边那一对灵禽的写照？后来进一步查阅资料得知，鸿雁本是家鹅的先祖，它们的相知相随便在情理之中了。

原载《散文选刊·下半月》2017年第6期

掬一朵喀纳斯湖的浪花带回家

喀纳斯之行是我们夫妻此生经历过的最安静的一次旅行，以至于离开时决意将一朵喀纳斯湖的浪花带回家，置于案头，让那圣洁之水时时沐于心，萦于耳。

那天清晨，推开小木屋的门，才知道是一夜风雨。木栅栏外一棵杉树被吹倒在地，那树根连同草皮也被揭了起来，手掌一样举向空中。像是一位不慎跌倒的行人，自己还没有站起来，却热心地招呼我们：小心路滑！

有蒙蒙细雨和丝丝缕缕的晨雾相伴，攀登骆驼峰上的观鱼台虽然有一千多级台阶，但并没有想象中的那么艰难。回观山下，图瓦人的袅袅炊烟和时不时地一两声犬吠竟给人一种故乡般的散淡和适意。伸出手去按动快门，才发现，不知道什么时候那丝丝的雨变成了粒粒的雪，落在湿漉漉的台阶上，像是琴键上跳动的音符，高高低低疏疏密密，任你去吟唱。

其实那雪并没有怎么下就住了，似是给我们这内地的来访者展示的一个节目。当你还为这高原湖天的诡异和旖旎惊叹时，她便换了幕布。旭日的金光透过蓝色天幕的缝隙撒向湖面，那静谧的湖面上一时间白雾团团，像是惊起了在晨曦中沐浴的仙子。她们呼喊着、嗔怪着、嬉笑着，披上纱裙，朝着阿尔泰山上的友谊峰翩然而去。

灿烂的阳光引来了更多的游人，但那一天大家都有一种默契的安静。大家都静静地散坐在天低云近的山坡上，看雾散云聚，看近处的绿绒蒿和独摇草上露珠闪闪，看远处雪峰上银光耀眼，看山脚下马队出栏牧羊犬前突后窜……直看得水天一色，大家才转身下山。

午后趁着好天气去游湖，没想到船离码头刚有一箭之地就有人喊：看，又下雨了！那雨全无来头，不是从东南西北任何一个方向飘来，而是从太阳中直洒下来，是真真正正的太阳雨！那雨珠像金豆、像珍珠，晶莹透亮，飘飘洒洒。人们不躲雨，反而涌向船头船尾，伸出手去接雨。正当大家忘乎所以的时候，雨哗地大了起来，头上立时就像罩上了一个半透明的玻璃罩，你能看见亮却看不见天。别处的雨大能说瓢泼、能说倾盆，这喀纳斯湖的太阳雨却没有那么生硬和生分。它也大，但大得绵密、热情、善解人意。当游船转过湖湾向北驶去的时候，我们能明显看见那狭长水面上摇曳的雨线，像是从高高的友谊峰上奔来了一群白马，银鬃飘飘，四蹄飞扬，怎一个潇洒了得！

掉头回转的游船改变了受光的方向，看向湖面便是银光闪闪，那雨不再是从空中掉下来的珍珠而是从水里蹦出来的精灵，蹦蹦跳跳，欢快无比。这不免使人想起传说中的水怪，似乎真有什么力大无穷的东西在这水下兴风作浪。喔！即便是有，那肯定也不是什么怪。称怪，那是我们人类的少见，是陌生。自古真善美相连，能够在这美丽的雪山之下碧水之中生存的精灵一定是能和我们人类和谐相处的朋友。

哇！彩虹！！随着一片惊呼，观鱼台的方向垂下来一匹七彩的锦缎。喀纳斯湖的彩虹与陆地上的彩虹不同，它不是一个完整的拱形，只是从山那面斜斜伸进来一只脚。那另外一只呢？也许在圣洁的雪峰上吧。此时再抬眼看那船篷上激起的水雾，也着了色，扑朔迷离，朦朦胧胧，水彩般洇染开去。

待船回码头，雨也停了，湖面静若处子，水汽婷婷袅袅天鹅羽翼般贴着水面萦绕。天与湖，雨与人，似乎开了一个有趣的玩笑。这，是我们俩共同经历过的一场最美丽的风雨。

我们夫妻俩在喀纳斯湖边一直流连了三天。最后那一天的傍晚，我们静静漫步在湖边，看着夕阳下山，暮霭氤氲，天地之间弥漫着一片淡淡的紫气，湖面静得真像一面镜子，似乎只需吹一口气就可从此岸滑到彼岸。人的身心似乎一下子也通透起来，回溯到了初识的年月……

转身离去的时候不小心绊了个趔趄，低头一看是一块橄榄球大小的石头，质地陨石般坚硬，黝黑的底色中分布着些许白色的纹路。我抱它到水中一洗，纹路愈加明显，活脱脱一朵浪花的定格。

啊，这是喀纳斯湖赠别的礼物！我们一定要带它回家！

时间一晃过了八年，这朵喀纳斯湖的浪花一直置于我家的案头。每当更深人静敲击键盘的时候，尽管远隔万水千山，但在这黄土高原上分明仍能听到那喀纳斯湖的水声哗哗，浪语切切。

原载2021年10月29日《中国自然资源报》

2022年第一期《散文选刊·下半月》

这里有个香雪海

甘泉岳屯沟的末梢，一片翠绿，金黄色的小花像是这绿地的精灵，歪着小脸嗔怪地打量着冒昧的撞入者。横陈的枯木长满青苔，咕咕细水就在那青苔间自吟自唱。风起时落英翻飞，撞响了轻柔的山风，便引来了姬神的《雪谱》。那音符从右耳跳到左耳，然后再跳到脑后旋发的末梢，一时间什么都成了世外之物，所有的敏感和孤独都在这般的幽静处得到安抚。

啊！香雪海！！！唯有这三个字才能与这里的景致匹配。河岸里、山坡上，那一树一树的白茂腾腾如云如霞如雪浪翻滚。这花没有梨花的娇嫩，也没有梅花的孤傲，它的香不冲不飘，像是农家厨房里漫溢出来的炊烟，沉稳、朴素、本真、自然，带着一丝淡淡的草木的清馨，像水漫秧田一样容易让人和它亲近。它虽然不是苏州的吾家山，没有受过皇家的恩宠，也没有得到过名家的题名赋诗，但却也正少了俗尘的纷扰和熏染，乐得个自在和安然。你能看见它与风交流的韵致，你能听到它与水和鸣同吟的旋律。它，自由自在地在风的五线谱上跳跃、飞翔。

涓涓细流载着瓣瓣落英汇入一片海子。是的，海子！这是我们西北高原人对水的昵称，当“海子”这两个字从我们的咽喉里发出的时候就像是在唤自家女儿的乳名，那是叫贴心骨肉一般的心声，充满了金不换的浓情。这海子的边缘也开着一树树的白花，繁花压着树的枝条几乎垂到水面，夕阳的映照下竟有一种别样的瑰丽和妩媚，让你想起劳作了一天的女儿家下得山来，俯身在这海子边，解开她的长发，拂去一身的疲惫……一队队小蝌蚪在她身边欢快地游着，青蛙在她身边清脆地叫着。这时候，你会感觉到满世界都是那香，却不知道它从何而来。

噢，朋友！请原谅我这时候才给你介绍这树，这开着朴素的白花的树、这圣洁的树。我们山里人叫它水楸子，也有人叫它山荆子、山定子。哦，诗人们则叫它野海棠、野苹果。爱吃苹果的人大概怎么也不会想到，它就是红富士的前身，红富士便是它的今生，红与白竟是这样血脉相连两极相生。它是嫁接苹果最佳的砧木。谁能想到我们今天把苹果称为致富果的时候，大自然在千万年之前就将那致富的密码藏到了这水楸子的年轮之中了。

你若能欣赏到这片香雪海，你就等于找到了幸福的源头！

（2020年仲春）

谁邀仙子神道岭

一

山下往上看，半山红叶，半山云雾。

山上往下看，满眼朦胧，不知身在那畔行。

二

快看，那是什么树，开了一树的白花！那年去神道岭赏秋，也是一头钻进了漫山的浓雾之中，远远望见了一树的白。想来一定是花了，又在山寒水瘦的季节，引得一片惊呼。

待到树下才看清那不是花，是一树果，一树稠稠的白果。那果子玉米粒般大小，珍珠样洁白，在重露的沁润下颗颗含泪欲滴，缕缕白雾愁云般将她缠绕。一下子便让人觉得那不是树，是一位素衣素心的仙子。那，又是什么原因让她伫立在这深秋时节的云雾山中呢？

她含恨饮泪，一身的悲剧气息，分明就是为救郎君起死回生，进山盗灵芝的白娘子！云能知道她的情。她垂首低眉，一身素衣，分明就是那逃出滚滚红尘，一心吃斋念佛的仙姑！松能知道她的意。她冰清玉洁，衣袂飘飘，超凡脱俗，分明就是一位侠肝义胆的女剑客！山能知道她的心。

一阵风起，浓雾瀑布般漫过山垭，还没等我回过神来，她便悄然拂袖而去。

三

二一年秋天，山里的朋友捎来话说：快来吧！你不是还有一个未了的心愿吗。

心急的人总是爱起早，没想到出城又是一路大雾。也许是心诚所致，一上神道岭便日出雾散，朋友早已站在那高山之巅迎客松般伸开了他的双臂。他说，神道岭今天一定会给你一个惊喜。

快到那个山弯时早早停了车，一步步寻去，湛蓝的天空白云悠悠，金黄的树叶被阵阵秋风摇落，蝴蝶般在寂静的山路上起舞，寻了一弯又一弯，直走了一个来回，不见那树也不见那果。难道说那记忆中的相遇真是一场梦、一场浓雾中的想象？

啊，望见了！望见了那一树的白果！可情景却与往年大不相同。常言道，红花衬绿叶，但这一树却是红叶衬白果，像是火热的手捧着洁白的心，让人生出几多崇敬，几多感慨。更奇的是那果脐竟是一个规规整整的五角星形状，在那蓝天的映照红叶的衬托之下，像是在秋风中唱着生命的赞歌，让人的心中又生出几多激越，几多澎湃！因为没了那云的缠绕雾的笼罩，再不见一丝悲剧的气息，一树的红叶白果挺立在这大山之间，高洁坦荡一尘不染，真似降临凡间的天仙，羽衣霓裳随风飘舞，把快乐和吉祥播向人间。

静静地坐在树下，抬头望去，白果仙子素面朝天，缕缕云雾做了她的衣袂，迎风起舞；玫红的霜叶做了她的霞帔，点缀生辉。风劲时，云游树动，恍惚中人的心也随那仙子飘飘而去。真是“家住苍烟落照间，丝毫尘事不相干”（陆游《鹧鸪天》)。

回过神来向周围望去，才发现灿烂的不只是这一棵树而是整整一座山。海棠如紫玉，山楂如玛瑙，就连那一簇簇的野菊花也像志趣相投的人在这神道岭聚合，要黄就是一坡灿烂的金黄，要紫也是一洼奔放的嫩紫，要白更是一道梁子的洁白，呼应着悠悠飘过的云朵。如果说她们都是仙子，那么是谁能有这么大的感召力，一夜之间让她们聚合在这神道岭呢，是这大山日益优化的植物链还是那好客的山里人?

四

高洁的树木一定有她的故事。回家后立即将白果的照片发到网上求教，热情的网友便将答案纷纷发来。才知道这奇树叫白果花楸，蔷薇科花楸属，俗称女儿木。茎皮和果实均可入药，具有利肺镇咳、生津补脾、强心、抗辐射、抗氧化等功效。全世界的花楸属植物有八十余种，我国就有五十余种。花楸喜光也稍耐阴，抗寒力强，多生长在海拔一千五百米到两千五百米的地方。她枝叶秀丽，冠形多姿，花季果期都很长。初夏白花如雪，入秋叶片经霜变红，果实因其种类不同或白、或黄、或红挂满枝头，非常具有观赏性，国外已在园林绿化中引进。

在我们小城街头还看不到她的身影的时候，每年便有了神道岭上的一次约会。

五

今年，天入深秋，细雨敲窗，想着那神道岭怕是去不成了，朋友却说雨中有雨中的景，有行动就会有故事发生，黄龙总是会给你惊喜的。

天随人愿，上了山，雨果真停了，雾也散了，云缝中竟不时有几缕阳光透出，将那婷婷白桦高擎的霜叶点燃，一种贴近心灵的、绵延舒缓的情绪便像溪水一样娴雅从容地流淌开来……

开车的小伙子轻轻将车停在路边，他说，你看那是什么？

车窗外的山坳里，是一群褐马鸡，脸颊丹红，尾羽如帜，悠闲地踱着步子，在落叶间觅食。这珍禽是国家的一级保护动物，往日也见过，但它哪里容得你这般细细打量，等不得车停稳早已惊弓之鸟般逃得无影无踪。今天它们却是那样从容，从容得像是在自家门前觅食的家禽，没有对环境的感知，没有对人的信任，它们何能如此胆大从容？

望向车的另一边，不远处，应该就是我年年心仪的白果花楸，只是叶已落，果已坠。

神道岭，四季可游，三月迎春灿烂，七月清风送爽，十月霜染红叶，腊月山舞银蛇。驻车路畔，或是进小木屋凭栏而坐，望重重山峦将所有烦恼挡在天外；或登上摘星台听林涛阵阵把尘嚣涤尽。谁道清欢难觅？清欢最是这边！

想起几天来常听到的一个词，后花园。“山中何所有？岭上多白云，只可自怡悦，不堪持赠君”（南朝梁人陶弘景《诏问山中何所有赋诗以答》）。欲觅清欢，请来神道岭，看看您的缘分能遇到哪路仙子？

（2016年中秋）

山深花更浓

心闲时，闻说汉中春正浓，千里沃野花如海，人醉花海中。

站在灿烂的油菜田边，却觉着那铺向天边的金黄是旭日阳刚一嗓子《春天里》吼出的温暖。

看油菜花就像是去看故乡的老家亲，无论隔了多久总在你的心底，但真到了要去的时候则需要好好地调匀了心气，绝不能让她感到一丝一毫的张扬、做作和浮气。其实连一句问候都不要，只要你迈着平实的脚步，怀着真诚的心态来到她们身边，就会被她们温暖和感染。所以当看到高速路边停着的一溜车子和到处是端着长枪大炮的摄影发烧友时，我便感到这不是和油菜花交流的地方。一道铁丝网把我们隔离在两个世界，欣赏油菜花不应该在这人来车往的大路边，应该在人欢马叫的小山村，应该在能听见蜜蜂唱歌的山梁上。

听说油菜花节的最佳观景区在洋县，但主办方明显估计不足。高速公路洋县出口收费站的车排起了长龙，我们只好到下一个出口——城固收费站下高速再朝回拐。可没想到城固的情况也好不了多少，先是遇到电力施工，头戴墨镜手提矿泉水瓶子的交警非常冷静地制止了我们急切的心情，好不容易放行又遇着道路施工，搅起了漫天黄尘的施工车几乎把路面占完。挣脱它们的包围后已近中午，路边的油菜田是不少，可到处是丝丝缕缕的电线和高高低低的铁塔，像保安和城管一样横在那里。虽然不知道它们是在警戒着什么，但心中的那一层隔是怎么也取不掉的。情急中就只好将车朝山边开去，可到了几乎无路可走的地方还是逃不脱那张网。调头回转，迎面过来一位开拖拉机的老乡说，那路尽了车还能朝前开，翻过小山梁是一道坝了，那里的花好看。没想到等我们再弯转回来时，那老乡却等在路的尽头指点着让我们把车朝山梁上开。

车上山梁眼前豁然开朗，近处是一池碧水，水那岸是一个深藏在油菜花海里的小山村，白墙红瓦，隐隐有村语传来。我们来时走过的小山梁顺势而上，像一只巨大的臂膀把那村子活活地揽在她的怀里。

眼前的美景和那位老乡的热心把刚才的不快一扫而光。

如果说汉中是我们汉人的老家，那么这油菜的花色就是我们汉人生命的底色。她黄得纯正、黄得响亮，这一抹金黄向天边铺去，就像陕北高原上的唢呐亮起的铜音，一下子就能把人生命中最本质的东西唤起。油菜花没有玉兰花那样高雅，也没有牡丹花那样雍容华贵，但她却有一种无可比拟的厚道和朴实。一朵一朵看去时，她们是那样的微小和不起眼，但她们却最懂得和谐相处，手挽手就将小景造成了一种大势，让百姓人家的光景风生水起有滋有味。看油菜花就像听旭日阳刚的歌，那审美的愉悦是从心底漫卷而来，不是轻松、不是忘忧而是将你生命的所有积淀统统卷起，越是艰难坎坷那撞击就越是激烈。可无论你的心底有多么大的波澜，望一眼油菜花采集的阳光、望一眼那微小造就的大美，就不由得把心平平放下，踏稳了脚步朝前走去。

油菜地里走一圈便被点了一身碎花，阵阵吆牛声把我又引向了旁边的山梁。山坡上小麦油菜相间而植，相互的衬托，显得那麦苗更加绿得蓬勃、油菜更加黄得热烈，像是彩色的阶梯一直伸向天际。站在高处向下望去，坝子里的风光尽收眼底，原来在那油菜花深处的小村旁还有一个小池塘，池塘边垛着一溜麦草，草垛旁正有三五老人垂钓，田垄间有劳作的男女，村道上蹦跳着顽皮的孩童，这情景望一眼立刻有老屋的炊烟在心中漫洇，油菜花的背景中，那些影影绰绰的往事便徐徐朝你扑来。山因花而秀，花因水而灵，水因人而活，那山那地那村那人那花那水相互滋润浑然一体，让你觉着这才是本真实在的生活。

下山后再过池塘旁，山色的倒影将一池春水洇染，幽静的水湾里，苍鹭腾空白鹭栖树，让你的心也惊鸿般飞去。

回去时想着若再遇到那指路的老乡，一定要向他道谢，可望尽花海却不知哪里是他的隐身之处。

（2011年早春）

微山湖上静悄悄

半个世纪了，每每在心情愉快的时候总能情不自禁地将这首歌哼起，当那富有民歌特色的抒情慢板跳入豪迈的快板时，心一下子就飞起来了，再想想夕阳下那波光粼粼的湖水，飞奔的列车上那矫健的身影，不由得脚底生风，俗事皆忘。这大概就是音乐的魅力所在吧。

真正站在了微山湖畔，反而感觉到一切是那么遥远，此时的微山湖因了冬季的清冷真是静悄悄，晨光中往来的打鱼船远远望去像是在镜面上滑动，没有歌声，没有鸟叫，打鱼人敲着船帮驱赶鱼鹰的声音声声入耳，也像是一部老电影中打更的梆子声，敲三下喊一声：平安无事啰！

直到船进芦苇荡，螺旋桨荡起的波浪冲天而起时，童年记忆中的土琵琶才从心底弹响，往事的闸门豁然打开，在这寒冬的早晨便有一种扑向故乡热炕头的温馨。碧蓝的天空让人心生明净，金黄的芦苇在水波的荡漾中摇曳，戏水的野鸭像表演轻功一般扑扑踩过水面荡起串串涟漪。刘洪、芳林嫂、小坡……船家的解说便作了这画面的旁白。

豁然开朗时，眼前是一片繁忙的景象。鱼鹰船首尾相连，每条船上足有三四十只。那被奴役的大鸟缩着脖子像战俘似的兀立在船边，主人扬起竹竿一声令下，它们便冲锋的战士一般跃入水中。识趣的船家非常及时地将船熄了火，望着我手里的相机，说这冬季游微山湖有冬季的好处，虽欣赏不到十里荷花，可游客少时间足，你想到哪儿到哪儿、想玩多长时间玩多长时间。但有一点要事先说清楚，得加钱……

谈判结束，船家便由我们环湖徜徉。那放鹰的渔家三五结伴，手握双桨眼瞄前方，瞅准鱼讯便猫了腰箭一般冲过去。得令的鱼鹰哗哗下水，一个猛子钻出水面时，鱼尾已像旗帜一般在嘴中摇摆，眼疾手快的渔家一竿子便能把鱼鹰挑入船中。我们常说，煮熟的鸭子飞不了，这些可怜的鱼鹰，到嘴的猎物却因了那系在脖根的绳子不能下咽，又被主人生生地从嘴里抠了出来，然后又将空腹的它们抛入水中。这灵禽便在饥饿的驱使下反复劳作反复被掠夺。古人有诗曰：碧水淹江渚，蓑翁置罟罾。舟轻惊白鹭，哨响落鱼鹰。畏主难张口，嗟食尽显能。鸹声非造化，细处有环绳。

网鱼者看上去要潇洒得多，他们的动作至少在外人看来不像是为了生计的辛劳，而更像是一种诗意的表演、一种传统的坚守。他们披着一肩阳光，挥手处那撒向空中的网天女散花一般呈荷叶形展开去，于那粼粼的波光中捞起的不只有活蹦乱跳的鱼虾，还有祖祖辈辈相传的生活智慧。战争远去，岁月静好，如此传统的情景便更像是一种仪式，让人温情倍生。唰——唰——唰——，网一次次撒向时光的地平线，心一步步走向自然，收获的是无法言说的美好。

登上微山岛，我们便直奔铁道游击队的纪念碑。那碑座是远航的船，碑是高扬的帆，潇洒地坐在船头的是我们熟悉的“小坡”，怀抱着他那心爱的土琵琶，微仰的脸上洒满午后的阳光，温馨而又浪漫。纪念碑前有两组群雕，一眼便能认出哪个是刘洪、哪个是王强。芳林嫂怀抱的不是她的女儿却是一个小男孩，他端着一只日本兵的钢盔，正在撒尿。展馆里有一张茅草屋的黑白照片非常引人注目，那是入侵当地的日本军向铁道游击队投降的地方。正规部队向地方武装投降，据说这是独一无二的。

与纪念碑遥遥相望的另一座高大的建筑叫望湖塔，走近去才知道那不是古物而是一位先富起来的开发房地产的老板投资新建的。塔座是侵略者炮楼的原址，塔前是各路神仙的殿堂，塔像是没有完工便开始破败，瓦当脱落，栏杆倾倒，难以登攀。庙堂前却是香烟袅袅，刚过去便有人迎出，问，烧香不？

战争远去，平安无事，和平岁月里的人们便生出诸多欲望。但凡名山胜水之处，多有庙宇高耸，但那庙堂里多的是祈求，少的是信仰，只知求官求财求福，不知修心修德养性，夹着厚厚的布施直把各路神灵像贪官一样去叩拜。这没有信仰的叩拜，使一个个高官跌落将神像撞碎，使一个个平民上攀将朴素遗弃。

物质果真是一切的基础吗？果真是温饱之后才能知廉耻吗？微山湖上静悄悄，这也可能是我们的视而不见和听而不闻。夕阳西下我们离去，心中永远珍藏着那美妙的旋律：

西边的太阳快要落山了，

微山湖上静悄悄。

弹起我心爱的土琵琶，

唱起那动人的歌谣……

（2016年12月）

前路未知的诱惑

系好安全带。坐稳。抓牢。

当那些开沙地越野车的小伙子严肃着脸，反复叮咛着的时候，我认为他们简直是小题大做。以我早年开车的经验，沙地开车除了保持稳步前行，避免猛打方向猛然加速，严禁中途停车以外，在这看似有形却无形的软绵绵的沙丘之间还能玩出个什么花样来呢?

所以那时，我一心想着的就是那腾格里沙漠深处的月亮湖。

据地质学家考证，六千五百万年前这里曾是一片汪洋大海，是恐龙繁衍生息的家园，那些发掘出来的恐龙化石完整率高达百分之九十八，今天招魂般屹立在阿拉善盟左旗的博物馆里，向人们诉说着它那童话般的历史。后来，由于地质变化，亚欧板块和太平洋板块相撞击，致使地面抬升，形成阿拉善高原。阿拉善高原干旱少雨，年降水量不足二百毫米，而蒸发量却高达三百毫米。经过漫长的高温蒸发，水面逐年减少，土地不断沙化，只残留下一些大大小小的湖泊，月亮湖便是其中之一。

热爱家乡的阿拉善人赋予月亮湖一个美丽的传说。相传，阿拉善第二代王爷阿宝帮助康熙平定噶尔丹立下赫赫战功，康熙将他的侄女道克欣公主许配给了阿宝。在离开京城时，他将身边养了多年的一对鸿雁送与公主。来到阿拉善后，这两只鸿雁还生了一只小鸿雁，取名白云。一日，公主因思母心切，让小白云传书进京，不幸中途遇到狂风坠落腾格里沙漠，因未完成使命，小鸿雁每晚对月流泪，眼泪化为湖水，因此取名月亮湖。更奇的是那湖的水面形状酷似中华版图，芦苇的生长恰将各省区一一标点。想来也应是当年的公主心存社稷所致吧。

正想着时，那些清一色的80后小伙子轰轰隆隆启动了满载游客的十几辆沙漠越野车。坐在前排的我极不情愿地系好了安全带，那些由军用车改装的“顺六轮”并没有选择沙丘间平缓地带行驶，却凭借着大马力驱动战马般一声长啸向着迎面壁立的沙梁冲去。我下意识地朝前一挺，头就嘣的一声撞在了窗框上，好在那车内的框柱都是用海绵包了的，并无大碍。正想着沙梁的那一面不知是如何的世界，那小伙子却猛打一把方向，车子唰地在斜坡上划了一道弧线直向谷底冲去，心就像甩到车外一般飘了起来。我嗔怪地向那小伙子望去，有这样开车的吗？他却一脸无事，顺手拧大了车上节奏感极强的摇滚乐说，这就是我们的沙漠冲浪！

接下来便活活的是一场绝技表演。那车手脚下踩的不再是油门和刹车，而是冲浪的踏板。他带着我们划开层层沙浪，一会儿跃上沙海浪尖，一会儿跌进谷底，上升时像是立马就能飞入白云深处的天堂，下降时则像要坠入万劫不复的深渊，你越是恐惧惊呼，他越是来劲，腾挪飞跃长上翅膀一般自如。你，永远不知道他会把你带向何处！可就是这不知道，就是这前路未知的诱惑，刺激着你希望他向前，再向前！

在适应了那跌宕腾挪的节奏、天堂深渊间的落差以后才慢慢品出了这沙漠冲浪的享受。有时候像是乘着巡洋舰在万里波涛间穿行，任他巨浪扑面，你自会绝处逢生；有时候觉着自己就是一只圣洁的神鹰，在盘旋中领略着万顷沙涛的广袤，在俯冲中尽情挥洒着胸中的粗犷和豪放。更多的时候你会觉得自己是一匹未配鞍嚼的骏马，正在向着那白云深处的金色地平线奔跑，地平线的那一面一定有着不一样的风光。可当你跃上峰巅后，没有了高度的对比，便显不出脚下的巍峨；风吹走了白云，也没有了那变幻的神秘，眼前一片空旷，胸中一下子也会变得空空荡荡。当新的希望充满胸臆后，你又会继续新的奔跑，无论在谷底还是在峰巅，你的心里只有希望，那希望把你诱惑。

月亮湖终于到了。真佩服大自然的造化，他将静若处子的一湖碧水藏在这大漠的深处，他将粗犷和细腻巧妙地搭配在一起，蜿蜒在芦苇丛中的曲廊里，风送微波水鸟和鸣，那放野了的心事和喊直了的嗓子立马柔软了下来。那象征着永恒、兴旺、坚贞和忠诚的天蓝色哈达在路边随风飘扬，把美好的祝愿送给每一位游客。

这月亮湖如若真像中华的版图，那么这湖在何处？人又在何处呢？

似乎只有跳到水中去寻找了。

（2011年8月12日）

私奔　焉支山下

无论何时想起，那一次旅行，都是一次彻头彻尾的私奔。那天清晨，正在大青山下五当召前倾听着经幡的风语，变焦镜头中一串光晕的摇曳却从焉支山下弱水之畔送来了风动玉佩的信息，当下便有了一个莫名的冲动：向西，一路狂奔！

爱车变成了一匹善解人意的黑骏马，当我头抵着它的脖颈时，它已完全明白了我的心思，一个响鼻，热气直喷我的胸脊，我立刻血脉偾张，翻身上马，它箭一般向河套平原射去。

私会的隐秘和狂奔的野性使这次行动充满快感，使之成为一场彻头彻尾的精神私奔。这一天，狂奔两千里，一路穿四季，即使暮年之后衰卧病床，回想起来也会兴奋不已。

这是五月五日啊！这一天有道亦有情，这一天妖亦有情怪亦有情。这一天是传说中的“道高一尺，魔高一丈”。法与术、道与情的较量决定了这一天绝不会风平浪静，也就没有一路顺风。刚刚奔过黄河迎面就是万丈沙尘，不知是我们误撞进了人家两军厮杀的阵营还是老天就单单是为了阻止我们这一次冒犯戒律的西行。杨柳的枝条变成了冲天的怒发，就连那矫健的鹰鹞也在空中进退无主，我的黑骏马却飞蹄御风义无反顾，穿过贺兰山麓便彻底摆脱了沙尘的撕扯。

一路西行进入河西走廊，黄沙、碧水、巉岩、绿野，粗犷与柔美互为映衬，不由人生出宋词般的感触。但余途千里难料风雨，心约黄昏光阴似箭，一切都不容信马由缰去品味那长词短句的韵律。

果然不出所料，进入古浪又是风雨袭来。待到云开日出，祁连山已迎面扑来，刚才山下的风稠雨骤山上却是飞雪漫卷，这会儿雾缠山腰银装素裹，参差的山峰直入云天，在雨后斜阳的映照下利剑般熠熠生辉，壮士边关的情怀油然而生。

汉时的长城已经瘦成了一道土墙，在两千年的尘埃中时隐时现，我的黑骏马循着张骞、霍去病的足迹一路狂奔。夕阳西下，两旁的麦田一片金黄，闪电般飞驰而去，山脊上的烽火台一座座遥相呼应，像是一声声呼喊着：夕阳！夕阳！！为我加油，唯恐我爽约黄昏后。而我的黑骏马不用扬鞭自奋蹄，长鬃猎猎，逐日而飞。

落日有情，一直把我的黑骏马引到隋炀帝当年举办万国博览会的焉支山下。据史料记载，炀帝大业五年（609）三月，隋炀帝西巡。六月壬子日至焉支山，高昌王鞠伯雅、伊吾吐屯设等西域二十七国来朝谒，来者皆“佩金玉，披金罽，焚香奏乐，歌舞喧噪”。隋炀帝亦命令“武威、张掖士女盛饰纵观，衣服车马不鲜者，郡县督课之，骑乘嗔咽，周亘数十里，以示中国之盛”。万万没有想到的是一千四百多年后的今天，这里竟然没有一块让她们自由生长的土地。稍许宽慰的是隔着囚禁的栅栏，我看到她们丝毫没有沮丧沦落之态，衣袂飘飘，或红或紫或白均被流霞色染，亭亭而立，堪称“水佩风裳”，一如当年奉旨迎宾的佳丽，自信在胸，仪态万方。在一排胡杨树下，我滚落马鞍，旅途的劳顿几乎使我匍匐在地。因为这会面的私密，我不能将她们的名字呼唤；因为这探望的一厢情愿，她们全然不知。暮霭中，高山上的烽燧铜浇铁铸一般凝重，这焉支山下曾有过多少次血雨腥风？这河西走廊曾掠过多少金戈铁马？虽然暮野西风如涛，但她们不悲不萎，暮霭紫气中风动霓裳，曼妙如舞。她们擎心在手，素洁如莲，像是在高擎着一尊玉壶，那壶中是她们用青春和心血酿成的可以疗伤却痛的琼浆；亦像是素手提灯，宽袖遮风，为即将到来的黑夜照亮一条希望的路。我心我自知，堂堂女丈夫。

世人只知道有多少生命在她们的脚下枯萎，却不知道她们的美丽为多少人减少了疼痛、她们的温柔使多少人免去痛苦的记忆。谁都明白美丽不是美丽的罪责，温柔不是温柔的过错。水可载舟亦可覆舟，五谷本可果腹，暴食过度亦可丧命。世间多少尤物过度都成毒啊！水无罪，五谷无罪，她们亦当无罪。欲望无边不知自持本是人类贪婪的天性，可这千古骂名为何偏要她们承担？

就像“红颜祸水”一样，不敢担当，归罪无辜，这是人、是男人羞于担当的谬论！

胡杨树边，淙淙流淌着祁连山的雪水，黑骏马在月光中悠悠地甩着长尾把丰盈的水草享受，我头枕马鞍把时辰等待。我在等待着黎明时那一刻的再会，我只想问：谁愿意和我骑着马儿走天涯？天涯没有伪装，天涯有真诚！天涯没有戒律，天涯有自由！能思想，会选择，本是造物主赐予人类的灵性，靠强行管制，而不是靠自由选择来决定生活的质量，那不仅仅是你们的悲哀。

梦醒时我依然躺在蒙古人的毡房里，和落日余晖一起透进毡房的是一曲《马头琴弦上的草原》，走出毡房，那芳草萋萋的山岗如诗如画。如果你是草，你会感到那风的抚摸；如果你是风，你会感到雄鹰羽翼的划过。

苍茫的雪野冽冽的长风，

悠远的往事岁月的嘶鸣。

我的草原在马头琴弦上流淌，

流淌成一片辽阔的风景。

每当马头琴声悠扬地响起，

整个草原都在用心灵倾听。

啊，倾听……

有人说：无论男女，在心灵的隐秘处或深或浅都有过私奔的情结。年轻时，那是一种激情的冲动，是生命力旺盛的证明；年老时，那是一种对衰老的抗拒，是对青春的向往。旅行，是洗礼灵魂的私奔。

明天，我还会踏上新的旅途。

（2012年端午）

一个人的攀登

无论什么时候望见贺兰山，都不由人肃然起敬，它骏马般高昂着头颅，永远保持着奔跑的姿势，山巅的旗云就是那迎风飘扬的猎猎银鬃。

谁也说不清这座大山究竟经过了多少次战火的洗礼，以至于望上去满目峥嵘，充满了男子汉般深深的忧郁；谁也说不清这座界山里羁绊着多少冤魂，以至于你无论从哪个角度望去，它都是在怒吼着狂奔。

越是说不清，诱惑力就越大。当听说能有机会攀登这座久仰的大山时，我竟像小孩子般的高兴。没想到当我满怀憧憬地来到雪岭子山口时，林警却告诉我：五点钟就要封山，你就在近处随便走一走吧，上山是没可能了。一看表，可供我利用的时间只有一个半小时。怎么办，难道说就在这只能望见一线天的山沟里坐等日落西山吗？不，我一定要在这有限的时间里达到自己能够达到的高度！

沟口的山坡上只长着些杂树，奇怪的是那些树都是人为般等距离地生长着，似乎是多大的地面、多少雨露阳光能够养育一棵树的生命，它们都心知肚明，它们便就那样谦让着和谐为邻。再朝上走，阔叶林就变成了针叶林，山越高树越密、越大，以至于密得让我这个急切行走的人几乎喘不过气来。

山路上都是迎面的下山者，没有一个人与我这个不识时务者为伴。隔不远就停着一辆摩托车，站着一位值勤的林警，他们都善意地把我劝阻：天不早了，你不能再朝前走了。我便脚步不停地微笑着解释：再让我走一程吧，我知道自己的时间，我算计着呢。

再走时迎面跑来两个孩子，像是俩姐弟，他们是顺着林隙间的阳光跑下来的，看上去像是顶着一头金光。当我问他们还要多少时间可以上到山顶时，他们说：二十分钟！说完便拉起一根树枝欢跑而去。

一下子，我便觉得这两个孩子是专为我指路而来的。我还有六十分钟可以利用，二十钟上山，十分钟拍照，再用剩下的三十分钟我完全可以奔跑下山赶上最后一趟车出山的。前路一明，心里立马敞亮起来，我脱下汗湿的衣衫搭在肩上大步而去。

这时两旁的树真可以用参天去说，在那挺拔的杉树间，偶有老树如熊踞、如虎视、如龙盘，不时还有横倒在地者，它大概是太想出人头地了，招来了风，就连脚下的地皮也被扯起。急行中，我只能听见自己的心跳，望着头顶那尖尖的树冠，我急急地盼望着，再上一个新的高度就会给我一个贺兰山的视野，右稻田，左沙漠，目接千里。但是没有，头顶的树隙利剑划开一般，偶有云朵飘过，除了希望还是希望。

石阶上下来些马匹，驮着红红绿绿做生意的细碎，赶马人走过了又回过头叮嘱我：山上再没人了，就你一个人了，你快些下山啊。

踢踢踏踏的马蹄声淹没在林涛之中的时候，我攀上了山巅。山脊上的岩石在太阳的照射下黑金般闪亮，两峰之间是一片翠绿的草甸子，明亮的小黄花点缀其间，一株株蒲公英已高擎着它们的小伞，只待时机到来便会乘风而去。套上衣衫，平稳了呼吸，才发现身边云杉的针叶上都顶着晶莹的水珠。你们也出汗了吗？

听不见了自己急促的心跳，林间风送鸟鸣天籁般漫过。当再一次清楚地意识到这高高的山巅、这天台一般的草甸子上只有我一个人的时候，我一时间感到了自己是那样的孤独，没有人听我诉说，没有人和我分享眼前的美景。忽而，我又感到自己是那样的富有，这山间的美景、这山间的天籁之声，我看到了、听到了我就拥有了，山花为我微笑，山鸟为我吟唱，眼睛里没有了眉高眼低只有山高水长。我大声呼喊，我飞腿狂奔，相拥着惬意的山风，我扑向那圣洁的草地。

草甸子的中央有一个高高的敖包，七彩的哈达迎风飘扬。我不是一个迷信者，但我相信每一个人的所作所为都有一双眼睛将你洞察，每一个人的一言一行是做给别人看的、是作为交换的，还是做给自己的心的，那双眼睛都能看穿。我像许多普普通通的行走者一样，为那敖包加上了属于自己的一块石头，绕行三匝。我匍匐在地，按动快门，我要将这山巅的美景带回家，我要将这蒲公英带给喜爱它的朋友。

当我从镜头上西望的时候，我相信这贺兰山的高度给我的视野至少会是一匹骏马一日的行程，在我的视野里应该有出使的张骞、取经的唐玄奘，应该有骆驼的蹄痕、商人的车辙，还应该有农人和牧人交织的密密的脚踪。但是，我的镜头潮湿了，我的视野一片模糊。在这模糊的视野里延伸的只有我的想象。

我从心里真正明白了自己为什么要一意孤行奔上山来。人生在世，无论你有多少亲朋好友，无论你是富有还是贫穷，有些事情必须你身体力行独自担当，谁也代替不了。只有你亲身经历过了，才能真正收藏于心。

其实，我清楚这一刻，我也清楚这一年对我来说预示着什么证明着什么，满心以为以我平和之人散淡之心是会像羽翼接触绫罗般柔曼地滑过，却万万没有料到这一年的日历中还有这许多的山高水远坎坎坷坷，必须由你一步一步走过。

当我收起相机回头再望的时候，又看见那远处还有山，山上还有树。有人说，每一棵山里的树，都暗暗保佑着山外一个小孩的命。那么就让这山再高些树再密些吧，如果命运再给我机会，我一定会从那密林里一步一步走过。

转过身，我又一个人走下山谷。“贺兰山的视野”仍然是我心中的一个梦。

原载2011年9月17日《延安日报》

薄荷一枝送清凉

坐多动少，虚火淤内，端午出行刚刚翻过秦岭便牙根肿痛唇生燎泡，顿时心烦意乱游兴大减。挨到巴山脚下，曼姨一看，说了声“没得事”就不见了人影，旋即揪回一捧青叶，端过一个青瓷大杯说：泡上，当茶喝，管用的。

滚水冲下，一股清香随热气盈杯而出。抿一口，满嘴清凉，喉鼻通泰，像吃了芥末一般提神醒目。迎着我疑问的目光，曼姨说：薄荷，败火的。

嫚姨是同学的小姨，当地习俗，昵称小女为嫚，后辈们便在这嫚字后面加了个后缀，按辈分嫚姑嫚姨亲昵地唤着。嫚姨今年虽是八十又五，但耳聪目明手脚麻利。站在屋檐下望出去，稻田那面一溜小坡新绿葱葱。她说：那就是我挖的，没得事，拾掇拾掇。

第二天清晨刚刚五点，门响处闪进嫚姨，手里又是一捧清新的薄荷，衣襟上露湿点点。这么大年纪，连累她早起，真是不忍。她却说：没得事，你们不来，我也这早起，惯了。

新鲜的薄荷开水一冲更显嫩绿，叶脉道道琥珀一般透着，那翠绿的汤水望一眼便是口舌生津，喝一口，那略带苦味的清凉之气像是冲进腹腔打了一个转赶着淤积的火气从鼻腔夺路而去，顿觉一身轻松。

屋前屋后地转着，老人又跟了过来。路边的花，田里的秧，池里的鱼，还有那与人若即若离翩翩翻飞的鹭鸶对我们这些来自黄土高原的人来说都是稀奇的，老人如数家珍般一一为我们介绍，知人，随和，又自然而然地透出了一种自在和享受。听说儿子要领我们上山观云海，她欣然而语：我陪你们。

山高路远，车马劳顿，能行？

老人还是那话：没得事！坐车，又不用力。

山名凤凰山，最高处海拔两千一百二十八米，古木参天，山路幽静。山北艳阳高照，不见一丝云雾，正担心白跑一趟，车过山巅朝南一望却是云雾翻腾，奇峰异石在飘忽不定的云雾中忽隐忽现，更神奇的是那云雾说起时波涛汹涌，瀑布般漫山而过，说散时梦幻般了无踪影。山下村舍田畴历历在目，真有一种时而天上时而人间的感觉。望着身边的银发老人，真也是“望断南北千丘堰，脚踏云端似神仙”。

下山后同学要看四姨，嫚姨又作了向导。四姨九十二岁，但也和她八十五岁的妹妹一样，手脚灵便亮声朗语，搬凳倒茶不让后辈。同学的父亲早年在外工作，他们兄弟姊妹五个，有三个都是在四姨家出生的，想想那计划经济的大集体岁月一汤一饭热凉冷暖是怎样一天天呵护过来的，就知道这个姨待人接物有多宽厚。听说同学还要去看舅舅，她说，我也会会。随即就不见了人影。一顿饭工夫，她亮亮堂堂地站在我们面前，不仅头梳过了衣裤换过了，就连鞋袜也换过了。敬人尊己，真是神仙一般的老人！

同学的舅舅在姊妹中年龄最小，但也已经是八十一岁的高龄，姐弟三人相会且有外甥远道而来，那欢喜是自不必说的。去年同学请他们一同逛了一次北京城，打开相册又沉浸在当时的喜悦之中。他们说，毛主席就是站在这红柱子底下讲话的。

趁着他们拉话我步出村外。整个村子依山麓而建，房屋鳞次栉比，房前屋后稻田荷塘星罗棋布。正是灌水时节，到处流水潺潺，田埂上迎面遇人，大都早早避让田水之中。道一声谢，那人便谦谦地说：我们有雨鞋，不碍的。

傍晚落日衔山，一天霞光，不舍那山清水秀田园风光，再次步向阡陌已是蛙声一片，池塘水田如镜映天，瑰丽无比。山名凤凰，村叫枞岭，望山上暮霭团团接地连天，看村边荷苞初绽绿叶遮粉面，白鹭栖翔款款，影视的慢镜头一般划出了一道道优美的弧线，迎面走来有荷锄而归的也有挑粪灌田的，他们顺时而动，顺势而活，活出了自己的天地气数，常人难比。

晚饭后，两位老姐妹依然陪着一家人坐在月光下唠家常，劝她们早点休息，却说你们明儿要走远路，先冲个凉去睡，我们不急的。凌晨两点多雷雨大作，门响处又是嫚姨，收拾散落在院子里的小凳、晾在屋檐下的鞋袜。雨过风停，我却再难入睡，这个年龄的老人看她们那一头白发就会知道她们经过了什么样的风云世事，看她们那宽大的双手有力的骨节就会知道她们付出过多少辛劳，是什么样的精气神使她们身健心明，永葆主母的心气和情怀呢？

起身返程时，嫚姨又是一捧带露的薄荷递进车窗，顿时满车清香。“愿与你再次相逢”，我们也借年轻人理解的薄荷花语与嫚姨约定：明年春天，再来看菜花！

（2016年夏）

这里有座遇仙桥

这本是延安清凉山巅两个山丘之间一座普普通通的过山桥，南北向，右边能依次望见王家坪、杨家岭和枣园的山坳，左边抬起头，巍巍宝塔就在眼前。起初这里只是摄影爱好者的一个好去处，他们在那桥边支起三脚架，拍夕阳点山峦，拍流霞飞满天。更有那抖音爱好者，喜欢倚着栏杆背对着一天霞光，介绍延安的风土人情和美食，或是唱一曲深情嘹亮的信天游。不知从什么时候起，这里慢慢就成了人们夏日傍晚纳凉休闲好地方。人们携老伴、挽情侣、扶老人、肩幼童，三三两两缓步而来，倚在桥边，吹着徐徐的过山风，望着落日的余晖依次点染宝塔的金顶、撞响清凉寺飞檐下的风铃、绽开你我他一脸的笑容，心情便出奇的好。有那年轻人就打开手机的视频喊了起来，喊山、喊人、喊光景日月，呼唤美好的未来，欢声笑语连成一片，被崖娃娃传得很远很远……真是“行到清凉别是天，无端佳致迥幽然”。大家便给这座桥取了一个非常富有想象力的名字——遇仙桥。

享地理之便，夏日午后，隔三岔五，我总会从屋后的山脚拾级而上，待一身微汗时便到了山顶。遇仙桥边有一座凉亭，也有一个非常富有诗意的名字——飞霞亭。亭前有一个清清的水池，坐在亭下的廊道里消汗时，便会看到一朵一朵的晚霞落入池水之中，心事亦会一件件放下。时间一长便发现，来这遇仙桥消夏纳凉放飞心情的不仅外地口音者居多，竟然还有肤色迥异的外籍人士。你看那一对夫妇，有五十开外，像是刚从开发区建设工地的脚手架上下来，手里提着安全帽，汗湿的头发贴在额头。男的打开手机递给女的，女的未开口便是一脸灿烂的笑容："娃仔，考啥子样啊，奶奶等着给你发红包！你看我背后，太阳红红的地方就是枣园，毛爷爷待过的地方。志愿报完来延安，我带你玩。"你再看，桥头上停下一辆皮卡车，甘肃牌照，噗里扑通跳下五名男子，有两个还背着草帽，拍了宝塔，拍了单照，又请旁边的人给他们拍了合影，就又挤上车，风一样急匆匆绝尘而去。他们是赶场的麦客吗？有那年轻身手矫健的，大腿二腿一翘就坐上了栏杆的石柱，对着手机喊道："我刚学会了一首延安的歌，酒瓶瓶高来，酒杯杯低，睡到半夜我梦见个你……"

当然，更多的人只是默默地看，悄悄地听，或者是静静地想。他们或许想得更远更多。站在这里，可以望见杜甫川口，可以想见一千二百多年前诗圣杜甫躲避安史之乱时在那石崖下枕鞋而息，长夜难眠的情境，"避地岁时晚，窜身筋骨劳"。站在这里也可以望见凤凰山上的残垣雉堞，可以想见九百多年前的时谣："军中有一范，西贼闻之惊破胆。"虽然范仲淹当年修筑的镇西楼早已不复存在，但那"将军白发征夫泪"的悲壮情怀依然气贯长虹，"一范一韩"的摩崖石刻依然在古城落日的映照下灿若金铸，熠熠生辉。当然，站在这里，你最容易想到的还是陈毅那豪迈的诗章："百年积弱叹华夏，八载干戈仗延安。试问九州谁做主？万众瞩目清凉山。"

你听，在西北川方向的霭霭紫气中传来的是毛泽东主席的声音："人民，只有人民，才是创造世界历史的动力。"在那东边，梁家河方向传来的是习近平总书记的声音："陕西是根，延安是魂，延川是我的第二故乡。"对面，宝塔山飘来的则是降央卓玛和延安老百姓的合唱："唱支山歌给党听，我把党来比母亲，母亲只生了我的身，党的光辉照我心……"

你再站到一边的山坡上欣赏这遇仙桥的风景：桥下树木葳蕤，风起时，每一片树叶好像都在向人们打着热情的招呼；天空朵朵流霞像巧手婆姨女子剪出的窗花，有双龙戏珠、有凤凰展翅、有鱼戏莲花、有马上封侯，千变万化，令人心旷神怡。那流霞，能叩响我们中华民族本原文化的密码，能释放对美好生活的无限憧憬。此刻，你再看那桥上徜徉着的人们，那融融的夕照被他们款款地收入心怀，他们哪一个不是一脸霞光，飘飘欲仙呢？那些俊婆姨靓女子，那步调，活脱脱就像模特走台步一般，风情万种。那桥，在她们眼里分明就是一条通向理想彼岸的金光大道！

其实我们每个人身上都有自己的神性和仙气，只要我们能持守，人间寻常烟火就是最美的仙境。这清凉山，这清凉山上的遇仙桥是聚了多少人间的仙气啊！“晚凉更向峰头去，银汉无声北斗低。”站在这里，心中自会有一片清凉和安静。

原载2022年8月28日《延安日报》

教堂书店，深藏在历史书页里的故事

七月七日，一个特殊的日子，来到圣地河谷金延安。从再现千年前北宋延州古城风情的北街漫步到重现上世纪初延安老城建筑的南街，一座教堂撞响了遥远的记忆。稍微懂得延安历史的人，心中都深藏着一个有关这座教堂的故事。那么，金延安的设计者是如何讲述这个故事的呢？

这座教堂的原建筑位于肤施古城，是一百零八年前在基督教英国浸信会传教士史密斯先生的感召和多方努力下建成的，一九一四年十一月一日在这座新建筑里，举行了第一次献祭仪式。史密斯在《辛亥革命前后的延安》一书中写道，因经费的原因，椅子以及类似的坐具都是成批借来的，尽管这样，四百五十个指定座位还不够想来参加开张仪式全体民众的一半使用，“所有可能的地方都挤满了人，举城都在欢庆”。

同样是经费的原因，这座教堂在初建时因为没有买到钟，也没有建造钟楼。每次礼拜的信息都是靠一只从毁弃的寺庙里搬来的铁钟作替代品。后来有了当时在延安勘探石油的美国专家的帮助，才购回了教堂的钟，把教堂的一角按照原来的结构加高了六米多，建造了钟楼。史密斯先生自豪地说：“这座新矗立起来的钟楼，从很远的地方就能看到。”

谁能想到二十二年之后，在这座教堂里却秘密发生了一个有关民族命运的重大历史事件，在抗日战争的历史中留下了浓墨重彩的一笔。可惜这座美丽的建筑却在一九三八年被日本侵略者的炮火毁于一旦，不仅我们后人再也无法欣赏它的原貌，许多人竟然以讹传讹将它与桥儿沟教堂混为一谈。

金延安的设计者弥补了人们的遗憾，仿照原样将这座教堂复制在景区。在举国上下纪念抗日战争爆发八十五周年的特殊日子里，迈进这座复制教堂的门槛，迎面就是周恩来和张学良的塑像，那历史的一握被艺术定格。思绪一下子就穿越到八十六年前。

一九三五年十月，中共中央率领红军长征到达陕北后，我们党就开始着手对张学良开展统战工作。在中共中央联络局局长李克农等人的促成下，经过多次接触和沟通，双方约定于一九三六年四月九日在延安举行一次秘密会谈。当时中共中央的驻地在距延安城二百多里的瓦窑堡，延安城还属于西北军的防地。

据有关资料记载，四月七日，时任中央革命军事委员会副主席的周恩来和李克农一行由瓦窑堡冒雪启程，四月八日于约定时间到达延安城东的川口，等候张学良派人接引入城。谁知，因天气恶劣，空气湿度大，收发报受到干扰，无法与对方取得联络，结果一直等到当晚十时仍未见来人接引。而张学良虽已飞抵洛川，也因联络中断，停在洛川等待消息。直至九日早上，天气转好，双方电台再度接通，张学良才冒着风雪亲架飞机，飞抵延安。当晚八时，周恩来、李克农一行在夜色掩护下由对方代表接引走进这座教堂，就停止内战、组织国防政府和抗日联军、双方互派代表等一系列问题与张学良进行了彻夜长谈。

十六岁时跟随父亲在奉天时就加入了基督教青年会的张学良，站在这座教堂的穹顶下，国仇、家恨、信仰在胸中掀起了怎样的波澜，我们外人无法知道，最终张学良接受了中共停止内战、共同抗日的政治主张。中共中央也在张学良的建议下，发出了《关于逼蒋抗日问题的指示》，将“抗日反蒋”口号改为“逼蒋抗日”。这次会谈很快促成了西北地区抗日民族统一战线的形成，推动张学良义无反顾地走上了“联共抗日”的道路，使抗日战争的形势发生了根本性的变化。无疑，也为“西安事变”埋下了伏笔。

金延安的设计者将教堂的内部装饰成一个书店。坐在静谧的书桌前，打开历史的书页，你会有一种不同于任何地方读书的感受。此时、此景、此情，你除了对先辈的敬仰和缅怀，会有一种由衷的自省。史密斯先生在他的书中写道：“‘延安府’的字面意思是‘永久和平的地区’。我的调查工作渐渐让我产生了一种近似敬畏的谦卑。我们生活在一个有着永恒过去的地方，中华文明进程中几乎所有重大事件都与这个地方密切相关，有些甚至具有世界性的意义。对这个地方的了解越多，敬畏也与日俱增。”我们不能不佩服这位外国朋友在一百多年前的判断力和洞察力，他不仅总结了历史，也预言了未来，历史前进的每一步足迹都深深地印在了延安的大地上。

坐在历史的书桌前，烛光或许能掩盖我们翻动书页时的脸红，毕竟我们对于脚下的这方厚土知之甚少。我们需要给自己的灵魂寻找一个安静的归宿。

原载2022年7月22日《作家文摘》

夜宿杨家沟

杨家沟来过不至一次，夜宿杨家沟却是头一遭。感谢杨家沟革命旧址的管理者，让这些窑院在静夜里大门洞开，可以使我们这些外来者像回到自己的家乡一样徜徉其间。世间的事物真是太奇妙了，有些需要白天去看，有些则需要黑夜去看，圣洁的夜晚满天的星斗可以引领着我们的思绪自由穿行。

很久没有这样在星野下静坐了。喧嚣退去，湿漉漉的夜气袭来，飘散着艾蒿结籽后特有的香味。秋夜静坐，星斗可亲。银河横贯东西，北斗高悬在扶风寨的山头。繁星如心事，抬头仰望，越望越多。十分庆幸这里没有搞什么白夜如昼的点亮工程，让杨家沟保留着山村特有的静谧。就连毛泽东主席住过的“新院”里的布光也是刚刚照亮了脚下的路径，你想看的东西，走近了，照样能看得清楚。就像那块门匾，我们可以清清楚楚地看到主人的题名是“筑平”但许多资料中却介绍为“祝平”，并说是取祝愿百姓与社会和平之意，是否确切，没有见到本人的阐释，不敢武断。好在被载入史册的他还有一个公认的大名——马醒民。

夜深星繁，灯光可人。仰望着院子中央洁白的毛泽东塑像和廊檐下八条腾空欲飞的雕龙，不仅有一种诗意的朦胧，而且有一种超凡的圣洁。而耳边飘来的犬吠人呼，又不时将思绪拉回现实。我想围绕着这个被称为“中华民族窑洞建筑瑰宝”的诞生和抉择，马醒民先生肯定不知道有多少个夜晚在这扶风寨里仰望星空，苦苦思索，彻夜无眠。

杨家沟有“小北京”之称，这不仅仅是因为毛泽东主席率领中共中央机关和中国人民解放军总部转战陕北时在这里住过四个月，召开了具有划时代意义的“十二月会议”，作出了中国革命从战略防御转入战略进攻的决策，被认为是转战陕北取得胜利的标志点、走向全国的出发点和中国革命的转折点；它还应该有另外一个视角，就是“杨家沟是全国罕见的一个地主经济集中的村庄”，全村二百七十多户人家就有七十二户地主，陕北地区有数十万亩土地都归于他们的名下，一个小小的山村成了陕北的财富中心。盛名之下引来了众多的关注，一九三〇年，国民政府的农村复兴委员会访问了这个村子；一九四二年秋冬，时任中央政治局委员、中央书记处书记兼中央宣传部部长的张闻天，带领延安农村调查团进驻杨家沟，通过分析调查，形成米脂县杨家沟农村地主经济的典型调查报告——《米脂县杨家沟调查》，被称为“东方的《资本论》”。马醒民是马氏家族的佼佼者，先就读于同济大学，后留学日本，专攻土木建筑。因病回归故里后，担任了马氏家族私立“讲堂”扶风小学的校长。

也许常人很难相信，“新院”这所引起中外专家广泛关注的建筑瑰宝，竟然始于一场灾难，它的诞生几乎是一个传奇。那是深刻在陕北人记忆中的民国十八年（1929），天逢大旱，赤地千里，饥民遍地，啼饥号寒，政府无力赈灾，百姓求助无门。而就在这个关口，蛰伏于马醒民先生心中的建筑理念和创作欲望像划破夜空的星斗一样，使他作出了一个惊人的决断——以工代赈兴建“新院”。这一工程历时十年，不仅使杨家沟周边和从山西逃荒过来的众多饥民得以糊口养家，也使他将有限的财力物力尽量用在了工程建设之中，实现了早年攻读土木工程、思考窑洞变革、造福桑梓的夙愿。这不能不使人联想到大英图书馆搬家的智慧。

说起这“新院”的使用，现在的一般解说是主人未经入住就将它捐献给了转战陕北的党中央和毛主席，其实并不然。尽管据《米脂县志》记载它是“未竣而停”，但据乔雄波先生的调查和考证，“新院”在毛主席入住之前，最早是一九三八年马醒民的两个儿子世均、世衡就住进去了。第二年马醒民全家住进了新院。马醒民先生将新院十一孔窑洞从东至西编为一至十一号。一号是仓窑，二号是厨房，三号是大儿子结婚和居住的窑洞，四号是马醒民夫妇与孩子们居住，最中间的六号窑洞是世衡榆林结婚后回家住的地方。主人为他的倾心之作题名“新院”，不仅表达了这是一座新的院落，新颖别致的建筑，一定也表示这是一个新的起点、一种新生活的开始。至于马醒民先生在捐献的过程中究竟作过怎样的思考，这恐怕只能去问这满天的星斗了。但可以猜想的一点是党中央在调查研究杨家沟马氏地主集团的同时，马醒民先生也肯定在研究着共产主义理论、中国共产党和毛泽东，他的人生观和价值观一定也在不断思索中发生着变化。早在抗日战争期间，马氏地主集团就积极响应减租减息政策，仅给三五九旅赠送粮食就达一千七百石。

马醒民先生和毛泽东主席的相遇并不是一九四七年的杨家沟，而是一九四一年的延安城。据有关资料介绍，这一年，中国共产党进一步扩大抗日民族统一战线，陕甘宁边区普遍建立“三三制”政权（共产党员、左派进步分子、中间分子各占三分之一），马醒民先生作为中间人士代表被选为陕甘宁边区参议会参议员。说起“精兵简政”，因毛泽东主席的一篇《为人民服务》，人们只知道这是李鼎铭先生提出来的议案，而不知道这背后还有马醒民先生的思考和心智。据有关资料介绍，一九四一年冬，马醒民和李鼎铭同赴延安参加陕甘宁边区第二届参议会。当时正值陕甘宁边区和我抗日根据地最艰苦最困难的时期，李鼎铭先生作为米脂县参议会议长、边区参议员，为了使自己的提案更符合时政，在会前征求马醒民的意见。马醒民分析形势，建议他增加“精兵简政”的内容，李鼎铭先生采纳了这一建议，结果这一提案得到了毛泽东的高度赞赏。随后，中共中央向全党发出“精兵简政”的指示，并把它列为抗日战争时期十大政策之一。就在这次会议期间，马醒民先生还应邀出席了毛泽东主席为六十岁以上老人祝寿的宴席，会后被聘为边区政府参事。

“新院”为什么“未竣而停”，不得而知。马醒民先生的四女儿马佩勤在接受乔雄波的采访时说：“父亲对新院院落有非常好的规划建设方案。新院门洞一进来是融有西方建筑元素的传统照壁，与新院相对坐西向东规划建设‘桃花园’‘杏花村’两个传统风格园子，花坛、书房等一应俱全。”可见先生原想是在这高原深处敦厚温暖的黄土之上营造一座将东方与西方建筑艺术、传统与现代文化元素相融合的宽阔舒展的庭院，于那中式窑檐之下、西式桃尖窗户之前、阳光摇曳桃杏飘香麟孙凤女的欢声笑语之中，让生命回归一种丰富的宁静。

马醒民先生将新院捐出后，一家人借住了别人家的两孔旧窑洞。即使在党中央和毛主席撤离杨家沟后也没有再搬回新院，就这样给后世留下无限的崇敬和惊叹。人生最难的是面对选择的决断，像先生这样大取大舍、大进大退，在人生的紧要关头毅然放手华丽转身者，世间能有几人？我们无从得知马醒民先生是否研究过王维，“胜事空自知”，他的内心深处一定自有一种安静的清欢。

后人对马醒民先生的评价是：懂军事，懂建筑，懂教育，懂时势。马醒民懂得毛泽东，毛泽东也懂得马醒民。参观中巧遇米脂的一位老干部，他满怀深情地告诉我们，坊间传说新中国成立后，毛泽东曾有意请马醒民到建设部工作，但却被他婉言谢绝了。一九四八年春，马醒民携带爱妻小女告别他自己设计自己监修的“新院”，告别了扶风寨，告别了杨家沟，离开故土辗转他乡，和大儿子世均生活在一起。晚年自学俄语老有所乐，一九六一年无疾而终。毛泽东，马醒民：一位是一代天骄，国之领袖；一位是高原赤子，民之骄傲。杨家沟共同寄托着陕北人民对他们二人的特殊情感。是时农历七月二十，半个月亮爬上山，清辉缥缈，这座始建于八十八年前的窑院显得更加神秘诡丽。佳作未竟，谁可再续？人不知，星无语。

原载《延安日报》2017年12月10日

玉韫山辉

“玉韫山辉”是一座老房子，人去房空二百年，世事尘烟熏黑了雕梁画栋，幽幽的青苔爬满了天井里的石缝。说它是一座空房，是这房的主人不但没有留下任何故事，就连她的姓与名都不曾有人记得。人们只知道她的身份“妾”，一个立于人旁的侍女。而乾隆年间，广丰十都的纸商王集贤却给她营造了这个心花怒放的世界。可见他的这位妾在他心里的位置，不是常人睥睨看呵去声的一个附庸，而是众里寻他千百度在那灯火阑珊处四目相撞时的一个惊叹。

“玉韫山辉”，望一眼这门楣上的题匾，你便会不由得顿一下脚步弹一下衣冠，想一想这房屋的主人是何样的冰清玉洁兰心蕙质。等进得门去站在那廊檐之下，再望一眼那门屏窗棂。你便不由一声惊呼，好一个精致朴素的世界！说它精致，是目击所处无木不雕，每一个细微之处都是用了心思的；说它朴素，是整座屋子看不到福禄寿喜的流俗和张扬。如果那门窗上的花儿都活起来，春有兰花秋有山菊夏有石榴冬有蜡梅，这里就是一个草木葳蕤花儿烂漫的世界。你便会想到这屋的主人一定不会是一个描眉画眼的娇无力，而是一位素面朝天活力四射的奇女子。

想那当初造屋之时，王先生一定是参透了她的心思，屋未成工未竣绝不让她涉足工地，他要给她一个惊喜，一个心旷神怡的世界。所以当他拉着她的手推开大门时，她完全惊呆了，这不是进了藏娇的金屋而是回到了她心中向往的世界。也许，在那立柱上梁之时，他们就双双来到工地，她娇嗔地指手画脚说出了她的所要，而那些工匠们正是她的乡里兄长，她的所要正是他们的所熟，阡陌路边花，啁啾枝头鸟，信手拈来挥手上屋，生机盎然活灵活现。你看那窗台上的一幅图，非雕非画，想必是大功告成，虽说是漆未干墙未硬，但那庆功的酬谢宴席已在天井里一字排开，敬酒的她望了一眼那白光光的窗台，便有酒酣心明的工匠团一把麻绳朝那未干的墙上一摁，朵朵莲花便应运而生，造就了二百多年来独一无二的一幅绳画。

如果你因此认为这位女子是一个难脱草木之气的俗人，那么离别之时顺着天井里的八根廊柱朝上一望就会改变自己的看法。那柱与梁之间的雀替却是八位神仙，一个个慈眉善眼笑容可掬。上承仙灵下接地气，该是怎样一位奇女子才配得上这一所精心打造的房屋？

王家大屋之南的铜钹山被称为武夷山脉的明珠，可惜天公不作美，我们登山之际雾笼湖水云笼山，目之所及几乎全是白茫茫一片。神秘的九仙湖云遮雾罩，亦真亦幻的龟寿峰、莲花岛、笔架山云推雾送忽隐忽现，像是正有一位神人在泼墨作画，让那澎湃之情在这天池里尽情地洇染。眉眼盈盈，大美自然，有心和春住，春隐不知处。

一路走去，座座丹霞奇峰因了那云雾更像天柱一般顶天立地。更奇的是远远望去，那座座奇峰之上只生长着两种植物——竹与松。一个摇曳生姿，一个挺拔伟岸，相映成趣，意境悠远。许是高处不胜寒和者盖寡，也许他们共同相约逃避俗尘，来此独享清欢。恍惚间风劲雾淡，竹林闪开一条通道，天地相接之处，一头憨态可掬的小象缓缓走来。风簌簌，雨沙沙，就连那溪水中的一群白鹅也惊奇地纷纷跳上岸边，列队迎宾……

踏着湿漉漉的鹅卵石登上白花岩边的观景台，就像站在大海中的孤岛上，满目皆空。这里号称“东南第一峰”，东接浙江，南接福建，本可以一眼观三省。但此刻云笼雾罩，闻林涛而不见树，有异香而不见花，让人顿感身轻心宽气畅目明。展臂一呼，真有胸中块垒尽吐的感觉。当地的朋友说，这绝对是雾不是霾，请尽情地呼吸。我常痴痴地想，那缥缈的云雾应该是天地之间往来的使者，传桃送李泽润天地生灵万物；而霾是腌臜的浊气，天不收地不接不能和天地自然对话，所以只能郁结成灾。

好一座空山啊！风送古刹佛音，雾结重露若雨。我猜想那王集贤一定也登临过这白花岩，也是在这样一个大雾迷蒙的时日，在那仙岛一般的山巅被一位采药的山姑夺走了心。她说，我离不开这山水；他说，我给你带回去。她说，我离不开这花草；他说，我给你带回去。所以，他便在那朱门之内给她营造了一个生机勃勃百花盛开的世界。从此，那一处宅院也成了商海弄潮儿泊心的港湾。

玉韫山辉，玉因山而润，山因玉而辉。那么她究竟是谁，是能识得一肚子诗文与不合时宜？还是能打起黄莺儿不教枝上啼？

原载《散文选刊·下半月》2017年第5期

云雾之上的崇拜

云雾在山腰缠绕，头顶是若有若无的蒙蒙细雨，不时跌落的重露点亮布谷声声，风载着无名山花的幽香在林间飘动。这是乌蒙山东南余脉，乌江南源三岔河之阳，典型的喀斯特地貌，丘坝相间河谷深切，山峰参差阵列遥入天际，徐缓处梯田层层错落有致，陡峭处石笋高低不一各自成趣。在这海拔两千米左右的丘谷相间处散落着十二个神秘的苗寨，陇戛是其中之一。传说他们的祖先是在清朝初年战败后迁徙隐居在这高山密林之中，人称“箐苗”（箐”在当地方言中即深山老林之意）。而因他们至今保存和延续着一种古老的长角头饰，又被称为“长角苗”。

祖先给了他们生命，森林大山将他们佑护，他们崇拜的是祖先和大山。他们的头饰是用历代母系长辈梳头时脱落的头发加上麻丝编成的，表示血脉的传承和对祖先的崇拜，一般有四五斤重。过去男女一年四季都戴，现在为了生活和劳动方便，只有妇女在节日时才戴。他们每年农历三月的第一个龙日都要进行包括祭神树、祭龙潭和扫寨的祭山活动，感谢大山的恩赐和对安宁幸福的祈盼。

乙未年的龙日是三月初四，在他们心中，龙日是龙抬头的日子，是一个吉祥的日子。这一天虽然雨雾蒙蒙，但祭山活动如期举行。陇戛寨有三棵分布在寨子周围的神树，一行人在六十五岁的祭宗杨成福的带领下徐徐进行。

他们怀抱着鸡，身背着炊具，看上去仍像是一支迁徙的队伍，随时可以支锅造饭。

他们首先祭拜的神树是一棵高大的香樟树，树干挺拔，枝叶繁茂，青苔绿藤爬满了树身，像是一位子孙满堂的老人。雨雾中斜出的枝干像是老树伸出的手臂，遒劲包容。仰头望去时不仅有一种被召唤和护佑的温馨，还有一种不容违抗的威严。

主要祭品是两只鸡，一公一母。祭宗杨成福用刀在神树上砍一根细枝，先取一截作为和神树对话的工具。然后用剩下的枝条搭一个祭台，摆上米饭、酒等其他祭品。祭宗拿起截取的那一截神树枝轻轻敲一下神树，祭拜活动就算正式开始了。他们说只有用这截树枝敲一下，才能和神树对话，不然神树听不到。先由祭宗带领为神树敬酒，边敬酒边说："今天是龙抬头，是好日子，我们献一杯酒给你老神灵喝"。然后将酒洒在树干上。献完酒，就由祭宗杀鸡，鸡血要溅到树身上，然后拔出鸡脖子上的毛粘在鸡血上，那些粘满树身的鸡毛闻风瑟瑟而动，像是真有一种信息在相互交流。

接下来，其他随行人员就开始支锅烧水、脱毛、开膛，然后将鸡心、鸡肝、鸡腿等主要部位煮熟再献给神树。在这个当儿，祭宗要和大家一起喝酒，不仅寨子里参加祭拜的人喝，观看的客人也要喝，每人三碗，很有一种与神树同乐的感觉。他们高兴的是祭献的那只母鸡开膛后看到了一串从大到小依次排列的鸡蛋，大的已经硬壳小的只如葡萄，他们一阵惊叹，说这是万事如意的好兆头。

鸡肉熟了，祭宗带领大家开始再一次地敬献。他又拿起那根树枝敲一下神树，嘴里念念有词，敬一碗酒献一种祭品，说的都是苗语，都是一些祈求风调雨顺平安如意的意思。最关键的一个环节是看鸡卦，就是将腿上的肉剥去后，由祭宗来看鸡腿骨上的斑孔来预测吉祥。但当我们投去询问的目光时，他们露出的却是天机不可泄露的微笑。事后才听当地研究民俗的朋友介绍，在鸡腿骨的关节上，若有许多孔靠在一起，不清楚，第二年的年成就不好，有可能会下冰雹；如果孔少，最好是一只腿骨，一个孔，另一只腿骨两个孔，那是最好的，是风调雨顺的征兆。从颜色上来讲，煮熟了的鸡骨头如果是红色的就不好，可能第二年寨子里会死人，或有别的血光之灾。如果是白色的就很吉利。

看完鸡卦，就将鸡腿骨插在树身上。然后祭宗再一次拿起那根树枝敲一下神树，进行第三轮敬酒，边敬边说："天灾干旱，到其他地方去！"随行人和："到其他地方去！"接着再说："白雨（冰雹）大风到其他地方去！"随行人再和"去！去！"

其余两棵神树的祭拜活动也是这样，依次举行。

陇戛苗寨虽然地处深山密林之中，满年四季云雾缭绕，但水源却十分匮乏。他们的龙潭其实是封藏在寨子最高处的那棵神树下的一只土罐。那土罐里的水是先一年祭龙潭时加满后用石盖加封的，然后只有在次年的祭山之日才能打开来看，否则就会有所不利。把石块拿开，若水是满的，预示今年又是一个丰收年，一切大吉大利；若水下降很深，则预示有可能会闹旱灾或受冰雹袭击，这样就须将水补满，以免遭受旱灾。那补给的水是从山下背来的，预示着取九江之水添一寨之福。

山上祭神树、祭龙潭的时候，扫寨活动也在寨子里挨门挨户进行。扫寨的队伍由"弥拉"带领，一般由七人组成，他们不但有人提着酒壶、抱着鸡、端着五谷、拿着竹条，还有一个人专门扛着一根竹竿。拿竹条的人边走边敲，发出哗哗的响声，每到一家，都要喷一口酒，朝天撒上几颗豆子。然后弥拉喊："今天来到某某家，我金银财宝都不吼，只吼鬼怪快快走！"接着又喊："病魔出不出？"后面的人便跟着喊"出！"又喊："天罗地网出不出？""出！""口嘴出不出？”“出！”“哭神出不出？”“出！”就这样，每问一句，那些跟在后面的人都异口同声地喊“出！”。喊完后，由主人家将首先准备好的、象征着污秽的灰包挂在扫寨的人扛着的竹竿上。出门时，不但扫寨的人喝酒，主人、看热闹的人也喝。每家都扫过后，就将大公鸡及系有灰包的竹竿拿到村口外，杀了公鸡，和祭神树时一样将鸡血洒在竹竿上再拔几根鸡毛粘在上面，然后才将竹竿和灰包一起丢掉，预示着它将一切不利于村子的事都带去了。

最后三支队伍集合在寨子最高处的那棵神树下，那里其他没有参加祭拜活动的同胞早已支起了一口大铁锅，锅里炖着大块的猪肉。他们聚在一起，砍一根树枝做筷，插一块肉，斟一碗酒，边吃边喝边唱，醉了就抱一扑干草就地而卧。他们说一年里只有这一天毫无禁忌，想吃就吃想喝就喝，想说就说想唱就唱，只是这一切活动寨子里的女人是不准参加的。

大山之中，云雾之上，看着这一群返璞归真的男人，真有进入世外桃源般的感觉。你看他们方才的祭拜，一不磕头二不烧香，人神平等，走亲访友般随和。再看他们此刻，一个个语焉不详面红耳赤，见人就捞一块肉敬上，语言不多，神情朴实，似乎一眼就能望到心底，即使你再没肚量也不能推辞。

那些醉在一旁的，有的仍在哼着祈祷歌：天啊，让所有的灾害干旱离我们远去吧！天啊，多赐给我们些孩子吧！有的却在唱着情歌：

阿妹对歌坡对坡，
风吹木叶声声梭；
今夜对歌隔层纸，
明日对歌隔重坡。

恍惚间你似乎觉得，面对的不是一群喝酒的男人，而是一支正在迁徙的队伍。他们头顶只有两重崇拜，祖先和大自然。祖先给了他们生命，高山大树和清泉养育他们的身体。传统的头饰里编织的缕缕黑发是血脉的传承是对祖先的崇敬；每年的祭山就是祭土祭木祭水，是对大自然的感恩。

祖祖辈辈他们朴素生活，真诚歌唱。他们是乌蒙山里一片枝叶葳蕤的森林。

原载《散文选刊·下半月》2015年第10期

来到菩提树下

到达柏林，是九月十五日午后，正赶上当地的轮滑马拉松比赛在市内的主干道举行，交通管制。辛苦的大巴司机无论怎么绕也绕不过去，最后只能停在路边，导游说不远处就是菩提树下大街，大家就步行过去吧。

在国内，玩轮滑完全是年轻人的事情，没想到在这里并不然。矫健的身影，干练的装束，庞大的阵容像万马奔腾一般让人震撼，当他们一群群从身边掠过时才发现这是一场不分性别和年龄，全民参与的体育赛事。有夫妻搭伴的、有全家出动的，而且中年人居多，甚至还有簇拥着轮椅前行的。参赛队伍所到之处，街道两边的行人热烈鼓掌加油，运动员则频频挥手致谢。自然，享受，看上去并不像是竞争激烈的赛事，倒像是一场欢乐的大游行。

比赛的终点在国会大厦边，等我们赶到那里，赛事已经结束，参赛者潮水般涌向菩提树下大街。头盔掀在后背，轮滑战靴般挂在肩上，男女老少汗湿的脸上满是享受的惬意，获奖者摇着胸前的奖牌，与我们这些外来者分享着他们的喜悦。此时夕阳西下，余晖洒满古老的建筑和大街，暖意融融，宾至如归。

菩提树下大街西起勃兰登堡门，东至宫桥，长不足三里，宽仅六十米，但却是柏林最古老最优雅最迷人的林荫大道，享誉全球。马克思、恩格斯、爱因斯坦、黑格尔、海涅以及我们的周恩来总理都在这里留下了足迹。大街两旁，一幢幢各具特点的古建筑在暮色中更显得巍峨凝重，人行道两旁和中央的安全岛上，深秋的栗树果实自由散落，一些叫不上名字的树枝叶婆娑，随风起舞，一派浪漫风情，整条大道真是如诗如画。

据有关资料介绍，菩提树下大街是一五七五年铺设的，原为王公骑马所用。一六四七年威廉大公命人种植了一千棵椴树和一千棵胡桃树，后来胡桃树死了，只剩下了椴树。它的德文名称是“椴树下”，有意思的是被中文误译成了“菩提树下”。据说很可能是由日语转译的原因，因为椴树在日语中也被称作菩提树。但中文中早已是习非成是，很难再改成“椴树下大街”了。德意志帝国建立后将这条大道建成柏林的金融区，但一直属于皇家所有。二战期间，德国法西斯灭亡前在这里与苏军展开了血战。原来的建筑包括勃兰登堡门都遭到了毁坏，现今的街道是战后按旧貌重建的。两德分治期间，柏林墙以勃兰登堡门为界，菩提树下大街成了东西方冷战的前沿，闲人是不可以进入的，荒凉而又神秘。来到菩提树下，了解了这些历史，走在这条渗透了鲜血的大街上，历史的风云似乎还在林荫中弥漫，心里就不只是诗情画意了。

菩提树下大街西端的勃兰登堡门是柏林的标志，是现今唯一仅存的柏林城门。战争的创伤，民族的分裂，勃兰登堡门矗立于此地的二百余年见证了德国历史上最疯狂的一幕和最惨痛的记忆，真可以说是历尽磨难，浴火重生。公元一七五三年，普鲁士国王弗里德利希·威廉一世定都柏林，下令修筑共有十四座城门的柏林城，因此门坐西朝东，弗里德利希·威廉一世便以国王家族的发祥地勃兰登命名。一七八八年，普鲁士国王弗里德利希·威廉二世统一德意志帝国，为表庆祝，遂重建此门。当时德国著名建筑学家卡尔·歌德哈尔·阆汉斯受命承担设计与建筑工作，他以雅典古希腊柱廊式城门为蓝本，设计了这座凯旋门式的城门，并于一七九一年竣工。据史书记载，中间的通道在一九一八年德皇退位前仅允许皇族成员行走，当时德国著名的雕塑

8883

家戈特弗里德·沙多为使此门更显辉煌壮丽，又为顶端设计了一套青铜装饰雕像：四匹飞驰的骏马拉着一辆双轮战车，战车上站着一位背插双翅的女神，她一手执杖一手提辔，一只展翅欲飞的普鲁士飞鹰鹫立在女神手执的饰有月桂花环的权杖上。此门建成之后曾被命名为“和平之门”，战车上的女神被称为“和平女神”。一八〇六年十月普法战争爆发，拿破仑率领法军打败普鲁士军队，穿过勃兰登堡门进入柏林，下令拆卸门顶上的女神及驷马战车作为战利品拉回巴黎。一八一四年欧洲同盟军在滑铁卢大败拿破仑后，普鲁士将其索回，重新安放在此门顶上。为此，德国著名雕家申克尔又雕刻了一枚象征普鲁士民族解放战争胜利的铁十字架，镶在女神的月桂花环中。从此，和平女神被改称为胜利女神，此门也逐渐成为德意志帝国的象征。

第二次世界大战中，勃兰登堡门遭到严重损坏，门顶上的女神及驷马战车亦被盟军炸毁。一九四五年五月，苏联红军正是穿过此门攻入柏林，攻克了希特勒的地堡和国会大厦，宣告了第三帝国的灭亡。

德意志民主共和国成立后，曾于一九五六年到一九五八年全面修复勃兰登堡门。东、西柏林的文物修复专家根据在二战中抢拓下来的石膏模型和档案照片重新铸造了一套驷马战车及女神雕像，民主德国政府在安装时去掉了女神权杖中的铁十字架和普鲁士鹰鹫。一九六一年八月十三日，民主德国政府围绕西柏林修筑了一道围墙，封锁了勃兰登堡门，并在东、西柏林分界处建起“柏林墙”，勃兰登堡门处在东、西柏林的交界点上，成了柏林墙的一部分。从此作为德意志统一象征的勃兰登堡门便成了军事禁区和德国分裂的标志。

一九八九年十二月三十一日，两德重新统一前夕，勃兰登堡门重新开放。一九九二年，经过彻底维修后的铜车马及女神像又被重新安放在勃兰登堡门上。

“身是菩提树，心如明镜台。时时勤拂拭，莫使惹尘埃。”“菩提”一词在佛教中意为觉悟、智慧，用以指人如梦初醒，豁然开朗，顿悟真理，达到超凡脱俗的境界。据说菩提树还有一种神奇的现象，夏天在它的树荫下会感觉凉爽，而冬天在它的树荫下会感觉温暖。人们相信菩提树凝聚着各种美德，它有能力使人实现愿望和解脱罪责。一条街道名称的误译歪打正着，正应了全世界人民热爱和平崇尚真善美的心愿。徜徉在菩提树下大街，不仅是一次享受，更是一次反思和自省，难怪人们会那样热爱它。

（2018年9月）

第六辑

我爱延安一腔火

靳之林先生说："在黄河岸边、宝塔山下画画招魂，招艺术之魂！招民族之魂！"

我爱延安一腔火

双手搂定宝塔山，

砂梁哭碎延河月；

我爱延安一腔火，

滔天冷水泼不灭！

——靳之林

“我想在延安办一次画展，用两辆大轿车，一车小程村，一车桑洼村，接那里的农民朋友参加开幕式，让他们来看来自他们生活中的画。”这是靳之林先生晚年的一大心愿，没想到当朋友、学生正为此筹划准备时，先生却永远离我们而去。“在黄河岸边、宝塔山下画画招魂，招艺术之魂！招民族之魂！”先生那洪亮的声音在延安的天地之间回荡……

当年以延安鲁艺为代表的艺术形式、艺术思想特别是古元那“能震撼到人们灵魂的”木刻作品深深地吸引了靳之林先生，一九五九年有幸接受油画《毛主席在大生产运动中》的创作任务，使他有机会来到延安。一下飞机他就像战争年代奔赴延安的进步青年一样直奔宝塔山下。夕阳下，他跪在延河边，水里是宝塔的倒影，手捧起一掬延河水，他已是热泪盈眶，激情的诗句从心底涌出：

俯吮延河水，

脸贴宝塔山。

十年不眠夜，

热泪想延安。

这一次他在延安一待就是几个月，和当地农民同吃同住同劳动，足迹踏遍了延安周边的山山峁峁，创作获得了巨大成功。从此他决心要把延安当作他艺术创作的母土、当作故乡，他要把余生奉献给延安！经过十多年的痛苦磨难和努力，终于在一九七三年十一月来到延安枣园，插队落户。在延安工作和生活的十三年间，他创作出了《公社女书记》等经典油画作品；徒步三千里全程考察了南起淳化林光宫、北到内蒙古包头九原的“秦直道”；考察了陕北由北魏至民国历代四百零八个石窟的十万余尊雕像；把陕北的剪纸老太太带到世界艺术之都巴黎，并成功举办了“延安地区民间剪纸艺术展”。她们神奇的剪刀赢得一片惊叹，为使世界了解中华民族本原文化的博大精深和陕北民间艺术的无穷魅力作出了巨大贡献。中央美院非物质文化遗产研究中心主任乔晓光评论说，靳之林先生复活了隐蔽在民间生活中许多古老文化的原型，揭示出民间司空见惯、约定俗成的文化符号中蕴含的文化基因。他揭开了中国本原文化研究的新序幕，打破了当下学术研究之间的门户界线，发现并跨入了民间文化的新大陆。他以一种人类文化整合比较意识为主体的思维，从宏观和具体两个方面入手，以超人的田野考察工作量和极大的耐心、坚韧勤奋的学习精神，终于竖起了人民文化这座丰碑。

后来，靳之林先生虽然离开了延安，但他一直把延安视为滋养自己艺术生命的沃土。他把每次回延安都视为补课，视为向民间的艺术大师再学习。尤其多次在延川的黄河沿岸考察后，他认为，这里不仅是我们中华民族古老的家园更是我们民族本原文化的发祥地，他以独特的艺术慧眼破译了留存在民间的一个个神秘的文化符号。每次发现都使他激动不已，都再一次激发他强烈的创作欲望，也使他更清醒地意识到一位人民艺术家的生命担当。所以他不仅自己研究黄河、画黄河，而且疾声呼吁，多方奔走筹资，帮助成立了“小程民间艺术村”和世界少有的民有民营的“碾畔黄河原生态民俗文化博物馆”，吸引了法国、日本等地的专家艺术家到这里来考察写生。二〇〇七年春节，他还和法国梅耶人类进步基金会主席卡蓝默先生共同策划举办了“相邀小程村·国际民间艺术节”，以妇女为主体的欧、亚、非、拉六个国家的二十三位民间艺术家欢聚小程村，与以小程村的劳动妇女为主体的中国民间艺术家共同创作互动交流，小程村窑洞墙壁上的壁画记录下了国际民间艺术交流史上的这一段佳话。

年事渐高后，靳之林先生更是把延安视为灵魂的栖息地和疗养身心的圣地。二〇一二年一场大病，手术过后有半年多不能出门，此时他心里最想念的还是延安。延安朋友是用轮椅将他从机场接回家的，但他还执意要到延川去考察，到清凉山看万佛洞，到枣园去画窑洞画丁香。走不动城里坐轮椅，山沟里就只能坐牛车。谁知这样一路坚持下来，他的身体竟奇迹般地康复了。二〇一三年他又先后八次来延安。他说，只要来延安，就什么烦心事也没有了，什么病也没有了，在延安我有画不完的画。早年母亲去世后，他就把老人安葬在清凉山上。他曾不止一次地表示，他将来的归宿也是这里，他要天天能陪着母亲、能看到宝塔、能看到延安的变化。但是随着对黄河、对乾坤湾的深入理解，他觉着自己的生命完全融进了这条母亲河。乾坤湾旁边有一个柏树峁，他觉着在这里看黄河就像是看龙摆尾，视野开阔气势磅礴，真有胸怀宇宙般的感觉。二〇〇一年，他连续在这里画了半个月的画。有一天他正画着，看到远处一缕青烟袅袅升起，一下子他感觉着自己的灵魂也随着这股青烟升起来了。一瞬间，天人合一，物我合一。他说：已经是醉翁之意不在酒了、不在画意了，自己完全进到整个宇宙、天地万物的宇宙之间，整个感情就进去了，随着那缕青烟冲天了。他说：我改主意了，这里就是我的归宿，就是我的灵魂栖息地。在这种感觉到最疯狂的时候，用笔我自己控制不了，不去管它色彩不色彩、素描不素描、造型不造型，都不管了！这个时候的用笔都是我的生命符号，我的符号系列应该就是这段时间这么形成的。它是民间的，是中国本原的，但不是直接从民间艺术那儿搬过来的，而是进入它的哲学内涵所产生的一种生命符号，生生不息的符号。

靳之林先生在担任中央美院博士生导师期间，一次次带学生来延安现场讲学，他要求学生要虚心向农民、向民间的艺术大师学习。他说，我们不仅要知道画什么、怎样画，更要知道为什么；否则我们培养出来的只能是技师、是匠人，而不是画家。你一定要画出你自己心中的东西，要懂得“观物取象”。他认为，现在倡导全国人民团结一心实现中国梦，就应该唤醒全民族的本原文化意识。国学的总根是中国本原文化与本原哲学，儒家与诸子百家只是它的枝梢。他说，我关心的是活态的中国本原文化的延续和发展。我们中华民族的复兴就是应该重振汉唐雄风。

创作的欲望使靳之林先生永远年轻。每次来延安，只要灵感来袭，他都要挥笔作画。不管阴晴晨夕，不避荒草尘灰，在旷野里一站就是几个小时，作完画拍拍手，一身的疲惫似乎被创作的喜悦冲得一干二净。不了解他的人以为他天生就有一副野外工作者式的体魄，殊不知他不仅有冠心病的病根，而且先后做过四次手术。但是“邪不压正”这句话在他身上得到了充分体现，无论精神上的打击还是病痛的折磨，过后他都一概不记。结果，那种种疾患

似乎真的完全被他的一身正气喝退了，浑身充满活力。

长期的往来使他和民间的剪纸老太太、和最基层的文化工作者、和黄河岸边的农民结下了深厚的感情，这友谊在生命的年轮中永存。二〇一四年春节前，延川县桑洼村的老百姓听说靳之林先生要来他们村过年，真可以说是欢欣鼓舞。靳先生进村时，他们是清水洒路，锣鼓秧歌相迎。这种传统的最高礼遇感动得老人家热泪横流，他一一和老朋友热情相拥，情不自禁地加入了扭秧歌的队伍之中。在那短短的几天时间里，他不仅和农民朋友一起剪窗花、唱民歌、喝米酒、转九曲，欢度佳节；谁家的孙子生小孩了、谁家的老人年纪大了、谁身体不适了，他也一一挂在心上，只要时间允许他都要登门拜访。命运的坎坷使他最懂得平等待人，别人蹲着，他绝不会站着和他对话。他说我在黄河边画画时，怕我累着了，是农民朋友用毛驴车拉着我早出晚归；怕我饿着了，是农民朋友抢着为我送饭。那饺子怕凉了，一煮下就装到罐子里提着往山上跑，赶我吃到嘴里还是热乎的。他们，是我最亲的朋友。正月初五，给小程村的乡亲们拜完年，雪花纷飞，靳先生坚持要留下来作画。但是考虑到大雪封山后生活会有诸多不便，大家还是劝他回到了县城。谁知道这一夜竟使先生辗转反侧难以入眠。第二天，望着那白雪皑皑的山川大地，他说这场大雪我盼望好久了，不能画雪落乾坤湾我会终生遗憾。他说，我死过多少回了，现在的命是白捡来的，是上帝赐予我的，我无所畏惧！天堂我去过了，地狱我也去过了，我没有什么可怕的了！

谁还忍心拒绝？铲雪扫路，在当地朋友的帮助下，他又重返黄河边。

纷纷大雪落在了靳先生的肩上头上，像雪压劲松。如果说这场大雪是上苍挥舞着大笔，把大地装扮，那么老人则用他的画笔招来了这雪的魂，让它在自己的画布上舞动。他笔下的陕北大地恢宏大气，壮美无边。在这苍茫的大雪中看老人作画，像是在看一位胸有千军万马的将军指挥一场气壮山河的战役。你看他的双目，时而冷峻威严，大有怒吼一声吓破敌胆的英武气概；时而渺远，具有藐视一切的战略胸怀；时而喜悦，则有凯旋归来的洒脱与豪迈。站远了，看。老人俨然是这场圣洁大雪中的一尊雕塑，他完全是物我两忘，他的耳边已经没有了风，眼中也没有了雪，只有手中的笔在和着大地的律动在挥舞，笔下涌动的是一位黄河之子、一位人民艺术家的满腔赤诚。天地之间万籁俱寂，只有雪花簌簌，画笔飞舞。

整整两天，他画了黄土地上的奉献树毛头柳、画了温暖的农家小院、画了婉转如歌的黄河九曲十八弯，直画得风停雪住，云开日出。明明感冒发烧了，可一回到农民朋友的热炕头，喝一碗米酒，吼两嗓子道情，出一头热汗，全好了。

过完年回到北京没几天，天气预报延安还有一场降雪，靳之林先生又动了心。二月十七日他重返延安，大雪如期而至。第二天一早，他就手握画笔站在了寒风料峭的延河岸边。他说：宝塔山永远是我心中最高的美学力量，是最高的民族魂的象征。雪中的延安，确实能使人感觉到一种纯洁和纯净，是我最高的一种色彩美学的追求。在黄河岸边、宝塔山下画画招魂，招艺术之魂！招民族之魂！在这儿，民族魂就是黄河、延河，在这儿画画和在画室画画的感觉不一样，它是直接和民族文化的一种交流、和高原人民的一种交流，这种交流只有在现场才能和情感融为一体。他的学生为他准备了凳子，但他坚持要站着画，他说站着得劲。创作完成时已是下午一点，但他稍做休息又突然决定再去枣园。他说我一直想画大雪纷纷的枣园，主席旧居的院子里一片白，没有人踩过的。我们说枣园的雪早被工作人员清理了，他们要迎接参观的客人。他说带上画箱，去看看，能画就画，不能画再回来。

进入枣园主席旧居的院子，雪果然被清理过了，天也阴沉沉的，光线很不理想。靳先生背着手在院子里转了一圈，往大门的耳墙边一站说：就这。把画架支下。

撑起画架，头上飘下几朵雪花，开始我们还以为是风吹落了墙上的积雪，可那雪花越落越多。抬头一看，一团雪雾正从《为人民服务》讲话纪念台的方向飘来。哇！太神奇了！我们一下子全惊呆了，难道说这是天人之间的一种感应？

雪花，飘飘洒洒如绵绵细语。雪花，白了靳先生的头，白了靳先生的肩，使他像一位手握钢枪值守在哨位的战士，坚如磐石。雪花，白了靳先生长长的寿眉，使他的目光更加传神，时而犀利，时而温和，时而渺远，时而凝目。近处，古槐生玉；远处，皓色迷茫；面前的土窑洞，更加朴素、神秘。靳先生完全进入了物我两忘的境地，手中的笔像是音乐家的指挥棒，洁白的雪花随着他的指挥翩翩起舞，几乎使人难以分清那画布上哪是他笔下的油彩，哪是天上飘落的雪花。笔和雪又都像赤子归家的脚步，急切，深情。雪落枣园静无声，只有先生的画笔在飞舞，时而点蹀如叩，时而拍拉如悟，时而酣畅如歌，时而委婉如诉，沙沙、飒飒……

那张有着故园一般温馨的画画得非常顺利，等他拍拍手说声好了，我们这才发现雪不知道什么时候也已经住了。我们说，靳老师，刚才那阵雪真是天随人愿，那是你和枣园的对话。你以你的艺术语言和枣园对话，枣园也以它特有的方式和你对话。他说：那是主席对我的启发。我不止一次地梦见过主席，他总是微笑着向我走来。现在的雪不太冷，和冰天雪地的感觉不一样，这是春天来了！

暮色中，路灯一盏盏点亮，靳先生的脚印清晰地印在枣园洁白的斜坡上。真是：生命的价值在于追求，年轻的感觉无关年龄。

二〇一五年八月六日，八十七岁高龄的靳之林先生再一次踏上了子午岭山巅的秦直道遗址。他精神矍铄，目光炯炯，视远心阔，思接千里，心仿佛一下子又回到了三十一年前。上世纪七十年代末，在延安地区文化馆工作的靳之林先生在安塞、志丹、富县、黄陵等几个县进行民间剪纸和民间美术大普查时发现一条古道遗痕，时断时续，文化工作者特有的职业敏感使他回去后在地图上把这些古道的点连成线，竟然发现这是一条从南向北延伸的直线。他推测这大概就是赫赫有名的"秦直道"。一九八二年，靳之林先生调任延安地区文物管理委员会副主任，他深深感到：勘察清楚秦直道的路线对研究陕北的历史文化具有重大意义，这是他的责任和使命。但这一计划未及实施，一纸调令却要将他调回原工作单位——吉林艺术学院。"延安是我生活和创作的故乡，我不离开延安！我的余生就留在延安！"他索性将心一横：去留交给组织决定，我不妨趁机了却自己的一桩心事——徒步考察秦直道。

一九八四年二月六日，农历正月初五，五十六岁的靳之林先生踏上了徒步考察秦直道的路途。虽然时序已经入春，但春的脚步还远远没有来到陕北高原，子午岭的深处还是冰封雪冻，他的身体状况也毫无保障，严重的冠心病随时都会有突发的危险。虽然在此之前，曾有许多人表示愿意带着猎枪、帐篷，和他一起对付毒蛇猛兽、一起考察秦直道，但真正动身时却只有一将一兵一把武器。那兵是延安机械厂工人美术组的一位北京知青，叫伊仲英；那武器是他仿照登山工具打造的一头尖一头扁的一把铁镐。妻子文香劝阻他：你死命干，谁说你好？路上没人家，饿了你吃什么？路上没医院，发了病谁救你？但下定了决心的靳之林说：死，也要去！走前，他和跟他学画画的贺丹约定，每到一个可以寄信的地方就给贺丹发信寄回考察记录，再由贺丹转给他爱人文香。三五天就发一封，如果一个星期收不到信，就请贺丹到前一站的沿途去收尸！

他们的考察先按照比较权威的"西线说"的路线前行，在那莽林之中他们不仅看见了三米多长的蛇蜕，而且还遭遇了一头豹子。在那冬日的山梁上，夕阳西下，一棵老杜梨树下，豹子目光如炬。当他们做好了殊死一搏的准备时，也许那猛兽根本就没发现他们，也许它灵敏地感到他们并没有敌意，便尾巴一扫悠然而去。太阳西沉，黑暗和梢林把他们包围。靳之林先生在他的考察日记中写道：爬过一道沟，又爬过一道岭，又翻过一道沟，如掉在山阵里爬不出来。如果说对子午岭的印象，那就是可怕！满山的梢林，满山的杜梨树！

那一晚他们摸黑走了三里山路，在一粒灯光的指引下才找到了落脚之处。张同道先生在《靳之林的延安》一书中，有一段生动的描写：老汉用粗瓷大碗端来两碗粥，送给他们。靳之林一吃，是土豆末煮的，香极了。伊仲英也是狼吞虎咽，一口气把粥倒了进去，躺下一会就响起了鼾声。

实际情况证明，按照"西线说"的路线是行不通的，在这一带他们也看到了一些古道遗痕，但一般只有四米宽，最宽处也只有十六米，根本不可能是秦直道。尽管他们也发现了一些文化遗存，但都是宋代以后的，没有秦汉的佐证。而且由定边到包头这一段路途中多有水泡子，根本不适合大规模行军。靳之林决定折回兴隆关，按照他原先的判断沿子午岭东侧的富县、甘泉、志丹、安塞进行东线考察，没想到在铁角城附近翻越一道山岭时，最害怕的事情发生了。靳之林先生心脏病复发，在寻医途中投宿乡野小店又惨遭煤气中毒。无奈之下，伊仲英只好将奄奄一息的老师送回家，住进了当时的延安地区医院。

走出医院是已是五月，这时和火辣辣的阳光一起播撒的还有“靳之林临走还想在延安捞一把”的猜虞。靳之林心无旁骛，他带着宜君县文化馆的美术组长孙相武，毅然继续了对秦直道的徒步考察。他日记里的一首诗表达了那个时期的心情：双手搂定宝塔山，砂梁哭碎延河月；我爱延安一腔火，滔天冷水泼不灭！

靳之林先生的两次考察先后历时三个多月，步行三千里，澄清了四个问题：一是确定了秦直道南起京都咸阳军事要地云阳林光宫（今淳化县凉武帝村），沿子午岭东侧径直向北经过富县、甘泉、志丹、安塞境内直抵外阴山秦长城的全程走向，否定了“西线说”。并对沿线的“堑山堙谷”工程和行宫、兵站、烽燧遗址进行了详细考查记录。二是纠正了宋代《太平寰宇记》将秦直道记为大夏道的谬误；三是确认九原郡的位置在麻池古城，而不在三顶帐篷。在这里不仅有与秦直道起点林光宫如出一辙的三座规模巨大的土台（它是祭天、祭地、祭人的三座祭台）和出土的“单于天降”“单于和亲”的瓦当，而且在黄河南岸还有防御匈奴的桥头堡。四是秦直道到达九原郡后并没有终止，而是继续向北，直抵外阴山的秦长城；他认为后来长城就形成了三道防线：第一道是外阴山的秦长城，第二道是内阴山的赵长城，第三道是明长城。

一九八四年六月八日，新华社记者卜昭文发表《画家靳之林徒步考察秦始皇“直道”》的报道，引起时任中共中央总书记的胡耀邦同志的关注，对他的自费考察进行了表扬。

六月十六日，陕西省委书记马文瑞批示：请元方同志阅，并请与靳之林同志取得联系，加以鼓励，希望他的艰苦考察取得成功。必要时可告知有关方面协助靳完成这一有意义的事业。

一九八四年八月，靳之林先生完成秦直道的考察后，陕西省副省长、历史学家孙达人和陕西省文化文物厅副厅长、考古学家陈元方亲自听取了靳之林先生的考察汇报，肯定了他的考察结果。表示，秦直道以他的考察为准，省里不再派考察队进行考察；并提出希望他能到省里工作。但靳之林先生还是一个心愿：我要回延安。

一九八五年，靳之林先生在《中国建设》（英文版）第八期发表文章，公布了他们的考察结果。史学界称靳之林先生对秦直道的考察为新中国成立以来最重大的考古发现之一。是继两千年前司马迁跟随汉武帝耀兵匈奴走过秦直道之后考察秦直道的第一人。国家博物馆根据靳之林先生绘制的地图对馆藏绘制的秦朝地图上“秦直道”的走向位置作了更正。

三十一年前的那一场行走，靳之林先生的生命得到了涅槃，他那致命的心脏病奇迹般地再未复发，人生之路也发生了转折性的变化；三十一年前的那一场行走，秦直道走出了两千年的尘埃。二〇〇九年至二〇一〇年，陕西省考古研究院研究员张在明带领的秦直道考古队，先后在富县的桦树沟口和黄陵兴隆关周边进行了多处大面积的考古发掘，进一步证明了靳之林先生二十五年前的判断。

时隔三十一年，古道幽幽，往事历历在目，激动不已的靳之林先生回忆起当年考察途中所作的激愤诗句仍是字字在心：

半百踉跄拄杖行，秦道似铁梢如墙。

风雪弥漫子午岭，阴山嶂里走长城。

征途常忆小山菊，梦回犹哭满天星。

盛世难除蛇与虎，唐都谁不逐炎凉。

书成仍付炉中火，清凉深处是我茔！

当先生一一展开当年的考察资料时，在场者无不肃然起敬。那发黄的分县地图用胶带包了边，标记一目了然：虚线是误传线路，说明此路不通；实线是他踏勘的秦直道路线，大路通天；方框代表古城遗址，圆圈代表石窟遗址。如蚁小楷布满其间，记录着考察中最重要的发现和存疑。方格稿纸上工工整整誊写着他的考察结论，主要章节还附着当年实地考察时用一二〇相机拍摄的黑白照片。他认为：秦直道的主要工程是秦朝完成的，但真正受益的是汉，它在“文景之治”中发挥了重要作用。秦直道首先是长城的生命线，只有通过秦直道及时补给兵员、粮草、武器和辎重，长城才能变消极防守为攻守结合，实现其消灭敌人有生力量，巩固国防的作用。没有秦直道，长城只是一个摆设。第二，秦直道是政治路、是民族友好团结之路。据史书记载，昭君出塞走的就是秦直道。第三，秦直道是经济贸易之路。丝绸之路的北路也是由秦直道进入草原之路的。第四，秦直道是文化之路。它的南边是炎帝文化，北边是黄帝文化，再往北是北方民族文化，这三种文化的交融至今在陕北老大娘的剪纸中还能看到。第五，秦直道是世界上时间最早、规模最宏大、工程最先进的高速公路。他建议，国家应该加强对秦直道建筑遗址、构件和器物的保护，把秦直道沿线区域列入“丝绸之路经济带”的建设范围。秦直道沿线各地区也应该按照“共商、共享、共建”的原则，共同打造一个“秦直道公园”。靳之林先生与陕北、与秦直道有一种命定的缘分和文化情感，终生不渝。

二〇一六年十一月五日，延安民间艺术精品展《根脉》在北京市鼓楼东大街“时间”博物馆开幕。因腿伤骨裂养病在家的靳先生闻讯，执意坐着轮椅来到现场。一接触到这些来自黄土高原的艺术精品，他便意兴大发，完全忘记了自身的病痛，不看展签他一口就能说出作者的姓名。刘洁琼的承上启下、刘晓娟的准确传神、贺彩莲的大胆活络……他一一道来，如数家珍。他说，民族复兴必须文化复兴，而文化复兴必须清楚承载我们民族文化基因的密码是什么。基因是通过密码表达的，是自古就有的，是无孔不入无所不在的，只不过是我们视而不见，见而不知。许多专家知识分子不知道不懂的东西，农村的老大爷老大娘都能懂得。

近两年，靳先生的身体多处发现癌细胞，必须定期到医院接受治疗。但是在治疗的间隙，他不止一次地来到延安。每次见面他都乐呵呵地说：我又逃出来啦！我又回到延安啦！每次来，他都争取多踏访几处古迹、多寻访几个老人，对他心中存有疑点的学术观点进行更加深入的求证。上世纪的八十年代，北京举办过一次岩画展览，有一幅来自吉县人祖山的岩画摄影引起了靳先生的注意。这幅画形状酷似农村老太太剪刀下的抓髻娃娃，但头上和脚下各有几个圆点，女性的特征也更为夸张，后来他就把这幅照片引用到了他的著作《抓髻娃娃》中。但是他心里一直不踏实，觉着应该亲眼看一下实物，如果现在实物被破坏了也应该拜访一下拍岩画的作者，听他讲一讲当年拍摄的经过和岩画周围的环境。再退一步，万一作者去世了，看一下他的后代和照片原作也行。另外一方面是随着后来壶口沿岸的一些考古证明，他把这岩画和壶口两岸的人祖山、盘古山联系起来，对中华民族的起源有了一个初步的猜想和判断。有次来延正值阴雨天气，先生突然想起此事，立马就要去看个究竟。盛夏时节草木葳蕤，加之雨天的山区道路会是一个什么情形可想而知。我们极力劝阻他先回北京，等养好了身体下回再来时前去考察也不迟，但他执意要去。他毫不忌讳地说：来了就去看看，谁知下次是什么时间，谁知还有没有下次？他知道他的年龄也知道他的身体，但他更知道作为一个本原文化研究学者的使命和担当。话说到这个份上谁还能再来阻拦？

一路上雨时大时小，我们一直托人与吉县方面联系，先说是他们在发现岩画的山区公路边等着，但绝对是进不去。那些地方别说是雨天，就是晴天年轻人也难以前行，基本是无路可走。靳先生高兴地说，这下听你们的，我就坐在车里，你们能进去拍几张照片让我看看更好，进不去咱们就观察一下原始部落的先民生存的环境也行。

车过黄河，吉县方面又传话说让先进县城，城里有一个展室，陈列有他们收集的实物和考察拍摄的照片，先看一看再作下一步的决定。进城，靳先生在主人的引导下，拽着栏杆一步一步艰难地爬上了三楼的一个展室。主人非常热情，有问必答，但要了解的确切消息却一点也得不到。首先是否认有靳先生要找的那位当年的拍摄者，接着又否认有靳先生当年看到的那幅照片。他们说当地的旅游交给一个煤老板开发，那幅照片很可能是开发者为吸引舆论关注邀请摄影爱好者的人为造作，且不说时间概念上的矛盾，我们要求看一下那幅被称为人为造作的照片，也被告知没有。就展室陈列的几幅岩画照片，我们要求说明一下它的位置，他说人祖山几十平方公里很难说清。靳先生问他到实地考察过没有，回答说去过不止一次，可当请求他在墙上的地形图上指点一下那些岩画的大致位置时，又被告知不在一处，很难说清。临走时，我们却在展室里发现一本由当地领导作序的书《人祖文化源于流》，靳先生要找的那幅岩画作为主要证据赫然列在其中。靳先生一屁股坐在了那个灰暗展室的台阶上，显出了少有的疲惫和无奈。

然而靳之林就是就是靳之林，回到车上先生立马谈笑风生。他说：中国人很讲究走场子，其实人一生都在走场子。扭秧歌是走场子，转九曲是走场子；围棋是用棋子走场子，书法是用笔墨走场子，油画是用颜色走场子，人人都在走场子，可怎么能把自己的场子走得气运贯通，这就大有学问。我们多么希望满怀英雄浪漫主义的先生能谈笑风生地再来延安走他的场子啊！

先生弥留之际，我们赶到北京去看他。夫人文香伏在他的耳边说：靳之林，延安的朋友来看你了，你应该高兴啊！他那虚弱的脸上绽开了笑容，嘴微微地张了张，似乎轻轻地唤了一声延安，眼角泪花盈盈……

天不遂人愿！

二〇一八年十二月九日上午九时十七分，著名油画家、美术教育家、中国本原文化学创始人；中央美院教授、博士生导师；法国功勋与敬业最高颁奖委员会“为人类特殊贡献奖”金质十字勋章获得者；原延安黄河原生态文化保护协会总顾问、原延安地区文管会副主任，延安人民忠实的老朋友靳之林先生在北京安然辞世，享年九十岁。

竹杖芒鞋之人，也无风雨也无晴，一派潇洒不羁之中透着豪放，大气磊落，不恋京华，不媚权贵……相识种种，历历在目，先生从未离去，似乎明天的延安机场，那个坐着轮椅的老头仍然还会微笑着向我们走来。招着手，乐呵呵地喊着：保卫长江！保卫黄河！

原载2018年12月11日《延安日报》

2018年12月16日《西安晚报》（节选）

2019年《延安文学》第一期

大河之魂永不落

二〇一七年元月二十日，天逢大寒，北风嘶鸣席卷陕北大地。这一天也是腊月二十三，进入辞旧迎新的接点，有神灵要返回天宫汇报工作领取新的使命。这一天陕北的高空一碧如洗，九曲十八弯的黄河上空飘过几缕白烟，像有一把巨型的剪刀把这蓝天重新分解组合，那执剪者就是延川县白家塬闻名世界的剪纸艺术大师高凤莲。从此后世间再无高凤莲，她含笑九天俯瞰人间，手中的剪纸化作漫天霓霞，映红陕北高原。

高凤莲是一位平凡的农家妇女，双脚一辈子没有离开过黄土地。但她将一辈子活成了两辈子，活出了两个世界。在庄稼日月里，她是一位高昂着头向着阳光前进的人，干活不惜力遇事有担当，当过民兵连长、妇女主任和村里的党支部书记，包容宽厚，恩泽乡里，邻里间儿女成亲的洞房花烛夜，她是为新人结发上头的第一人选。在另外一个世界，她一把剪刀一张红纸走天下，让世界认识了陕北剪纸，让人们从她的剪纸中看到了中华民族“阴阳结合化生万物，万物生生不息”的本原哲学的源远流长。

高凤莲从七岁就拿起了剪刀，一直剪到五十七岁都不被看好，被认为不合规矩。直到一九九三年遇到了中国本原文化研究学者、中央美院教授靳之林先生，她手中的乾坤才被勘破。靳先生从她的剪纸中看到了极为丰富的图腾文化与中国本原哲学符号的积淀和融合，其中不仅有作为天与太阳内涵的炎帝部落集团的图腾虎，还有作为地与水内涵的黄帝部落集团的图腾蛇（龙）鱼，由全兽型、半人半兽形的图腾到全人型的人格化神髽髻娃娃，叠积了由母系社会向父系社会发展的远古图腾文化的三个发展阶段，而且还包涵着多民族图腾文化的融合发展。被靳先生誉为“活化石”。

高凤莲的剪纸和做人一样，豪放质朴，大气磅礴，既有中华民族古老文化的传承，又有个人独特的创造。她的剪纸艺术装饰既能运用由动植物形象图腾到哲学内涵的几何符号传达中国本原哲学的宇宙观，又能以传统剪纸形态表现现代生活。“剪刀在她的手里犹如脱缰的野马，纵横千里，无所不能（靳之林语）。”内容大到开国大典小到鸟鱼花草，驾驭自如；外形大有五十张大红纸组成的鸿篇巨制，气势磅礴，独一无二；小有珍珠般的小品，细腻柔美，能把高原风吹皱的心轻轻抚慰。所以她的剪纸一经走向外面的世界，就引起广泛的关注和肯定，先后获得国内外各类剪纸大奖五十多项，纽约东西方艺术家协会授予她“国际剪纸艺术大师”称号。文化部授予她“国家级非物质文化遗产延川剪纸项目代表性传承人”称号，二〇一四年，中国美术馆举办了“大河之魂——高凤莲三代剪纸艺术展”，并被纳入“国家美术作品收藏和捐赠奖励项目”。法国的普通教师黑米·方戈尔在《巴黎杂志》看到了有关高凤莲的报道后专门拜访了她，当看到领着一家人翘首迎接他的高凤莲老人时扑通一声双膝跪地，用中国古老的最高礼仪表达了他心中的敬仰。

高凤莲说，一个人到世上走一回，不能说你殁了就什么都没了，三年五年就谁也记不得你了，总该给世上留些什么。儿女们就遵照她的心愿，将家居的窑洞建成了“高凤莲艺术馆”，窑洞里陈列着她们一家三代的剪纸代表作，并请绥德石匠将老人的剪纸作品拓在石板上，刻成了当代活态的窑洞民居画像石，镶嵌在窑檐下，与窑洞的剪纸窗花形成自然得体的建筑环境和生活空间。朝起暮歇，高凤莲时时生活在她的世界里，用一把剪刀一张红纸表达着她对生活的理解和期盼，用她的剪纸传达着她的善良、友好和温暖。用她的外孙女蓉蓉的话说，外婆剪纸有一个“毛病”，剪起来一幅作品，完不成就不知道停，一个大的创作往往要耗上几天几夜。延安电视台录制二〇一七年的春晚时，她还铺开红彤彤的大纸，为全市人民送去了新春的祝福。北京师范大学教授、博士生导师张同道说，高凤莲的剪纸作品充满火一样的线条——粗犷的力的色块，人物眼睛一律竖着，额上也是火纹，画面引逗着动势，这是火辣辣的生命意识在搏跳。

患病后，高凤莲再也拿不成剪刀了，可心中对生活的热望使她怎么也接受不了这个现实。靳之林先生看望她时，两位大师静静地坐在院子里的槐树下豆架旁倾心相语。她说，我上山下洼什么活没干过？二百斤的麻袋我扛起就走！我七岁上就会铰花。我会在树叶上铰花。怎么这时候什么都做不成了？心儿们（孩子们）说让我什么都不要操心，什么都不要做。什么都做不成了，活在世上还有什么用？声落之时，热泪扑簌。

自古人品决定画品，剪纸亦然。尤其陕北剪纸，不仅是生活环境的装饰更是妇女文化和精神追求的一种载体，它是一种无言的民族文化的传承和民间艺术的熏陶。高凤莲的剪纸取形于物但不拘泥于物，她得意忘象境生象外，在似与不似之间创造了自己独特的艺术语言，充分展示了一个女丈夫干练果断的胸怀气概。所以她的创作从来不用草图，无论多大的作品心到剪到一气呵成，犹如天马行空独来独往，无人能追。中央美院非物质文化遗产研究室主任乔晓光说：“高凤莲的剪纸使我们看到了民间文化的人性魅力和精神维度，看到了文化人民性的生命之躯。”

一个家庭，母亲的胸怀和品行决定着家风的形成；一个民族，妇女的眼界品位同样决定着整个民族文明程度的高低。中央美院院长、中国美术馆原馆长范迪安高度评价说，高凤莲的一生，是劳动的一生，也是创造的一生；

是黄河滋养的一生，也是表现了黄河生生不息的一生；是寄托生活理想的一生，也是让民间剪纸走向社会、走向世界的一生。她的逝世，是民间美术和非物质文化遗产传承传播的一大损失。她留给世界的剪纸艺术是永恒的。

大寒过后是新春。身去音容在，风遗德长存。一代大师高凤莲含笑在艺术的春天里，永生在剪纸的世界里。

原载《延安日报》2017年元月25日

孙立哲回来了

“孙立哲回来了！”二〇一四年十月十四日，这个消息在延川县的青平川一传开，四乡八邻的老百姓就像当年欢迎知青插队时一样，涌向关家庄，这一天就成了他们的狂欢节。

欢迎的队伍早早来到了村口，孙立哲一下车就被人们团团围住。

“高高山上一棵蒿，
见不到孙立哲好心焦。
一棵白菜两条条根，
我们和知青是一家人。”

关家庄的农民朋友用粗犷的歌声表达出了他们真挚的情感，孙立哲一看这场面便是满眼泪花。他放声呐喊：“关家庄的父老乡亲们，上川下川的乡亲们，你们好！我的陕北话说的不地道啦，但我们一起度过的困难，我们得到的帮助，我们得到的锻炼，终生难忘！这一生，不管到哪里，我都忘不了你们！”

同行的知青朋友也深情地唱了起来：

“想吃油馍想喝酒，想在土窑洞里睡一宿。”

进村的路不足一公里，但他们足足走了一个钟头。前来欢迎的不仅有关家庄的老房东、老朋友，有当年孙立哲救治过的老乡，还有慕名前来求诊的病人。不断有人拉着孙立哲的手，让他给号号脉，开点药。在他们心中，孙立哲还是那个花小钱治大病的好医生。

孙立哲是一九六九年元月和史铁生等十几名同学一起插队到延川县关家庄村的，当时触目惊心的，除了艰苦的生产生活条件，就是缺医少药的状况。史铁生是有备而来的，他不仅带来了一个药箱，还在插队离京前接受过简单的医疗知识培训。站在和史铁生住过的窑洞前，孙立哲深情地回忆起了当年的情景，他说史铁生教他扎针灸、第一次给大队书记樊富贵拔牙时用的是老虎钳和一把史铁生给的木刻刀。史铁生回京看病后，把药箱交给了孙立哲。为了更好地为老乡服务，孙立哲利用送史铁生回北京看病的机会，在他姐姐工作的酒仙桥医院学习了两个月，基本掌握了一些外科手术的技能和常见疾病的诊断知识，并带回了一些常用的医疗器械。

有天晚上，邻村贺家庄的老乡打着火把，用门板上抬着一个女的来找孙立哲，说是和婆婆打架上了吊，停止呼吸已经有半小时了。那是他第一次遇到这样的情况，先扎人中，一点儿反应都没有。这时又想起书上说过，最好的穴是涌泉穴，就用一根长针，心一横，用力扎进那媳妇的脚底。扎着扎着，她喉咙里“嗝”的一声。赶紧又做人工呼吸，过了大概半个小时，活了。这可能本来就是假死，但一传十十传百，说孙立哲能把死人救活。

一时间，孙立哲就成了老百姓心中的神医，周围村的老乡慕名而来，有亲的投亲有友的靠友，没有亲友的就在院子里打一堆火等着孙立哲来看病。那时孙立哲常常是忙得连吃饭的时间都没有，即使如厕一边方便一边还隔着半人高的墙问诊开方。

一九六九年四月，村里为了应对当时的情况，建立了合作医疗站。第一批赤脚医生不仅有北京来的插队知青，还有当地的回乡知青。孙立哲的特点是胆大心细过目不忘，清华附中打下的基础和养成的学习习惯更是影响了他的一生。当时真是急用现学，拿着书边学边干，墙上到处贴满了他学习的纸条。

老房东康儿妈说孙立哲治过的病人她数也数不清，当年为了能让孙立哲吃上一口饭，她常不得不把他锁在窑里。她记得有个大肚子婆姨来看病，走后孙立哲说这婆姨将来是个难产。她说这么早你能看出来、你能看到人家肚子里？孙立哲笑了笑说，你等着看。后来那婆姨果然难产，要不是孙立哲，那娘母子都活不成。所以老乡就说，孙立哲手一摸就知道你是个什么病，比拍片子都厉害，眼一看比透视镜子都厉害。

其实孙立哲的本领都来自他的勤学苦练。他做手术先从狗、牛、羊练起，甚至还偷偷解剖过农民丢在山野里的死孩子。第一例实例手术他是让队友按照他的口令在自己的背上做的，至今还留着一个大大的疤痢。那时候他只有一个信念，就是为老百姓解除病痛、救死扶伤。做手术，病人失血过多没有血源，他偷偷抽过自己的血；给病人输液一时找不到输液管，他就用大注射器一管一管地推，一直坚持了四十多个小时，硬是把一条命从死亡线上拉了回来。

在孙立哲的记忆中，最惊心动魄的是一天，七八个小伙子从十里路外抬着个年轻姑娘来了。原来，关庄村修水利挖沟渠，铁锹竖在下面，收工时天已经黑了，这姑娘往下一跳，铁锹把从肛门进去，又穿透腹壁出来。当时救还是不救，家长取决于一个判断就是救活了还能不能生孩子，如果不能生孩子就别救了。孙立哲不听这个，说命，一定要救。他和正在开门办学的延安卫校李静明老师等几个助手把铁锹拔出来，看到肛门会阴结构完全损坏，打开腹部，多处肠管破裂、一侧卵巢损坏了，但子宫和另一侧卵巢是好的，就切除了损坏的肠子和单侧子宫附件，保留了子宫和另一侧输卵管，同时在肚子上开了一个粪瘘排便。两周以后，又做了肛门修复手术，患者痊愈。老乡惊奇，编了个歌谣，最后两句："孙立哲本事大，屁股拉在肋肌凹"。时隔多年，二〇〇七年回去，到了关庄村，一个妇女拦住孙立哲，让她身后的孩子叫"大"。她就是当年那个姑娘。

建起医疗站，虽然接诊能力增强了，但远远不能满足当地群众的需求，为了减轻关家庄难以承受的吃住负担，也为了给各村留下不走的赤脚医生孙立哲便带领队友们走上了巡诊路。中央美院的博士生导师、著名油画家靳之林先生当年也在延安插队，他和孙立哲是忘年之交。他背着一台海鸥照相机和速写本记录下了那一幕幕感人的场面。这一次，他也应邀带着当年拍摄的照片和画的速写重返巡诊路。

当年的医疗队员朱珍珍回忆说，靳先生当年不仅负责照相、画速写，手术时负责打手电，还负责挂号。她说每到一处都是人山人海，过去只有在电影里见过毛主席到哪儿是这样。靳先生出不去，就把窑洞的顶窗打开，在那上面发号。他发号不光看谁先到，还要看谁的病重，分个轻重缓急。

上个世纪七八十年代的陕北农村经济困难，医疗条件极为落后，许多被大医院认为无法救治的病人也纷纷找到孙立哲，希望找到生的希望。一时间，哪里有孙立哲，哪里就有数不清的老乡来看病，有的老乡甚至不惜千里跑来找孙立哲看病。白天在土窑洞外等候，夜里拾点干柴干脆在院里打起了篝火，盖着羊皮大衣就地睡下。

在孙立哲的赤脚医生生涯中，他做过上千例手术，接诊过的病人更是不计其数，一九七四年，中央科教组派专家团到乡下考察，团长是北京医学院院长彭瑞聪和北京第二医学院的副院长教授李光弼，成员有北京各大医院的近十位专家级医生教授。他们难以相信，这么简陋的土窑洞里能做这么大的手术。随后，中国医学科学院黄家驷老院长也来了，他亲自打着手电筒，观摩了孙立哲的一个阑尾手术。经过实地考察，这些专家们都很震惊，认定孙立哲是已经达到了大学毕业、有两三年临床经验的正式医生的水平。

在那个风云变幻的年代，孙立哲有被捧上天空的眩晕也有被打入地狱的煎熬，先是和邢燕子、侯隽、朱克家、程有志一起被树为全国知识青年的典型，招进京受奖戴花，巡回演讲，在延川县、延安地区卫生部门和西安二院都担任过领导职务；后来又被视为“四人帮”在卫生战线上的爪牙，遭受过批斗，最终是在一些中央领导的关注下和延安百姓“万民折”的呼吁下，才得以解脱。

一九七九年，孙立哲以三门主课全国第一名的优异成绩，考上了北京第二医学院的外科研究生。后又赴澳洲和美国留学。一九八六年在美国创办万国图文计算机出版集团公司，一九九一年回国创业。但关家庄永远是他的牵挂，是他的精神家园。

二〇一四年十月十四日这一天，赶到关家庄和孙立哲相聚的足足有上千人。他们叙旧情、扭秧歌、转九曲，一直狂欢到深夜。就连八十六岁高龄的靳之林先生也情不自禁地和大家一起又扭又唱：

> 我们插队到延川，延川是知青的好家园。
> 今天来了那孙立哲，乡亲们的恩情是说不完。

知青们在延安这片热土上，体验到了生活的艰辛，感受到了人性的温暖，在与延安人民共同劳动、朝夕相处中，学会了坚韧、顽强和拼搏。正是因为有了上山下乡的磨砺，在日后的漫漫岁月中，他们在遇到各种人生风浪时，总能坦然面对。今天无论走到哪里，知青们对延安这片曾经养育了中国革命的黄土地，始终怀着割舍不去的深深眷恋。

孙立哲说，这些年来，碰到困难的时候，在生活碰到艰难的时候，心情不好的时候，想起这一段的经历，感觉心里面就有了个激励，有了一份感动。觉得这样的经历一经有过，再大的苦和再大的困难，也还是能克服的。这种感受、感觉激励人生几十年，也没有忘怀。这次来了以后，更加加深了这个印象。

连日的劳累，赶到告别时，孙立哲几乎发不出声音了。他要说的话只能写成文字让别人来念，这一幕让许多人潸然泪下。

“再见了，我们魂牵梦绕的黄土地！再见了，我们心中的后花园！这里永远是我们的精神故乡！”

“孙立哲插队到关家庄村，
关家庄里当赤脚医生；
土窑洞里治大病，
救死扶伤为人民。”

这歌声在延川的大地上久久回荡。

原载《各界·延安特刊》2014年第2期

为什么要等到下辈子

为什么要等到下辈子？与刘成章先生见面后，这话一直萦绕在心头。

认识刘成章先生先于他那掏心掏肺热腾腾的文字，后于他那从心底涌出的浓墨重彩的画卷，真正见面是他从大洋彼岸归来在西安举办《故土情结“三页瓦”画展》期间约定的一场电视采访。走出电梯，先生已手拄拐杖等在门口，一脸慈祥，一口乡音，像是在老家村口的大槐树下见到久违的一位长辈，拘谨、陌生荡然无存。

因了眼前的画展，首先就谈到了画。因为许多人都好奇先生由“文学陕北”到“水墨陕北”转换的缘由，为什么想起要在晚年突进另外一个艺术世界？他满脸含笑地回答：我是七十四岁才开始学画画的，我原来没有画画的底子，遇到一些难以用文字表达的东西，就想要是能当一个画家那该多好，就给老伴说我下辈子要学画画。说了几次，有一天突然就灵醒了，我说为什么要等下辈子，下辈子是一个很虚幻的东西，我不如现在就开始。就那么一闪念，我马上就买笔买墨，开始就学画画。我们陕北人说，七十三、八十四，阎王爷不叫自寻死。活过七十三到了七十四就等于到了下辈子了，就应该活出另一种模样，我把我的下辈子拽过来了。我觉得每个人都可以活出两辈子。

为什么要等到下辈子？这一问让我沉思良久，像是专向我发出的当头一喝。懒惰之人想的是过了四十不学艺，告别朝九晚五，迈过花甲之年，总觉得这一生已是盖棺论定。偶拾些零碎文字，也多是为了消遣，毫无志向之说。听先生的一席话，耳红脸热，手心里悄悄渗出了一层虚汗。

镜头下的采访是在曲江亮宝楼的展室里举行的。站在刘成章先生身后欣赏他的一幅幅画作，就像跟随一位秉烛的智者走进一座宝窟，他手中的明烛不仅使我看到了宝物的绚丽璀璨，而且照亮了我的懵懂愚钝。他文字中气势磅礴的排比成了浓墨重彩的高天厚土、成了五彩泼就的母亲河，波涛翻滚，颠山倒海；那灵动的诗眼则成了一处处工笔巧点，真是“散文与诗皆成画”！欣赏的愉悦唤起我强烈的共鸣和表达欲望，但这欲望又使我深深地感到感觉和表达之间有着无法拉近的距离。而我的汗颜不仅有时光的虚度，更有自己的弱处和欠缺在先生面前无法遮掩的窘迫。

静静地听先生的讲述，犹如欣赏一部人物传记片，从画屏首先走来的是一位吹着柳笛的童子，他在那“腾跃过老虎的土地”上步步生风。先生的父亲刘作新是载入史册的革命先驱，一九二五年加入共青团，一年后加入中国共产党，曾任支部和延安区委负责人，领导了当时的“非基运动”和“农运”工作，被选为肤施县农民自救会负责人，赴西安中山学院农民运动班学习并出席了陕西省第一次农民代表大会，为此遭伪县政府逮捕关押。出狱后，经刘志丹提议，由组织派往位于永宁山的保安县（今志丹县）永宁高小担任校长和支部负责人。一九三一年支部遭受破坏后重回延安，亲自创立第一完小并任校长，以延安市教育局督学、民教馆馆长等身份为掩护，担任地下党支部书记。党中央和毛主席进驻延安时，他亲自带领党团员、学生和群众出城迎接，并在欢迎的大会上代表地方党组织和延安各界发表了发自肺腑的演讲。一九三七年七月国共合作期间受党派遣到庐山受训半月，返延后受到无端怀疑和猜忌，被边区保安处以“对市委不作主动汇报，读起古书来了”为由拘留审查，冤死狱中，年仅二十八岁（《延安市志》）。当时先生尚处襁褓之中，母子两颠沛流离相依为命，经受着炮火硝烟和世事艰难的双重煎熬。后来在父亲战友的呼吁和组织的关心下得以进入延安保育小学，接受教育。先生在他后来的散文《老虎鞋》中满怀深情地写道：我过满月的当儿，志丹伯伯牺牲不久，同妈妈忍着巨大的悲痛，伴着窗前黯淡的麻油灯，一针针，一线线，为我赶做了满月礼物……这老虎鞋穿在我的脚上，虎耳高竖，虎须颤动，虎牙闪光，挟带着永宁山的雄风，播扬着永宁山的正气，仿佛只要长啸一声，就能掀起人们的衣襟。我这块只会哭叫的嫩肉疙瘩儿，仿佛立时长大了，威武了；我的一双嫩得像小萝卜一般的小脚片儿，仿佛立时变得能踢能咬了……我今天把这件事情写出来，还有一点想法，是为了自勉。我应该时时记起，我的一双脚，是穿过同妈妈亲手做下的老虎鞋的。那是我此生穿的第一双鞋，山高水长的老虎鞋。

他说，母亲生下我，割断了脐带，但把胞衣埋在了黄土里；和母亲连接的脐带虽然割断了，但和黄土地的连接又生成了，生成了另外一种脐带，我永远是这片黄土地的孩子。延安的新文化感染着他。延安满城的歌声笑声感染着他。延安昂扬向上的社会风气感染着他。他从小就有了自己的志向：长大要当作家！

童年的磨难造就了一颗善良敏感的心。坚定的志向激励着一颗向上的心。先生中学时期创作的九首新诗被选入《陕西省青年诗选》，一九五七年他顶着诗人的桂冠步入大学校门，到延安歌舞团工作后他又由诗而词、而剧，创作出了《圪梁梁》《三十里铺》等一批高扬远播的作品。进入新时期，他“中年变法”开始散文创作。《老黄风记》《高跟鞋，响过绥德街头》《安塞腰鼓》《山峁》《扛椽树》……写陕北的山雄浑辽远野性大气，写陕北的人率真豪爽重情义敢担当，“摹写之物与胸中之情密切渗透，感情的抒发几近物我两忘。”评论家赞美他的作品“具有醉倒人的力量”，他们惊呼：写陕北，谁也写不过刘成章了！一九九八年，先生的散文集《羊想云彩》一举夺得首届鲁迅文学奖。

评论家说，刘成章的散文有诗意的“土”。他说，如果说我的散文中有诗意，就是陕北民歌影响的结果。这与我在延安长大的经历有关。我追求的“土”是开着花长着树的“土”。我的画和散文有共同点，追求别样的面貌，尽量和别人不一样，走的是“野”路子，从“师”的是自己的心。

他是一位歌者！他是一位陕北的歌者！

读刘成章先生移居海外后的文章和画作，跃然纸上的是那浓得化不开的对故乡母土的思念。你完全可以想见那夜不能寐的披衣疾书、那词不尽意时的泼墨长啸！面对洋山洋水，时时处处都能勾起他对家乡母土的牵挂和感念，一转眼那天上的云就化作了家乡的羊，美国的山也化作了家乡的山，那小路、山村、鸡鸣、狗吠、乡音、热语，如滚滚热浪扑面而来……“我突然明白我现在其实是一个漂泊者，流浪汉，可悲游了。我想恐怕只有像我这样的人，才能体会到家山对于一个人生命的无可比拟的分量。因为那上面寄托着你全部的情意和思念。因为超量的乡愁使你痛楚得难以自持。啊！瓜连着蔓蔓连着瓜，不想家山再想哪？羊肚子手巾三道道蓝，为儿为女起身难！马茹子峁峁糜谷坡，快刀子也砍不断你的我！天上无云星星稠，多会儿能踏上回乡路？(《家山迷茫》)”

一幅《星汉灿烂》，那一月、一院中间相隔的何止是一座山？那是一个地球！那一弯明月分明是海外的游子，是思乡的心。那金色的院落是家乡的热土是生他的热炕。读到此，看到此，谁能不心潮澎湃热泪盈眶？

所以，先生说：出国，出国是很痛苦的事情，起初感觉就像死了一样。虽然网上、电视上能看到陕西、能看到延安，但不能够沟通交流，就像在天堂或者地狱看人世，但我已不在那里。非常痛苦！

今年春节前，我们延安电视台收到了刘成章先生特意从海外托人传来的电视散文《天天看日落》:“当我又看到家乡落日的时候，我忽然一惊，我忽然听到了母亲的声音。我忽然意识到：母亲，母亲，我的母亲我的亲娘，你就是这轮落日这轮落日。可是母亲！原谅孩儿吧原谅你的不孝之子，不孝之子晚回来一步，你已经落去了！你已经深深地埋在黄土之中，你过得好不寂寞！好不凄楚！但我看见你的光芒已把黄土烧透，你的坟头已开了一簇红艳艳的花朵。我知道母亲，我的朝思夜梦的母亲我的太阳，我知道你总有一天会重新升起来的，只是你一辈子操劳不息，你实在太累了，你现在也应该歇息歇息，在歇息中重新积攒你的光芒，然后有一天重新出现在我的眼前，照暖我的周身。母亲母亲，母亲啊！我是唱给你的一首其声哀哀的信天游，面对你，我是一首永世也唱不完的信天游啊，我将在你的坟头边飞旋飞旋飞旋飞旋，只要你不重新升起，我就声声迸血，八百年不绝”。这和泪泣血的肺腑之言一经播出，便在观众中产生了强烈的共鸣。采访中一提及此事，先生又是泣不成声。

这是儿子对母亲的思念！这是游子对母土的眷恋！

为什么要等到下辈子？“天地转，光阴迫”这是鞭策，也是忧患，是知识分子的担当！

采访中，先生回忆说，一九四七年党中央毛主席撤离延安，国民党占领了一座空城，但他们还要庆祝，蒋介石还要来视察。他们便组织小学生去欢迎，把《东方红》改成蒋介石的颂歌，本来凑巧可以押韵的，但又不让直呼其名，让孩子们唱“东方红，太阳升。中国出了个蒋主席。”弄虚作假又不顺口，结果娃娃们一开口就仍然唱成了“东方红，太阳升。中国出了个毛泽东。”成了极大的讽刺和政治笑话。他说，你看他们腐败无能到何种地步，连自己的一首歌、一部剧都没有。一个政权的腐败首先是文化的腐败。

那一刻，我脑子里浮现出的是先生的《读碑》，那三五九旅大生产运动时在南泥湾九龙泉立下的烈士纪念碑，他说我在想：要是把每一个名字都复活为一个血肉之躯，那么，他们足足可以把多半条川道站满！要是他们又像开誓师会那样高呼，那么，这条川道将震响着一片多么恢宏的声音！

这声音，应该像警钟长鸣！

为什么要等到下辈子？这是刘成章先生对自己的鞭策，也是对所有人发出的倡议。

先生的创作由诗歌起步，由散文走向世界。移居海外后在七十四岁时又突入画坛，他的作品“多取材于给他的生命打下深刻烙印的黄土地，构思脱俗，着色大胆，看上去斑斓多姿，有夺目逸神之感，让人眼前一亮”，引起了国内外的高度关注。《光明日报》《文艺报》《西安日报》等多家报刊纷纷刊载，美国洛杉矶的华文文学期刊《洛城作家》每期都以他的画作封面。他的画集《画一画山河雁影》由英国一家出版社出版，并被十余家图书馆收藏。先生曾说过，一个人的突出才华到底在哪儿？常常连自己都认识不清。没法子，只好多尝试几种艺术形式（尝试的过程就是认识和发现的过程），才能最后摸清自己艺术细胞之所在。不过，我从前写诗、写歌词、写剧本的功夫，也没有白费，它们在散文中全都派上了用场。如果说，他的散文是从他原先的诗、词、戏的精神沃野上茂腾腾地“再生”起来的，那么他的画则“是从心底泛出的，是本真性情的流露”“他的画笔和人们的经验拉开了距离，发现和携满了浪漫气息，使陕北美得和她的民歌一样”。

画展结束北京出港，先生发来消息：我把我的散文集《家山迷茫》给你发来二百本，托你转赠给家乡的图书馆和爱好文学的朋友。我接到书，先生已在大洋彼岸，开卷在手，一行热腾腾的文字赫然入目——我想向一切辛勤写作的文友们遥致一句心里话：让我们怀着对中国文学的赤诚比赛比赛吧，让我们内心深处的茫茫山峦中都能蒸腾出一派浩荡云气吧——那就是，看看二百年后或五百年后，谁的至少一篇作品或者一句话还鲜活于世上！

办好赠书手续，把家乡图书馆的收藏证照片发给先生，他说“一种强烈的归属感和幸福感笼罩着我了”。我分明看到了大洋彼岸凭栏远望的目光！我的眼睛潮湿了。我被先生的赤子心故土情所感动。这种敬意发自心底，它使精神走向纯洁，它使生命走向神圣！为什么要等到下辈子？每个人都可以活成两辈子，但必须有一步一个脚印的实实在在的积淀。

原载2015年6月28日《延安日报》

《各界·延安特刊》2015年第3期

《延安文学》2015年第4期

刘成章　再回延安踢“黄尘”

“时光流逝如脱兔，转眼我已八十五。”时隔二十年后再回延安，尽管先生不住地感叹：老了，走路连黄尘也踢不起来了。但是刘成章回延安的消息还是像风一样在延安古城传开了。

先生在众人的陪同下，兴致勃勃地到处观看。二十年啊，延安母亲不仅仅是换新衣而是焕发青春，先生手拄拐杖站在宝塔山下延河之滨，历史的烟尘一团团在心中腾起，他“一朵一朵数流霞”，心中升腾起一曲曲新的信天游……

那是穿着老虎鞋的小脚丫跑下南洼山的足音，那是攀爬在宝塔外沿掏鸟蛋的笑声，那是演出后的留影被挂在照相馆橱窗里引人驻足的风发意气，那是“山丹丹开花红艳艳”的迎风萌动！

那一天，延安学习书院的报告大厅座无虚席，一缕薄雾在大厅外轻轻浮动。在先生心里，完整的延安有三大元素：一，五角红星；二，小米加步枪；三，载歌载舞。这是先生富有新意的精辟概括。先生说：我是扭着新秧歌长大的，我是延安“新文艺运动”结出的一粒种子。我们有责任把载歌载舞的延安“新文艺运动”的传统继承下来。先生深深为家乡的丰厚文化底蕴和文学新人层出而激动不已，他说我要踏着信天游的旋律来写好我的文章。

流经永宁山的洛河水在下寺湾拐了一个弯，先生挪着艰难而又急切地步伐走进义子沟边区苏维埃政府旧址的小院，风吹动对面圪梁梁上的山杨树长吟如歌。刘志丹旧居窑壁上同桂荣的照片，使他陷入了深深的回忆，他仿佛又听见了同妈妈的声音，又看见了那“虎耳高耸，虎须颤动，虎牙闪光”的老虎鞋。那穿着老虎鞋的脚步，“挟带着永宁山的雄风，播扬着永宁山的正气，仿佛只要长啸一声，就能掀起人们的衣襟”！

那一天，安塞腰鼓山，圣洁的天空没有一丝云彩，火红的腰鼓映衬在蓝天下熠熠生辉，高原初夏宜人的风拥着先生绕山而行。忽然那一面大鼓被撞响了，声荡山川两岸。在安塞，腰鼓进校园，腰鼓进课堂，早已蔚然成风。远远望去，那是白坪红军小学的孩子们正在体育课上打腰鼓。当先生来到操场上时，孩子们呼啦啦围了上来：刘爷爷好！刘爷爷好！！是您的《安塞腰鼓》使我们爱上了打腰鼓。当看着又一群“茂腾腾”的后生，迈着虎步，在黄土地上腾跃时，他由衷地笑了。他说：红军小学的前身是保小，我当年就在保小读过书，我这就等于又回了一次母校。

“梦里每迷还乡路，愈知晚途念乡梓（孙犁语）。”在延安中学的校史馆，先生欣喜地看到了六十六年前自己初中毕业时的老照片，在那并不清晰的近百人的合影中，他毫不费力地找到了自己和老伴的身影。那时候他已经是一位小有名气的校园诗人了，花样年华，同学少年，美好的回忆使先生一下子年轻了许多。他笑着说，那时候我们正在暗恋。随即，挥毫题词：是在亲爱的母校延安中学，我为终生从事文学打下了坚实的基础，也萌生了爱情。母校令我刻骨铭心。

万花山下，杜甫川河边，燕子花舍里，故乡的文友与先生一起举行的“心中的黄土地——刘成章作品诵读会”掀起了又一股热浪，精美的文字像重锤叩击着每一个听众的心扉。文友即兴题词“真情和朴素相随，天籁与流水共振”。先生泪眼婆娑，深情地唱起了古老的信天游。他说，这多年，无论走到哪里，无论看到什么样的美景，我都不由得拿家乡进行比较。即使站在联合国总部的大楼前，我想这也不过就是咱陕北的硷畔。而想起秘书长安南，就想喊一声：“老安，给你捎下东西了，打发个娃娃下来寻一下。”

先生是一棵大树，只要站在陕北的大地上，就能感知到脚下母土的温度和律动。他说，一别二十年，延安的变化真是天翻地覆，以往的作品都是过去的生活和感受，一定要多走走、多看看，用新感受续写新篇。

诗人的脚步永远年轻。他永远具有信仰一般的定力，同时长时间地保持着旺盛的激情和美好的畅想。他的作品有如高山基石和百姓烟火一般的真实和魅力。他曾说过，让我们怀着对中国文学的赤诚之心比赛比赛吧——那就是，看看二百年后或五百年后，谁的一篇作品或者一句话还鲜活于世上！

南洼山上的老邻居来了，喊着他的乳名——章娃！热情的读者来了，手捧着先生的著作让他签名。操场上的小鼓手跑来了，今天要见刘爷爷的真容！再回延安的刘成章，在家乡的故土上又踢起了一场“黄尘”。

原载2021年6月13日《延安日报》

邹均礼是一座大山

一

读家乡的方志使我感到，宜川的近代史上如果没有邹均礼先生将会是多么乏味，至少没有那么生动丰满。但要了解邹均礼必须登上八郎山，八郎山是他的世外桃源，是他韬光养晦寄托人生理想的高地。

“山居高高最清幽，华岳黄河入眼收。夜夜大风如骤雨，年年长夏似深秋。野花浓艳各呈态，林鸟钩辀自莫愁。最爱新晴好烟景，坐看云雾扑深沟。”这是邹均礼《桃源诗话》中的《山居即事》。如果没有民国初年的军阀割据兵燹之乱，他真可以高居在八郎山上，浪漫得像李白一样“闲与仙人扫落花”。

二

八郎山海拔一千六百一十八米多，处于宜川和韩城交界的黄河之滨，属梁山神道岭余脉的一座奇峰，现属宜川县集义镇所辖（原属宜川县河清里），传说因杨八郎曾在此屯兵而得名。八郎山因其高度和风光独特广为传说，但却因其险峻和偏远而鲜有人至，在战乱年代就成了强人拉杆子占山头的理想之地。明朝末年，当地农民起义军罗汝才曾在八郎山筑寨练兵，名曰“昆仑寨”。邹均礼祖籍湖北阳新，血液里流淌着江南文化的基因，他的曾祖父在鸦片战争的前夕一根扁担两只筐颠沛流离来到八郎山下的猴儿川，居河之畔，磊石为屋，支炉点火，打铁为生。他们以湖北人韬光养晦精打细算的性格特点和出门人吃苦耐劳让利于人的处世之道逐步站稳脚跟。邹均礼字志和，光绪元年（1875年）出生在八郎山下猴儿川的马头岭村。他天资聪慧自幼好学，不仅四书五经过目不忘而且喜爱兵法，清晨闻鸡起舞操练刀剑习武强身，夜晚则高悬明灯诵读经典赋诗作文。读书习武之余，他还爱上了中医，自学《本草纲目》，跋山涉水亲尝百草对书辨药，自采自制对症下药，在乡里小有名气。他十五岁外出游庠，县府试名列榜首，文冠一方名倾一时，随之被宜川县城的丹山书院聘为教员。一首遗作确切地反映了他当时的心境：

七岁随小学，弱冠入黉宫。
师爱彭宣少，人言贾谊聪。
谬夸文似锦，自负气如虹……

谁知命运多舛，宣统元年邹均礼被选为拔贡，正当他踌躇满志准备参加朝考时，祖父和父母相继去世，家道中落。别说外出求取功名，就连生活也难以为继，这一蹉跎就是十年。他自叹道：“十年销壮志，一篑弃初功；灵素常深考，岐黄总未工。椿萱悲萎瘁，棠棣各西东；群笑涸泥鲋，谁怜焦尾桐？”但是邹均礼并未因此而消沉，在兢兢业业教书育人的同时他继续钻研医术治病救人，并且主攻针灸，总结临床经验编写出《针灸摘要》一书。如今稿本虽然失传，但许多起死回生的故事却一直在民间传诵。宜川志书的人物志中记载“公言论晓畅，授课精勤，故学者志气兴奋，进步迅速……公医术精妙，有求必应，无远不止；每遇沉疴，无不立起，每年施术活人以千百计；诚以良医功同良相，救民等于救国，乃公之志。此乡民所以追思感叹而不忘也欤！”

一九一二年，中华民族的历史翻开了新的一页，辛亥革命的大浪推翻了千疮百孔腐朽不堪的清王朝。“民国成立，百度维新，凡前之书吏，尽行革除”，三十七岁的邹均礼众望所归，被任命为宜川县公署第一科科长，负责全县的总务财政工作八年之久。在此期间他不仅恪尽职守服务新政，而且跋山涉水勘察地形，进行了大量的田野考察，编写了《沿县城河流考》，引导民众开渠筑坝兴建水田，一展他的为民思想和济世情怀。但是正当他雄心勃勃准备大干一番事业的时候，风云突变，袁世凯北平称帝在前，张勋拥戴溥仪重新登基在后，中华大地再次陷入军阀混战的大乱之中，先后有秦复汉军、洪汉军、靖国军、镇嵩军等进驻陕北。一时间兵匪难辨，战火四起，八郎山所处的河清里因其山大林密便成了歹徒们往来奔突之地，匪持屠刀，民如芹韭，备受蹂躏。民国三年（1914年）春，县署委任邹均礼为河清里团总回乡组建民团，训练壮丁抵御匪患。

三

一介书生在这危难关头脱下长衫回归故里，用他当年学习的兵法训练乡勇组建民团，担当起了保护一方百姓生命财产安全的历史重任。邹均礼兴办民团真可以说是全民皆兵。他在全乡分设了九个团，每团分辖三四个村，每村指定一二人为牌头，要求家家户户各备刀矛火枪，每月集训一到两次。每逢集会，他都要给民众宣讲唇齿相依守望相助的道理，让大家明白只有团结起来才能保护地方上的安宁。同时又招募英武敢战者十余人，购买枪支武装起一支精锐的机动队，任命膂力过人又精通武术射击的梁鸿飞为队长，并让自己有勇有谋的长子邹定涛辅之。每有匪警便命二人率团驰援，速战速决，连战连胜。众人看他父子齐上阵，为了地方上的安宁全然不顾自家性命，便信心倍增。一时间一呼百应，“守望尽责，枕戈而息，临风而食，锄枪并荷”。一遇匪扰全村出动，一村遭袭四邻相援，小股乱匪便轻易不敢来犯。由于全乡联动消息灵通，常能决机于事先，剿匪于党羽初聚势焰未张之时，事半功倍。为此他曾潇洒地赋诗一首：“兰蕙当门尚欲锄，岂容荆棘碍吾庐；嘱儿樵斧勤磨砺，萌蘖初生即铲除。”

民国四年（1915年）十月的护枪之战更使邹均礼名声大振。当时省府调拨宜川枪械百余支，经韩城运往宜川，几杆土匪纠集二百多人意欲半道抢劫。邹均礼得到消息后火速出兵增援，将武器安全护送到县城。凯旋后特令杀牲祭神，设宴庆功。宴毕已是月黑风高之时，熟知兵法的邹均礼料定土匪劫枪未能得手一定咽不下这口气，十有八九会利用胜兵必骄容易松懈的心理深夜偷袭。便嘱咐梁鸿飞不辞劳苦，即刻带队埋伏在上川胡家庄祖师庙，小心巡守，以防叵测！鸡叫时分哨兵来报，石磕村犬吠急促可能有土匪袭扰，少顷果然有该村情报到达。梁鸿飞立即率兵直扑石磕村，侧面包抄，喊杀声直冲霄汉。据县志记载“匪夜黑地生，未悉虚实，但觉山鸣谷应，草木皆兵，大惊，失道坠沟，越岭而逃”。

民国六年（1917年）春，邹均礼被任命为宜川南区保卫团团长，继续兼任河清乡团总。

民国八年（1919年）正月，悍匪曹老九借靖国军之名，啸集一千多名乱匪袭踞宜川县城，不仅将捕获的三十名无辜百姓尽数杀害，而且将四人心肝挖出，将两人斩首后作蜡点了天灯，真是丧尽人性恶毒至极。邹均礼便与北区团总黑子斌商议联合出兵围歼，梁鸿飞、邹定涛双双参战，战斗中梁鸿飞腿部中弹，追兵相距不足百步。在这危急时刻邹定涛手挥短枪，连发连中，追兵应声落马，空骑狂奔而过之时，定涛又飞身双揽马辔，扶梁上马双双脱险。

在不能速克的情况下，他们又在外围设卡，伏击运粮驮队，断其供给。围至五月，匪兵人心大乱内讧不断，加之围剿援兵又至，看看凶多吉少，只好弃城夜逃。因战绩卓著保卫桑梓有功，省长特嘉奖邹均礼“功在桑梓”金质奖章一枚、“保卫桑梓”牌匾一块，准悬门首，从此子女入学免费；同时邹均礼被委任为宜川行团正团长。

四

初读县志时，我的目光在这一段久久停留。一介书生、一位望闻问切悬壶济世的名医，在关乎乡梓安危的紧要关头能够果断地放下手中的教鞭、关上百味药厨，挥戈上马，冲锋陷阵，这是何等的文武兼备英武潇洒、何等的气度胸怀啊！虽然只有短短的六年，在历史的长河中几乎可以忽略不记，但他足可以使一位民间英雄站立在史书的折页中，鼓舞后世。任谁翻开这一页，都不能将他轻易跳过。

民国八年九月，邹均礼代理宜川县知事。“我公，邑之名儒。恫瘝在抱，威德素孚。莅任之始，深恤民艰，以兴利剔弊为前提，以除暴安良为己任，适邑绅详陈历年积弊数条，蒙公慨然批准立案，邑人感大德，欲效甘棠之咏，用特制牖勒石，以为永久纪念。并将核准减免各条，逐条刊列于左，以防流弊，而垂久远……”这是宜川县十七里的二十四名乡绅代表给邹均礼立的功德碑。这块被后世保存在城隍庙里的功德碑是邹均礼人生的又一个高度。邹均礼有多年担任一科科长的经验，在抗匪护乡的岁月里又和乡梓父老同生死共命运，深知在兵匪相迫横征暴敛的重负下，民众的负担是怎样的不堪，莅任之时便雷厉风行大刀阔斧革除积弊减免重荷十一项。在颁布的条文中，不仅公布了百姓应尽各项负担的数额，而且详细说明了无力缴纳银元时以粮折银、以银折钱的具体换算办法，真可以说是无微不至。他在任期间有一篇《丹州行》，足见其爱民如子的悲悯之心：

君不见丹州父老吞声哭，辗转流离满山谷。
男耕女桑俱荒废，盗贼无端相迫蹙。
寇至相将避入山，一朝寇去又来复。
田园荒芜蓄积空，木叶草根充米粥。
且苦军人供给繁，诛求无厌力难副。
鬻牛揭债卖田庐，医疮剜却心头肉……

民国九年（1920年）夏，邹均礼辞去县职，交印返乡。在军阀混战的多事之秋，地方政权一直受军队控制，从民国元年到八年，宜川县的知事换了十任，此次交替亦在意料之中。从宜川县城到河清里要翻过老虎梁和雾岭两座大山，时值盛夏，天气变幻莫测，刚刚还是蓝天白云鸟鸣啁啾，转眼却风起云涌雷声大作，飘飘洒洒的太阳雨扑面而来，待你还没有找到一个藏身之处，却早已是风送云雨去彩虹当空舞。此时的邹均礼一定是想起了苏东坡和他的《定风波》：竹杖芒鞋轻胜马，谁怕？一蓑烟雨任平生。便也潇洒地顺口赋诗一首：

解组归来鹤与琴，传言清献剧清贫；
我今琴鹤都无有，何用天公雨洗尘？

五

回归故里的邹均礼将家眷一带攀上了崇山峻岭环抱的八郎山。你可以把他理解为偏安一隅，也可以理解为修身养性，但为人之父的邹均礼想的却是在这静谧的大山里为子女安放一张书桌。他育有二子三女，他给每个孩子所起的乳名均带一个瑞字，人称“五瑞”，他特意将韩城中西学兼修的薛桐生先生请上八郎山，开办私塾，名曰“崇实学社”，为“五瑞”授课。薛先生的教学“礼用兼施，以道德养其心性，以科学充其知识，言理虽极精微，言行又极平易，起于孝归于仁，而尤重在躬行实践，深得阳明知行合一之旨”。此时的邹均礼站在那群山之巅，眼观云卷云舒亦真亦幻，耳听童声诵经声声入心，真可以说是过着世外桃源一般的日子。虽然他也给自己的居所起名“桃源寨”，但一首《栽桃》却透露出了他进亦忧退亦忧的复杂心情：

手植门前几株桃，爱它花色最妖娆；
问余何不更栽柳，只为平生怕折腰。

民国十年（1921年）初，宜川驻军田维勤部为扩充实力而收编民团，民声大愤却无力反抗，南区民团被收枪五十多支，编归骑兵二旅二团二营，邹均礼仅授营长之职，长子邹定涛则任连长。南区民团由梁鸿飞任团长。次年五月田维勤部奉命赴豫南剿匪，邹均礼亦随部前往。此时的他完全可以有另外的选择，但他想的不是职务的高低个人的得失，而是国家的安危民众的疾苦。“遍地萑苻如可靖，中流风浪不须忧；世途坎壈寻常事，努力终为远大谋”。但是正当邹均礼父子怀着一颗忧国忧民之心在剿匪前线出生入死的时候，号称“镇嵩军第六路游击司令”的麻振武所属部队进驻宜川，驻军以保卫地方为名行挟制民团之实，派出两个连进驻河清里的集义镇。这些兵军纪涣散，劫物掠财，放赌渔利，常与民团寻衅滋事，实于土匪无异。民国十二年（1923年）三月，民团夜巡误伤麻军士兵，矛盾爆发，麻军借机攻占民团驻地保宁寨，逮捕团总梁鸿飞，收缴枪械四十余支。当时邹均礼父子正好从豫南剿匪凯旋而归，定涛闻讯飞马前去营救，但为时已晚。“寨已陷，枪已缴，梁被执”。邹均礼急忙又联合全县乡绅，具文详细陈述事故缘由，呼吁释放梁鸿飞。但时任陕西省省长的刘振华却不愿厚非麻军，明里命令退还民团枪械，派员调查事故真相；暗中却接受了麻军诬陷邹均礼“有窥陕之意”的说法，一方面将梁鸿飞解押归省判以徒刑，一方面暗喻麻部将邹均礼“相机解决”。

不明就里的邹均礼见事情毫无进展，便只好仍然避居八郎山的桃源寨。一边有“崇实学社”里薛先生与儿女们抑扬顿挫的诵读之声，一边有周边的老乡不时前来寻医问药。开方捣药之余相对而坐，家长里短侃侃而谈，也不失为一种闲适的生活。有诗曰《山居好》：

尘世茫茫人忧忧，热中此多清闲少。
仆仆风尘二十年，老来偏爱山居好。
白云深处是吾家，梦里繁华一笔扫。
春听林内鸟钩辀，夏望天边云缥缈。
秋霜凝叶叶尽红，冬雪满山山不老。
闲删灌木养山花，隅步荒坡认野草。
有时阴霾布满山，云雾漫漫挂树杪。
有时天晴气象新，登高一望群山小。
夜因读书卧或迟，晨为栽花起偏早。
子孙虽愚勤训诫，恒产无多足温饱。

不炼金丹不坐禅，不种桑麻不赴考。

不学商贾竞锱铢，不羡匠工斗技巧。

不为眦睚恼六亲，不因祸福参三宝。

闲来手持一卷书，奇文奥义日搜讨。

人生斯世贵适意，何必无事寻烦恼……

六

山下的虎狼之兵是不允许邹均礼这样悠闲地生活的，他们有了“相机解决”的尚方宝剑，时时窥视着八郎山，只是畏惧邹定涛英勇善战双手能射，不敢轻举妄动。时至腊月，他们终于等来了机会。当时定涛的妻子怀孕临产，桃源寨山高风寒有诸多不便，定涛便带着妻子回到马头岭的祖屋，准备迎接新生命的到来。十二月初三，麻军假意前来探望，伺机将泻药投入定涛的水杯之中，当晚定涛腹泻不止精疲力竭。早有预谋的麻军排长杨森荣便带领三十余人于黎明时分偷袭邹家宅邸，杀害了二十九岁的邹定涛，并趁机抢走枪四支，邹家财物亦被掠劫一空。定涛遇害后的第二十二天——腊月二十六，一个新生命在邹家祖屋诞生，母亲含泪为这个见不上父亲面的女婴取名“梦子”。

二〇〇八年五月十二日，我特意前去拜谒寄托着邹均礼理想抱负、养成邹均礼浩然正气的八郎山桃源寨，不料半路传来汶川地震的噩耗，举国救灾，只好中途折回。在马头岭村邹家的老宅院里，邹定涛的孙子邹国成指着祖屋窗扇上依然清晰可见的弹洞，给我讲述了八十五年前那惨烈的一幕。邹家的宅院坐北朝南，是一座典型的南北风格结合的四合院。一株古槐用它近似匍匐的腰身庇护着砖砌的门楼，砖雕的门匾上的字迹已无法辨认，门洞设在东厢房和堂屋相接处，走进去左拐才能进入院子。曲径通幽含蓄内敛，院子用四四方方的石板铺就，脚踏石地抬头望去，正屋是陕北的石窑洞宽敞明亮，左右厢房和堂屋都是带阁楼的瓦房，木格门窗朴素雅致。那些刺目的弹洞在这温馨的宅院里显得非常不和谐。

杀害了邹定涛，穷凶极恶的麻部认为降服邹均礼的时机已到，乘机兵分三路将八郎山团团围住。山下猴儿川的百姓涌向马头岭，哀声动地；山上痛失爱子的邹均礼生不能见死不能别，仰天长啸。邹家蒙冤遭祸，乡民义愤填膺，更深人静时，身强力壮者不约而同偷偷潜上八郎山，誓与邹家同生死共患难。爱民心切的邹均礼一一抚摸着大家的肩头说，麻军惨无人道，大家都有家有舍，一旦走漏风声便会殃及老小，后果不敢想象。在他的婉言劝说下，只留下几名英勇善战者和原有寨丁十余人合力守卫，其他人便依依拭泪而去。一日大雪纷飞烟雾弥漫，麻军便认为攻寨时机到来。没想到当他们潜至寨下时天眼大开，雪住雾散，麻军暴露无遗。一时间寨上喊声大作，枪弹滚石齐发，贼人躲避不及，有死伤倒地的有失脚坠崖的，顿时鬼哭狼嚎一片狼藉。面对固若金汤的桃源寨，他们只好变强攻为围困，企图以断绝粮草挟制邹均礼下山投降。此时熟悉地形的乡民们又每夜三五相约趁数九寒天贼人戒备松懈之时，身负粮油菜蔬，绕道荒山丛林，从山崖的缝隙中攀缘而上。每每看见这些不顾自家性命雪中送炭的好兄弟，邹均礼都是含泪相劝：泄则身家具危，万勿再来！但是无人退怯，从冬到春冒死相助者从未间断，山寨绝无饮食之忧。

七

二〇一七年四月二十九日，我再次前往八郎山。站在宜川县集义镇石磕村陈支书家的大门外，顺着他的手指向河对面望去，远处是一座金字塔形的山峰，初升的太阳正像佛光一样从山巅射下。他说，那就是八郎山。小石桥下一潭碧水，倒映着山村的倩影，沟口的石壁上有一棵白皮松朗朗挺立，树干挺拔俊朗，松针碧绿，像是那大山的仪仗兵，威武英俊，彬彬有礼。进沟的路有四五尺宽，说早年是可以走马车的。原先沟里有地，送粪拉庄稼都走，退耕还林后地不种了，雨水一层层剥走了路上的泥土，净留下大大小小的石块，踏上去哗哗地响。沟越深，路越窄，林越密，只闻水声不见溪流，偶有一两只灰喜鹊摇曳着长长的尾巴从林隙间飞过。走到看不见阳光的地方就开始上山了。抬头望去，天是那种林海中特有的蓝，望一眼便会心生宁静，迎面是满坡的白花，纯洁素雅，一直开到天际。穿行在这洁白的花丛中，让人对这次攀登和拜谒更增添了一种肃穆的仪式感。顺手将那素洁的花朵拍照发到微信群，立即有热心的朋友回说，这花叫白鹃梅。八郎山上的花好像是也有领地划分似的，上到半山腰便不见了白鹃梅，代之而灿烂的是金黄的连翘花。与别处不同的是这山上的连翘也像自由的人一样树形高大枝条舒展，望一眼，那一串串金黄的花朵就像听嘹亮的唢呐在蓝天下彻响，让人意气风发。再往上攀登，灌木林就变成了乔木林，树种多以麻栎为主，茂密的枝叶郁闭了阳光雨露，树根下几乎没有别的植物生长，厚厚的积年落叶踏上去十分松软，对负重攀登的脚板倒不失为一种最好的抚慰。但是当我们坐在树下歇息时，却意外地发现，在那腐叶覆盖的翠草中，却悄然绽放着一朵朵紫色的小花。仔细辨认，那竟是被称为“蓝色妖姬”的鸢尾花。在希腊神话中它是彩虹女神，是众神与人间的使者，主要任务在于将善良人死后的灵魂，经由天地间的彩虹桥携回天国。和鸢尾花在这高山密林中相遇，不由得使人息声敛气，静静地与它相望。一时间便想象着这八郎山不知发生过多少神秘的故事。

告别鸢尾花，转身就望见了山顶的那座心仪已久的古寨。我不由在心里恭恭敬敬地喊了一声：邹先生，我来了！建于三百多年前的古寨形制基本完好，寨门雄峙，石刻匾额“昆仑寨”清晰可见。虽然墙倒屋塌梁柱横陈，但房屋的布局依稀可辨。一眼枯井幽幽，四边瞭望口洞开，正中央几株老树黝黑，铜枝铁杆一般，仿佛这古寨的多少峥嵘往事都凝铸在了它的年轮之中。初夏的翠绿潮水般涌向谷底，山风便作了那潮起潮落的韵致。我想如果真能听到历史的声音，那也一定是枪炮声喊杀声盖过了讲经诵典的琅琅书声。世间本无桃源，可几乎人人都在寻找自己心中的桃源，似乎只有找到了精神的家园，就可以和自己对话，所以才有了许许多多的行走和苦苦的求索。站在这高山之巅放眼望去，像是在俯瞰一个巨大的沙盘。向南可以望见黄龙的神道岭，向东一直可以望见黄河那边逶迤的山峰，寨墙外悬崖绝壁万仞，用当地人的话是栽死松鼠躺死蛇的地方，但当年邹家遭围困时，当地送粮送菜的老百姓在那月黑风高之夜就是在这绝壁的缝隙中抓着山藤一寸一寸攀上来的。面对冒死相助的乡亲，邹均礼的激动和感慨可想而知。在那被困的日日夜夜，我想邹均礼曾会千百次地站在这绝壁前，默默对天，欲哭无泪，欲辩无言。因为他面对的是无序的混乱酿造的黑暗，面对的是栽赃、谋害。沙场征战杀敌剿匪他不气馁不怕死浩气冲天，但万没有想到却被一群号称官兵的人逼得家破人亡站立在了人生的边沿。他富有一腔英雄气，但他不知道他应该追随的英雄是谁；他抱有一颗济世心，但他不知道让他一展心志的平台在哪里！

邹均礼一生崇拜孔孟，“达则兼济天下，穷则独善其身”是他的人生观，对生活有一种诗意的追求。他生在宜川长在宜川，群山怀抱中的河清里哺育了他善良敦厚的性情，灾难的磨砺又造就了他沉着冷静勇于担当的品格。所以他捧起书本能静心读书，挥戈上马能冲锋陷阵，只谋事不谋人，有多大的空间就能干成多大的事情，绝不让年华虚度，凡与其共事者皆念其好。战乱横祸升华了他的人生，铸就了他大山一样的胸怀气度。重躬行少言表，忠不顾死，义不负心，他，是一个典型的宜川人的代表。

八

邹均礼被困八郎山引起多方关注，各处报章评论不断，最后经当时驻军榆林的杨虎城面请陕北镇守使井岳秀从中斡旋才使事情有了转机。井岳秀在给省长刘振华的电文中质问：邹志和（均礼）尽力乡梓十有余年，乡望事功，昭昭在人耳目，何至谋为非分？麻振武部自驻宜川，辄与地方绅耆为难，是否为枪械财物问题？两方曲直，当在钧座洞鉴之中，况地方何罪？民众何辜？忍令久罹兵难？刘振华这才不得不派副官邱镛到宜川调解此事。

民国十三年（1924年）三月十一日，邱镛协同宜川县知事郭殿邦爬上八郎山进入桃源寨，以缴枪三十支为条件，让邹家迁居县北乡，以了此事。农历的三月十三日同样是春末夏初时节，我想那一年的白鹃梅照样也会开得铺天盖地。邹均礼携带家眷在蓝天白花的映衬下一步步走下八郎山，北乡团绅黑子斌等担心邹家缴械后的安全，特意率领一百多名团丁持枪护卫，河清里的黎民百姓逐村相迎。邹均礼的心在流血，路两旁的乡亲在流泪，执手相别，泪眼相望。风卷落英如雪片翻飞，河清里猴儿川的好儿男，一方安危的护卫者，就这样怀着满腔悲愤远走他乡。

杨虎城为什么会救邹均礼？这始终是个谜。宜川县旧志书中邓汉勋撰写的《河清乡民团御匪史》说“民国五六年，杨虎城驻节宜城，与邹为莫逆之交；往来剿匪，互有助应”。而邹均礼的后人却给我讲述了另外一个故事：民国三年邹均礼初建民团时，乡勇抓到一小股从韩城方向流窜来的土匪，将受伤的头领带到他的面前，建议斩草除根以免后患。邹均礼看这个二十来岁的小伙子相貌堂堂，目光炯炯一脸率真，眉宇间毫无邪恶之气。便说，看他不像一个性恶之徒，如若杀了他，我们就会与这股人交恶结仇，将来以怨报怨会引起更大的杀戮；如果放了他，也许他心中善的一面就会觉醒，将来说不定还能干出有利于国家和民众的大事情。随后，邹均礼不仅给来人的伤口包扎上药，还吩咐手下备马将他送向山外。来人见状立刻跪倒在地，呼邹均礼为救命恩人，说他叫杨虎城。邹均礼便让他和爱子定涛焚香叩拜结为异姓兄弟。查杨虎城将军的孙子杨瀚所著的《杨虎城大传》，其中有这么一段记载：民国三年夏杨虎城路见不平，刺杀了蒲城东乡恶霸李桢，躲避官府追捕的过程中拉起了一支农民武装，百姓称其为“刀客”，官府称其为“土匪”。杨虎城和他的追随者开始只有十几个人，几支土枪，大部分人都用刀。一天他得知澄城县有一批税款要送往西安，就带领他的兄弟，趁黑夜截了这批税款。有了这笔钱，除维持他们漂泊不定的生活外，还买了一支“曼利夏”步枪，并逐渐地发展到了十几支枪。他们从不抢劫老百姓的财物，活动经费一般都是从地主豪绅那里强“借”来的。杨虎城常以“请客吃饭”为名，摆上一桌子饭菜，将地主豪绅请来，他对“客人”们说：“我们现在闹革命没有钱，需要向大家借一些，等将来革命成功了，一定偿还。”一天，他们在合阳县的一个村子联络群众时走漏了消息，被一百多名军警团团包围，在杨虎城的指挥下，大家顽强抵抗，虽然突出重围，但他的左肩负伤，还有一位姓李的兄弟手腕也被子弹打穿，是一位会中医的和尚为他们疗好了枪伤。至于他们突出重围后逃到了哪里？为他们疗伤人叫什么？却没有详细的交代。这些后人们讲述的故事之间有无关联，其中孰是孰非，只有留待史学家去进一步考证了。

九

远走他乡的邹均礼一家先是落脚在延长的后九天寨子，后又移居延长县城。为了维持生计，邹均礼带领次子定瀚在一家中药店坐堂行医。两年后李象九部进驻宜川，军纪严整，地方尚靖。河清里的百姓便于民国十六年（1927年）春把邹均礼一家迎回故里。八郎山下马头岭村前，邹均礼父子开办了中药铺“济世堂”，从此“济世”二字就成了他们的座右铭。他们父子行医，来者无贫不治，呼者无远不到，麻鞋荆杖走遍了河清里的村村磊磊（luo）。凡来求医者，一升谷一碗米可以抵账，一捆山上挖来的草药也可以抵账，或赊或免全看病人家庭情况而定。我想，每天坐在济世堂里为乡亲们解除病痛的邹均礼在把脉针灸的过程中，一定会忘了晨昏四季。仿佛只在恍惚一眼间，百姓的脉动就带他走出了尘嚣的芜杂、跳出了个人的得失荣辱。民国十七年（1928年），陕北大旱，赤野千里，大量灾民涌入河清里。济世堂前一时人满为患，啼饥号寒不绝于耳。邹均礼目击心伤，马上动员家人搭棚支锅，开设粥场舍饭救人。先后持续一年之久，耗粮五十石。有一位父亲带着两男两女四个孩子一路乞讨来到济世堂，进门就跪，说我这两个女儿一个叫凤儿，一个叫兰儿，行行好让她们跟着你们讨个活命吧，跟上我他们四个非全得饿死不可。说完便拉着两个儿子另寻生路去了。就这样，邹家父子不仅将这两个女孩子抚养成人，而且为她们缔结姻缘，置办嫁妆，体体面面地成就了人生的大事。还有一位姓朱的老汉，本来是一路乞讨去寻找儿子的，因病羁绊在邹家，后来儿子一路打问着找来了。本是父子团圆的大好事，可是老人却说什么都不愿意跟着儿子走了，他说是邹家救了我的命，我现在好了，我要帮助邹家打理济世堂，报他们父子的救命之恩！就这样，视为至亲，终老邹家。

邹定瀚终生行医，治病无数，著有《宜川药物志》《济世良方》《外科秘笈》和《桃源诗文集》，早在解放前就将佃户所欠粮租全部舍免，并将大量土地和牲畜赠送给贫困乡邻，被誉为开明绅士。解放后先后被选为陕西省第二届人民代表大会和宜川县第一届人民代表大会代表。

邹定涛一生育有三子一女：长子邹大经，终生固守田园；次子邹大纶，原在洛川师范任教，后来被打成右派，遣返回乡劳动，因公负伤身亡；三子邹大纲继承父亲遗志，十六岁在韩城上中学时就加入共青团，十七岁奔赴延安进入抗大学习，参加了抗日战争、解放战争和抗美援朝战争，先后担任过志愿军总医院党委书记、政委，志愿军后勤二三〇医院党委书记、政委等职，大校军衔。转业地方后在鞍钢党委副书记的岗位上离休。邹定瀚一生育有一子三女，儿子邹大纪西北大学毕业，先后担任过玉门油矿办公厅教育科长和大庆石油学校教育科长、附中校长等职，晚年专修书画，成果斐然。长女早逝；二女邹俊，小学一级教师，在家乡执教二十六年，桃李遍地；小女邹英，原大庆油田文艺演出队演员，进京演出《初升的太阳》，受到过周总理的接见。

十

在猴儿川人的心里，邹均礼是一座山，是那高高的八郎山，怒可以对着它喊，愁可以对着它哭，喜可以对着它笑，乐可以对着它唱，饥可以在它那里找到果腹的食物，病可以在它那里找到疗疾的百草。一条川人无论是谁远远望见邹均礼父子行医从村前走过，即使不能请他们歇脚用餐，也要端一碗开水送到路边，亮亮地尊称一声，邹贡爷！

民国二十二年（1933年）邹均礼在为乡邻调解纠纷时突病身亡，年仅五十九岁。他在晚年不仅悬壶济世救死扶伤，而且广兴教育恩泽后世。在他仙逝八十多年后，我们往返八郎山的途中向路人问起邹均礼，人们依然会亮亮地呼一声：噢，邹贡爷呀！

参考资料：

《宜川集义邹氏宗谱》

《宜川县志》

原载《延安文学》2017年第五期

《延安日报》2018年1月28日

后 记

刚进入初中那年我十二岁，“文革”开始，只上了一周课便“停课闹革命”。农家的孩子只好拉着一把小镢头满山可洼去挖药材，换点钱补贴家用。一天躲在石岸下避雨，我的伙伴神秘地掏出一根细麻绳，说他学会了一种算卦的方法，用这麻绳量人的小肘弯到中指尖的长度，再量五指的长度和手掌的宽度，就可算出一个人的寿命长短和子女多少。他先给自己量了一下，自豪地说他能活八十岁，今生会有两男一女。可到给我量的时候脸色却慢慢凝重起来，反复量了几遍，嘴里不住地念叨，咋是个这？咋是个这？却不说出个究竟。在我一再地逼问下，他才变脸失色地说：“从这卦上看，你这辈子不会长寿。”末了又补充说：“你放心，这是咱两个的秘密，我是不会对第三个人说的。”

刚刚摆脱了学校的束缚，正是闲得学狗叫的时日，无忧无虑的头上挨了一闷棍，人一下子就蔫了。那谶语就像一把刀，高悬在头顶，不知道什么时候会落下来。不能说觉着活了今天没明天，但时常在心里想：过了今年不知还有没有明年？忧郁如影相随，可日子还得过。既然生命的长度早已被那只无形的大手设定，自己只能把自己能把握的每一件事情做好，把活着的每一天、把作一个好孩子当作向上祈祷的台阶。本就羸弱的少年失了爽朗笑声，变得更加小心翼翼，稍有冒险的事情只要一抬脚，头上的警钟就会敲响。

人生的性格，就此奠定。

我们村曾是乡政府和管区的驻地，办过一个图书室，留下一些书，有《三国演义》《杨家将》《铁道游击队》等。这些书将笼罩在我头上的忧郁打开了一个天窗，别人那神神奇奇轰轰烈烈的故事虽然不能延长我的生命，但那众多生命的灿烂辉煌丰富了当下，给我命定的日子投进了一束光。尤其一本《白蛇传》读得我心惊肉跳，盗草那一章让我在煤油灯下泪流满面。心之所诚可以使蛇变成人、可以使停止呼吸的人起死回生，那么什么又是我的修行呢？

尽管我再也没能走进学校，再也没能坐在书桌前读书，但从此文学便温暖着我那颗战战兢兢的心，成了我忧郁生活的救赎之途，成了我续命的仙草。

我把做好每一件事和多读一本书都当作了修行。生产队推举寡言少语的少年当上了大队会计，上传下达中公社抽调这个谨慎行事的后生去帮助文书整理档案，全县开展矿物普查时公社又推荐我进入了工交局组建的找矿队，矿物普查结束县上成立汽车队由工交局主管，勤谨吃苦的人便成为了一名卡车司机。那一年我十七岁。

上世纪的八十年代初搞企业整顿民主管理，大家推举我担任公司副经理兼调度，我便有空到隔壁的教师进修学校去听课，去做他们的作业，去答他们的试卷，去啃汉语言文学专业的那十几门课程。聘请的讲课老师有延安的、西安的，也偶有北京的，他们讲课本上的也讲课本以外的，那扑面而来的新信息不知怎么就将我蛰伏在心中多年的欲望激活了。

引领我走上文学道路的是北京知青朱凌。她在县文化馆专业搞创作，兼做群众业余文学创作的辅导。现在想起，许多事情心里还是非常温暖的。在她的指导下，我陆续在《延安文学》发表了短篇小说《司机郎》，在《陕西日报》发表了《要搭便车的人》，在《延河》发表了《一个汽车司机的故事》，组织部给我转了干，将我调进了县委通讯组。

命运几经转折，我最终作了一个电视新闻工作者。尽管随着年龄、阅历和知识的增长，对人生、命运有了新的认识。但每当转折、担当和选择来临的时刻，那谶语总会跳出，心头不由一声叹息：下辈子吧！所以大半生做事，谨慎有余，拼搏不足，多顾当下，少计长远，职场四十三年没有做成什么大事，似乎一直生活在真正的世事之外。

结识刘成章老师后，他的一席话如醍醐灌顶，将我猛然惊醒。为什么要等到下辈子？这一问让我沉思良久。像是专向我发出的当头一喝。既然在虔诚的修行和祈祷中，命运之神已经仁慈地抬高了他的手掌，那么我为什么不能也将一辈子当作两辈子去活呢？为什么不能让自己笔下的墨迹像圣徒的鲜血一样圣洁呢？于是，便有了这本书中的诸多篇什。

进入耳顺之年，所幸并无酒债欠人。我想我还是应该感谢当年给我算命的玩伴，是他的谶语鞭策我打开生命的天窗，求索续命的仙草。我必须感谢的人还有我的文学启蒙老师，北京来延插队知青朱凌大姐、给我热情鼓励和谆谆教导的刘成章老师，以及在飞瀑岸边一起吆喝着朝前走的挚友白玉奇、赵伯涛、任永学、刘文科、强社学、苟晓林和后来居上的小兄弟侯波。当然，我没齿难忘的还有那些因偏爱我笨拙的文字而在人生的紧要关头默默扶我一把的不便在这里说出名字的人。有人说，上帝是分散在每一个朋友中的，朋友齐心就可以办成上帝可以办成的事情。

七十岁，我仍然乐意继续作一个文学爱好者，以笨拙朴素的文字继续我的修行。我五岁的小孙子和我一起为雁翼上的一抹夕阳而陶醉，对着两尾放生的小鱼，他深情款款地喊道：小鱼，小鱼，你傻了吗？你快游啊，你好好去生活吧！

甲辰年五月二十九日